ars vivendi
Krimi

PETRA NACKE
ELMAR TANNERT

RACHE, ENGEL!

Kriminalroman

ars vivendi

Originalausgabe

1. Auflage November 2008

www.arsvivendi.com

Lektorat: Dr. Hanna Stegbauer
Umschlaggestaltung: www.grafikatelier.de,
Tanja Engelke, Kurt Neubauer
Druck: Aalexx Druck GmbH, Großburgwedel
Printed in Germany

ISBN 978-3-89716-405-5

Eine Krähe war mit mir …

Fremd bin ich eingezogen

Zufall und Perspektive hängen eng zusammen, nur erkennt man das selten, und wenn, hört man auf, an Zufälle zu glauben, und nennt es gleich Fügung oder Schicksal, zumindest wenn man ein Mensch ist. Aber der Mensch kommt ja nur äußerst selten mal aus seiner Perspektive heraus, kommt so gut wie nie auf den Gedanken, dass es unvermeidlich ist, in diese oder jene Situation zu geraten, und hält dann alles für einen riesigen Zufall.

Hätte dieser Mensch auf einem Brückengeländer oder noch höher gehockt und von dort oben mit den scharfen Augen einer Krähe in die Weite geblickt, hätte er voraussehen können, dass sich Wege überschneiden müssen, weil sie gar nicht anders können, und es den Wegen dabei auch völlig egal ist, wer sich gerade auf ihnen befindet. Die Wege schneiden, kreuzen und verheddern sich eben, egal wer oder was dabei auf der Strecke bleibt.

Die Kaninchen in Gostenhof zwischen Bahndamm und Stadtautobahn zum Beispiel, die hatte vor ein paar Wochen auch niemand gefragt, bevor die Maschinen und der Lärm kamen, um eine neue S-Bahn-Strecke zu bauen. Auf der Autobahn sind dann die meisten von ihnen liegen geblieben, weil sich ihr Fluchtweg mit dem vieler Autoreifen überschnitt. Traurig auf der einen Seite, ein freundliches Geschick auf der anderen. Selten gab es fettere Beute für Krähe und Ratte – alles eine Frage der Perspektive.

Und nun hockt die Krähe dick und vollgefressen auf einem Ast Ecke Hessestraße und ist erstaunt darüber, was sich an diesem eisigkalten Montagmorgen – und man muss sagen, es ist ein sehr früher Montagmorgen, eigentlich noch Nacht – in ihrem Blickfeld so alles abspielt. Die Ratte im dichten Gestrüpp sieht es nicht, hört es nur und riecht es. Die Ratte riecht Mensch, viel Mensch, und ein Teil davon nicht mehr lebendig – Futter, denkt die Ratte, viel Futter und so nah!

An diesem frühen Morgen kreuzen sich die Wege einer Handvoll Menschen, kaum einer kennt den anderen und jeder kommt gewissermaßen auf seinem eigenen Weg daher, mit seiner eigenen Geschichte im Gepäck, die ihn blind macht für die Kreuzungen und kunstvollen Knoten der Fügung. Aber nicht gleich sagen *Der Mensch wird immer blinder und schaut nicht mehr, schaut immer nur auf sich selbst!* Ist nämlich manchmal gar nicht so.

Zum Beispiel Paula Rüss, die gerade reichlich angeschlagen die Schwabacher runterläuft von Leonhard Richtung Gostenhof, die hat lange auf gar nichts anderes mehr geachtet als auf ihren Robert. Dass der gar nicht mehr »ihr Robert« war, hat sie jetzt erst gemerkt, genauer gesagt vor gut zwei Stunden. Na ja, eigentlich hatte sie schon viel früher so ein ganz bestimmtes Gefühl in sich wahrgenommen, wenn er sie angesehen und noch schlimmer: wenn er sie angefasst hat. Und wenn dann auf einer ausgedehnten Geburtstagsparty dieser Mann auch noch zu einer dauergewellten Bocksbeutelkönigin mit Schlafzimmerblick *meine kleine Prinzessin* sagt und dabei aussieht, als wollte er jeden Moment einen Kopfsprung in ihr pralles Dekolleté machen, ist klar, dass er damit das Fass zum Überlaufen, genauer zum Explodieren bringt.

Paula, die es auf der Party quasi vor Wut zerrissen hat, wackelt nun also mit runtergelaufener Wimperntusche unter den geschwollenen Augen durch Leonhard und vorbei an der Eisdiele, wo sie und Robert an einem warmen Herbsttag noch einen Eiskaffee getrunken hatten. Wackeln ist dabei immer nur komisch für diejenigen, die dich sehen, nicht für dich selber – mit ganz wenigen Ausnahmen. Sagen wir mal, wenn jemand kopfüber hinge und wüsste, dass genau du das Letzte sein wirst, was er sieht. Für den schaust du nicht mehr komisch aus, auch wenn du noch so rumschlingerst in dem verdammten Schnee von wegen dem ganzen Wein und dem

Arsch von Mann und den Zehn-Zentimeter-Absätzen, die hier sowieso nicht angebracht sind. Für den bist du kein trauriger Clown, bloß weil du dich selbst gerade so fühlst, für den bist du wie eine Offenbarung. Wenn dich dieser Jemand sehen könnte – ist aber nicht so, denn Paula passiert die Brücke nicht zu Fuß, sie fährt, was gar nicht mehr vorgesehen war.

Der Himmel ist unten, die Straße ist oben, daran wird Regina Engler für den Rest ihres Lebens nichts mehr ändern können. Der Schnee fällt nicht, er steigt, auch dagegen kann sie nichts machen. Weglaufen kann sie nicht. Nur wegsterben könnte sie, und das wird sie, gleich. Ob sie wach ist? ob sie träumt? denkt es im Kopf, der den Schnee steigen sieht vom Himmel unten zur Straße oben, und jetzt kommen Lichter näher, sie schmerzen in den Augen, wie die Erinnerung all die vielen Jahre geschmerzt hat, und sie kann sie liegen sehen, nicht im Rückspiegel, vor sich, auf der Straße, die jetzt oben und ihr Himmel ist.

Dass Paula inzwischen in einem gut geheizten Benz sitzt, ist auch wieder eine dieser unglaublichen Launen des Zufalls. Als sie die Hoffnung schon fast aufgegeben hatte, noch ein Taxi zu erwischen, und schon wieder anfing zu heulen, diesmal nicht nur aus Wut über den Typen und die widerliche Situation, sondern ganz konkret, weil ihre Füße zum Heulen wehtaten – hielt die Karin neben ihr an!

Karin ist Taxiunternehmerin, das heißt: Der Benz gehört ihr. Aber weil die Zeiten schlecht sind, auch für Taxiunternehmerinnen, sitzt sie heute wieder selbst am Steuer – Pech für sie, Glück für Paula – so ist das mit den Zufallslaunen.

In ihrem wirklichen Leben ist Karin keine Taxifahrerin, sie tanzt! Nicht *Schwanensee* oder Foxtrot, sie tanzt Flamenco, und genau aus diesem Grund kennen die beiden sich auch – aber das ist eine andere Geschichte. Wichtig ist im Moment nur, dass Karin hinter dem Steuer einer gut geheizten Limousine sitzt und die Frau erkannt hat, die mitten in der Nacht durch den Schneematsch eiert. Was denn los ist? Aber Paula kann nichts sagen, will jetzt auch nicht, will bloß noch nach Hause und die Decke über den Kopf ziehen. Und weil Karin eine von den Guten ist, denkt sie sich ihren Teil und lässt Paula einfach in Ruhe. Erzählt ihr auf den wenigen hundert Metern dieser Freundschaftsfahrt von Andalusien, wo es so gut wie nie schneit. Erzählt von Frauen in gepunkteten Kleidern, die wütend mit den Füßen aufstampfen, während ihre Hände sich so grazil biegen wie die Hälse von balzenden Tauben im Frühling, und die Luft ist so lau und der Wind so salzig scharf wie die Stimmen der Männer und Frauen, die dazu singen. Paula starrt durch die Scheibe in eine Zeit, die heute Nacht Vergangenheit geworden ist.

Der kleine, alte Wagen vor ihnen rutscht bedrohlich, als sie unter der Eisenbahnbrücke durchfahren, und da oben – hängt doch ein Mensch!

Dass Gregor Herrmann so spät die Schwabacher Straße entlangfährt, war auch nicht vorgesehen, aber er hätte sich denken können, dass der Abend mit einem Absacker beim alten Schweden enden würde. Sören wirkt wie ein ausgesetztes Kind, wenn man ihn vor seiner Haustür absetzt, und also konnte Gregor sich nicht einfach im Auto von ihm verabschieden und ihn aussteigen lassen, sondern ist noch die eine Treppe hinuntergestiegen, wie immer, obwohl seine Promille schon beinah für zwei Fahruntüchtigkeiten gereicht hätten. Andere Künstler bewohnen Lofts, ganze Rückgebäude, bildhauern auf Dachterrassen, so weit hat Sören es nicht gebracht in seinen dreiundsechzig Lebensjahren, er lebt in zwei Souterrainzimmern in St. Leonhard, vielleicht hat er sich zu früh festgelegt mit seinen Metallskulpturen. Festlegen darf man sich als Künstler erst, wenn man berühmt ist wie Penck, der seit Jahrzehnten Strichmännchen malt. *Du musst die richtigen Leute kennenlernen,* hatte Gregor zu Sören gesagt und ihn prompt zu den falschen Leuten mitgeschleppt, zu einer Feier bei Thalberg, pardon, »von Thalberg«, der seinen Geburtstag prinzipiell am exakten Datum feiert, auch dann, wenn er, wie heute, oder vielmehr gestern, auf einen Sonntag fällt – darin ähnelt er Robert, aber das kann Gregor zu diesem Zeitpunkt noch nicht wissen. Thalberg kann sich das leisten, für ihn ist der Montag etwas anderes als für die Mehrheit, die schon am Sonntagabend mit Grauen an den frühmorgens klingelnden Wecker denkt, und auch für seine Gäste, allesamt Leute mit Geld. Der einzige sozusagen Handfeste auf der Gesellschaft war Gregor, der mehr aus geschäftlichen Gründen der Einladung gefolgt war, denn Thalberg hat ein Faible für französische Oldtimer, ohne allzuviel von ihrer Wartung und Reparatur zu verstehen. Gregor wiederum bringt von Streifzügen durch Frankreich alte Peugeots, Renaults und Citroëns mit, setzt sie instand und verkauft sie. Der andere geschäftliche Grund war Sören, den er an finanziell potente Kunstsinnige vermitteln wollte; die Gäste fanden ihn auch wirklich *nett* und *skurril,* aber in seine Skulpturen investieren wollte keiner, und wären nicht unversehens zwei alte Freunde von Sören bei Thalberg aufgetaucht, ein Buchhändlerpaar und die einzigen außer Gregor, die sich regelmäßig zum Rauchen auf die Dachterrasse zurückzogen, hätte er es nicht länger als eine Stunde auf der Party ausgehalten.

Natürlich hat Gregor Promillehochrechnungen angestellt, bevor er wieder in seinen Citroën eingestiegen ist; er hat noch nie eine Alkoholkontrolle erlebt, was, statistisch gesehen, bedeuten kann, dass ihm die überfällige Kontrolle unmittelbar bevorsteht, und deswegen heißt es aufpassen, in diesem Zustand darf man weder übervorsichtig noch tollkühn fahren, aber im Zweifelsfall lieber eine Polizeistreife überholen, als ängstlich hinter ihr herzukriechen.

Jetzt hätte Gregor rechts abbiegen müssen, aber er fährt geradeaus weiter, am Schuster&Walther und an der Evenord vorbei, das kommt, weil er zu sehr darauf achtet, wie er fährt, das kommt, weil er in einem inneren Film rauchend durch eine konsternierte Partygesellschaft spaziert, Asche in Cocktailgläser klopft und seine Kippe auf den glänzenden Parkettboden wirft, und das kommt auch, weil er an dieser Stelle schon oft geradeaus gefahren ist, bis vor kurzem, bis seine Herzdame ihn in einen Buben mit angeknackstem Herzen verwandelt hat, und deswegen wird es heikel mit den Ganzjahresreifen im Schnee, jetzt kommt er nämlich an die Stelle, wo die Schwabacher Straße steil abfällt und unter drei Eisenbahnbrücken hindurchtaucht, normalerweise spielen die Autofahrer hier Achterbahn und treten aufs Gas, aber jetzt, der Schnee, und die Sicht vor allem, ein Gebläse hat der Citroën nicht, seine Kaltstartfähigkeiten sind sibirientauglich, aber die Heizung ist für südfranzösische Verhältnisse ausgelegt. Mit einem Papiertaschentuch wischt Gregor die Scheibe frei, fährt unter einem Menschen hindurch, und jetzt darf der Wagen an der Steigung nicht hängenbleiben, aber was ist das gewesen am Brückengeländer?!

Noch jemand ist zusammengezuckt, hoch oben auf der Brücke, den kalten Schweiß hat es ihm über den Körper gejagt, als er die Scheinwerfer gesehen hat. Nicht die auf der Schwabacher Straße, mit denen kann man rechnen, selbst um diese Zeit. Nicht rechnen kann man mit solchen, die sich auf dich zubewegen, den kleinen Schotterweg von der Hessestraße hoch Richtung Bahndamm. Noch haben die Kegel ihn nicht erfasst, noch schützt ihn die Dunkelheit, aber der Weg zurück zum Parkhaus ist abgeschnitten, der Plan durchkreuzt! Warum hier, warum jetzt?! Weg, nur weg, schnell! Nicht fallen, nichts fallen lassen!

»Verdammt, da hängt doch ein Mensch!«, schreit Paula mitten in Karins Flamencobild, das leise *plopp* macht, als es zerplatzt. Karin hat nichts gesehen, außer dem Wagen vor ihrer Motorhaube und Paulas zerlaufenem Gesicht.

»Nein, Paula, da war nichts.«

Aber Paula hat es gesehen und will aussteigen, sofort! Da hilft auch kein Beschwichtigen und darauf Hinweisen, dass blanke Nerven und ein klappernder Körper keine gute Hilfen sind, einem eher Trugbilder vorgaukeln, weil sie einen ablenken möchten von geknicktem Stolz, Liebe, Männern. Nicht einmal der dringende Hinweis auf einen bösartigen Katarrh oder Schlimmeres hält Paula noch auf dem beheizten Sitz. Kaum steht der Wagen vor ihrer Haustür, springt sie raus und rutscht, so schnell sie auf den verfluchten Absätzen rutschen kann – und man kann sagen: Schnell ist das nicht –, noch einmal zurück unter die Brücke.

Drüben, am anderen Gehsteig, geht Gregor in dieselbe Richtung. Er wäre früher dort gewesen, hätte anderes gesehen, aber versuch einmal mit Ganzjahresreifen in eine viel zu enge Parkbucht zu rangieren, weil du nicht mitten in der Kurve stehen bleiben kannst, rutsch einmal über die Schneehügel hin und zurück und noch einmal mit Anlauf, und der Motor schrillt wütend seine 23 PS in die Winterluft, und dann halb auf den Bürgersteig mit der Kiste. So geht das.

An den Zeitknotenpunkten kommen die Koinzidenzen zustande, da bilden die Lebensläufe Kreuzungen und Parallelitäten, und deshalb bleiben Gregor und Paula auch gleichzeitig stehen, nachdem sie die mittlere Brücke unterquert haben, spähen nach oben und sehen eine Puppe, kopfüber mit verschränkten Armen am Geländer aufgehängt, daneben ein Schild:

Normalität ist eine gepflasterte Straße, doch es wachsen keine Blumen auf ihr (F.G.J. Menetekel)

Die ist eben noch nicht da gewesen, das würden beide beschwören, Mensch ist Mensch und Puppe ist Puppe, so falsch *kann* man nicht sehen. Jetzt müsste der eine Mensch den anderen über die drei stillen Fahrspuren hinweg fragen, ob er da nicht eben einen Menschen hat hängen sehen oder geglaubt hat, einen Menschen hängen zu sehen, aber das fragt sich nicht so leicht. Bis Gregor wieder eine Frau anspricht, wollte er ohnehin noch ein langes Stück Zeit vergehen lassen, und Paula hat von Männern auch erst mal die Schnauze voll. Also gehen beide zurück. Hinter den Eisenbahnbrücken trennen sich ihre Wege, sie geht nach links, er nach rechts und im Laufschritt zum Wagen zurück.

Nur ein paar Minuten früher, nur ein paar Minuten! Aber so ist es eben mit dem Zufall, er findet nicht statt, nur weil wir es wollen, weil wir es wünschen, weil vielleicht unser Leben davon abhängt.

Man kann versuchen zu zappeln, obwohl sich kein einziger Muskel im eistauben Körper mehr bewegen lässt, man kann schreien wollen und kreischen wie Kreide auf Schiefer »Hilfe, hier bin ich, hier oben!« Aber mit gelähmten Stimmbändern geht das nicht mehr. Und wo man wild werden will und auch müsste – immerhin es geht ums Leben – bleibt nichts als stummes Starren in eine Welt, die verkehrt herum hängt und immer dunkler wird statt heller. So ist das: Die Wege kreuzen sich erst dann, wenn sie sich kreuzen müssen. Ob das dann gut ist oder schlecht, ist immer nur eine Frage der Perspektive, und würde man den armen Harri, der gerade eben noch hastig eine bretthart e Frau über das rostige Metallgeländer der alten Eisenbahnbrücke wieder nach oben gezogen hat, fragen, wie er die Sache mit Zufall und Perspektive sieht, er würde nicht einmal mehr mit den Schultern zucken, denn seine Gedanken drehen sich in einem Kreis aus Fragen und immer wieder um die eine: Was jetzt?

Es ist gut, dass es wieder angefangen hat zu schneien! Die Spuren auf dem Bahndamm verschwinden so rasch, wie sie entstehen. Aber der Weg, den er jetzt nehmen muss, ist mühsam, rutschig, der Tunnel lang und finster, und der Körper wiegt schwer, bringt ihn zum Stolpern alle paar Meter. Harri hat Angst, und kalt ist ihm, vielleicht ist das aber auch dasselbe.

Sie hatte sich kaum gewehrt, als er sie vor noch nicht einmal einer Viertelstunde auf seine Schultern lud. Sie war fast heiter und ruhig, als hielte sie immer noch ihr Rotweinglas in der Hand. Gescherzt hat sie, als er mit ihr die Treppe runter ging, heiser gekichert über ihr neues Sommerkleid, wie sie da hing über seiner Schulter; dann ist sie unruhig geworden, hat nach Luft geschnappt wie der Karpfen, wenn man den Teich ablässt. Einmal fuchtelte sie noch so heftig mit Armen und Beinen gleichzeitig in der Luft herum, als würde sie sogar durch den ganzen Nebel in ihrem Kopf hindurch spüren, dass es gut wäre, sich noch einmal gezielt bewegen zu können. Das war wie ein komisches Aufzucken von Lebenswillen. Kurz vor der Brücke hat sie dann aber nur noch leise gewimmert, gut so.

Was er gar nicht gemocht hat, war das mit den Handschellen. Nicht, dass er grundsätzlich was gegen Handschellen gehabt hätte, nur: Handschellen sind nun mal für Handgelenke gemacht und nicht für Fußknöchel! Und man kann über Harri denken, was man will, aber eines steht fest: Er hat eine ganze Reihe von feinen Eigenschaften. Eine davon ist sein überaus sensibles Gehör, was ihm schon damals im Schlachthof oft zu schaffen gemacht hat. Wenn die Schweine, kurz bevor sie zu Schweinefleisch wurden, immer diese Geräusche gemacht haben, ist dem Harri regelmäßig ganz kalt ums Herz geworden, und die Haut an seinem Körper ist zusammengeschrumpft, als hätte man sie mit Eiswasser begossen.

Und wie er der Frau die viel zu engen Handschellen um die Fußgelenke gequetscht hat, macht die doch ganz ähnliche Geräusche wie so ein Schwein kurz vor dem Bolzenschuss, und dem armen Harri wurde es wieder furchtbar klamm ums Gebein. Und wie er sie dann mit dem Kopf vorweg über das Geländer bugsiert und den Metzgerhaken am Geländer festgemacht hat, bis sie endlich da hängt, wo sie hängen soll – will man es glauben? –, quietscht die Tante noch einmal los! genau wie die Säue, vor denen der Harri damals auch schon Reißaus hat nehmen müssen. Und so viel ist sicher: Wäre da nicht sein

Schutzengel hinter der Gardine im vierten Stock gestanden und hätte so was wie ein sehr festes Seil geknüpft zwischen sich selbst und ihm – der Harri wäre ab durch die Mitte und zurück in seine Laube und Schnaps. Und danach: nur noch vergessen.

Aber das Seil ist fest, genau wie das Metall, an dem die Frau kopfüber von der Brücke gebaumelt und irgendwann doch noch aufgehört hat, Geräusch zu machen, sich stattdessen aufs Gucken konzentrierte. So weit war alles gut, bis hierher war alles nach Plan gelaufen – und dann: die Scheinwerfer. Und jetzt: das ganze Gestolper den langen Weg bis hin zur Laube und die schwere Last auf der Schulter, weil eben doch nicht alles so geklappt hatte mit dem Plan, weil Menschen Wege kreuzten, die sie nicht hätten kreuzen dürfen! Zwei Menschen, ebenfalls mit einer Last, Menschen die vom Parkhaus her kamen, von dort, wo er mit *seiner* Last hätte hin wollen, hätte hin sollen! Jetzt beißt die Kälte in Hände und Füße und die Angst in den Kopf, als Harri hastig im Tunnel verschwindet.

War einmal ein schöner Weg, ein wilder Weg – sein Geheimweg! Ist auch jetzt noch der einzige Weg, den man Weg nennen kann zwischen Laubenkolonie und Hessestraße. Ist ein Abenteuerweg voll Unkraut, Schotter und Stolperschwellen – verdammter Schnee, verdammte Schwellen! Bei Vollmond wimmelte es früher nur so von Kaninchen – ah, weiches Fell. Schön war es damals, wenn er von einem dieser nächtlichen Ausflüge mit seinem Schutzengel kam und über diesen Weg zurück nach Hause gelaufen ist. Heute ist es ein schlimmer Weg, böser Weg – ein Weg voller Augen, die sich in seinen Rücken brennen, und Ohren, die endlich Nachricht wollen, die warten, warten.

Es gab eine Zeit, als die Engel noch nicht wussten, dass sie Engel, als die Flüsse noch nicht wussten, dass sie Straßen sind. Es gab eine Zeit, in der die Minuten noch keine Bedeutung hatten, weil sie noch nicht geboren waren. Es gab eine Zeit, in der es nur nach vorne ging, Hand in Hand von Sommertag zu Sommertag. Das Pflaster war warm und der Wind wie Wasser – und Freude – gab es nicht auch einmal Freude?

»Was tut er? Wo bleibt er?«

Der Körper des Menschen ist so schwer, mühsam schleppt er sich über die Erde, die er Welt nennt. Mühsam, mühsam die Treppe hinunter, wenn Knochen schmerzen wie morsches Holz. Der Wind schneidet und nasser Schnee frisst Löcher in die trockene Haut.

»Was tut er? Wo bleibt er?«

Als Gregor wieder bei seinem Citroën angekommen ist, hat der beschlossen, sich erst einmal zur Ruhe zu setzen vor dem Schnee, und ist trotz guten Zuredens nicht mehr dazu zu bewegen, die Parklücke zu verlassen. Ein Mittel dagegen gäbe es schon, nämlich, Pappkartons unter die Antriebsräder legen, aber dazu müsste man welche im Auto haben, und also geht Gregor den Rest des Wegs zu Fuß in seinen zu dünnen Schuhen.

Als er eine halbe Stunde später vor seiner Haustür steht, hat die Meute der Pendler schon begonnen, über die Straßen herzufallen, das tut sie immer, auch an solchen Wintermorgen, an denen sich die Stadt ganz unberührt und jungfräulich gibt, so im Schneekleid. Die Meute macht den Sonntagabend endgültig zum Montagmorgen und alle, die noch im Sonntagabend waren, zu Fremden in der Welt, und deshalb greift Gregor, den Mantel noch nicht ausgezogen, nach einer Schallplatte, es ist nicht seine Gewohnheit, mit Musik einzuschlafen, aber jetzt braucht er einen Kokon um sich – *ein toter Mensch! Wahrheit? Trugbild?* –, sonst kommt sein Schlaf nicht gegen die erwachende Stadt an, ein Pianist und ein Sänger spinnen ihn aus dunklen Akkorden, *Fremd bin ich eingezogen, fremd zieh ich wieder aus.*

»In dieser Wohnung wird es niemals warm!«

Wenn du eine Kerze anmachst, und natürlich macht Paula erst einmal eine Kerze an, als sie nach Hause kommt, tanzt die Flamme im Zug. Es zieht überall, das liegt an den alten Fenstern und den verzogenen Mauern. Ist eben eine alte Stadt mit alten Häusern, und Gostenhof ist besonders alt, weil es sich damals im Krieg so geschickt unter den Bomben der Amis weggeduckt hatte. Im Treppenhaus war das Licht mal wieder ausgefallen, passiert oft im Winter, und als sich Paula die vier Stockwerke nach oben getastet hat, ist sie endgültig windelweich in den Knien. Schuhe aus, Socken an, Rotweinflasche auf- und Kerze anmachen, so geht das.

Wenn man an so einem stockdunklen Morgen, der auch noch ein Montagmorgen ist, an seinem Küchentisch sitzt und die eisigen Füße wieder weich massiert, und wenn man das tut, nachdem man sich eine knappe Stunde vorher auf Unschuhen und mutterseelenallein von Leonhard nach Gostenhof geschleppt hat – vergessen wir mal das Taxiintermezzo auf den letzten paar hundert Metern –, dann reicht das schon. Wenn man vorher aber noch den Liebsten an eine aufgetakelte Bocksbeutelkönigin abtreten musste und kurz danach in die aufgerissenen Augen einer toten Frau glotzt, die mit dem Kopf nach unten an einem Brückengeländer aufgehängt ist, dann ist es mehr als genug. Aber das Fass läuft endgültig über, wenn sich diese Frau innerhalb von fünf Minuten in eine Schaufensterpuppe verwandelt und damit quasi als Hirngespinst herausstellt.

Paula trinkt Wein, eigentlich ist ihr schon schlecht, aber das ist jetzt auch schon egal. Die Küchenuhr an der Wand über ihrem Kopf tickt überlaut und pedantisch – *tick tack, tick tack, tick tick tick …*

»Gell, Paula, du spinnst ein wenig!« Die Flamme in der Heiztherme zündet mit einem dumpfen Rülpser und der Kühlschrank röchelt dazu asthmatisch – dies ist einer jener bemerkenswerten Momente, in denen die Dinge gern ihren Schabernack mit den Menschen treiben. Aber Paula ist jetzt nicht nach Scherzen, schon gar nicht nach Denken, also schiebt sie eine CD in die Anlage auf dem Beistellschrank.

»Was war das für ein Typ?«, denkt Paula, »hat er gesehen, was ich gesehen hab?« Sie hatte sein Gesicht nicht erkennen können, drei Fahrspuren sind schon eine enorme Distanz, zumal bei Schnee und Kurzsichtigkeit und obendrein mit völlig verquollenen Augen, verklebten Wimpern. Aber sagen wir mal so: Es ist doch recht ungewöhnlich, wenn um die Zeit bei der Temperatur einer unter einer Bahnbrücke in Gostenhof rumsteht und nach oben guckt, als wär' ihm das Kreuzdonnerwetter in die Glieder gefahren! Und wenn es denn auch noch zwei sind, die ganz ähnlich unpassend in der Gegend rumstarren, dann liegt es doch bei aller Unwahrscheinlichkeit ziemlich nahe, dass beide etwas gesehen haben, das sie, mal vorsichtig ausgedrückt: verstört hat.

Gut, so weit ist Paula nun mit ihren Gedanken, aber weiterbringen tut sie das auch nicht, denn sie weiß nichts von dem Mann, der auf der anderen Seite der Straße gestanden ist und auf die hässliche Puppe gestarrt hat – ein bisschen wohl auch auf sie, zumindest hat sie gefühlt, wie er sie ganz kurz und schneeverhangen gemustert hat. Und sie, was ist hängengeblieben von ihm? Was hat sie gesehen? Eine kräftige Gestalt in einer Art Lodenmantel, wie ihn Hans Moser tragen würde, wenn er aussehen wollte wie ein altmodischer Österreicher. Langsame Bewegungen und etwas ausgesprochen Gewissenhaftes in der Art zu stehen und zu schauen – das war's auch schon. Kein Name, keine Telefonnummer und keine Adresse – ein Phantom, genau wie sie selbst in dieser Nacht.

Und während Gregor schon lange schläft und vielleicht von Frauen träumt, die die Welt über Kopf sehen, vielleicht aber auch sehr viel angenehmer – von einem Citroën Cabrio mit vanillefarbenen Ledersitzen –, und während Paula sich die Reste der Wimperntusche abwäscht und in die Augen einer toten Frau sieht, die ihr entgegenstarren, singt die Frau auf der CD in der Küche laut und klagend:

»Me avisaron a tiempo: ¡Ten cuidado!« – »Man hat mich beizeiten gewarnt: Pass auf!«

Hatte sie nicht gesagt, dass er sich in Acht nehmen sollte? Hatte sie nicht alles so geplant, dass es hätte fließen können wie der Bach durch sein ewiges Bett? Es war die Andere, die sich dagegen gestemmt hatte – schon immer hatte sie sich dagegen gestemmt, wollte nicht fließen lassen, wollte unterbrechen, hindern, zerstören!

Falscher Engel, schwarzer Engel!

Noch nachdem du deinen letzten Flug geflogen bist, musstest du dich dem Fluss in den Weg legen!

Falscher Engel, böser Engel! Quälst das Einzige, was mir geblieben ist!

»Wo bist du? Was tust du?«

Wie laut schreit eine Frage in die Nacht hinaus, die nicht gehört werden will?

Der Montag ist von jeher der Bastard der Wochentage. Aufdringlich und strebsam klemmt er sich hinter die Wochenenden, wie ein verwahrlostes Kind, das um Aufmerksamkeit buhlt. Im Sommer mag das gerade noch angehen, aber im Winter?

Schauen wir uns allein diesen Montagmorgen an, der immer noch dunkel ist, denn so ist das im Winter: Meistens ist es dunkel, und hell wird es nur kurz, aber kaum jemand bekommt das mit, weil in den Büros und Lagerhallen Neonlampen brennen. Auch Harri hätte so langsam daran denken müssen, sich in seine Lagerhalle und unter sein Neonlicht aufzumachen – Maloche, Harri! Von nix kommt nix! Wenn dies ein ganz gewöhnlicher Montagmorgen gewesen wäre, hätte der Harri jetzt den Radiowecker ausgeschaltet und sich erst einmal einen Kaffee gekocht, um das Schlafdumpfe aus dem Kopf zu vertreiben. Dann hätte er sich gewaschen, vielleicht rasiert, und anschließend den Kanonenofen in seiner Laube eingeheizt.

Eigentlich ist so eine Laube nicht zum Dauerwohnen, aber hier im *Gärtnerglück gegr. 1921* wohnt Harri mietfrei, weil ihn die Wochenendgärtner ganz gut gebrauchen können für Rasenmähen und Satellitenschüsseln installieren und Dächer neu teeren – und auch wegen Angela. Und wäre dieser Montag ein Montag wie alle anderen, würde er nach der Schicht in der Evenord in seiner Bude ein Nickerchen machen und abends die Schwabacher Straße runter ins *Concordia* gehen, das ist so eine Eckwirtschaft, wo die Speisekarte nur pro forma existiert und wo man sein Bier nicht bestellen muss.

Er hat auch tatsächlich ganz kurz ans *Concordia* und an die Evenord gedacht, aber der Gedanke war so leicht und windig zwischen all den anderen Bildern und Gedanken in seinem Kopf herumgeschaukelt, dass er ihn gleich wieder weggewischt hat. Das kann man dem armen Harri auch wirklich nicht übel nehmen, denn er hat so gesehen ja schon einen ganzen Arbeitstag hinter sich – allein die Nerven und die Kälte.

Schwer und tot wie eine tiefgekühlte Schweinehälfte hat er die Frau den ganzen Weg bis zur Laubenkolonie geschleppt und dabei die ganze Zeit an seinen Schutzengel gedacht. Wie lange hat sie unten vor der Haustür gestanden und auf ihn gewartet? Es war so verabredet, er hätte sie dort abholen sollen. Es konnte doch niemand ahnen, dass um diese Zeit noch andere Menschen auf dem Bahndamm herumspuken und den schönen Plan von einem Moment zum anderen kaputt machen. Sie hatte andauernd angerufen, Harri konnte das Telefon in seiner Jackentasche hören, wusste, dass nur sie es sein konnte, aber nach Erklärungen ist niemandem zumute, der mit knapp sechzig Kilogramm auf dem Buckel durch die Nacht stolpert. Und so schleppte er sich über vereiste Schwellen und rutschigen Schotter Meter für Meter über die Brücken, über den Damm und wurde dabei begleitet von einem gequäkten Radetzkymarsch.

Jetzt ist die Nacht schon hellgrau, der Radiowecker dudelt Lustiggemeintes, und in der Evenord hat die Schicht längst ohne Harri begonnen. Der sitzt nämlich mit der x-ten Bierflasche auf seinem Sofa und versucht zu vergessen, die Kälte, die Schreie, die Angst, vor allem aber diese Augen, die ihn durch die ganze Nachtschwärze hindurch glasig und vorwurfsvoll angeguckt haben, als er den schweren, kalten Frauenkörper erst mal im Holzschuppen hinter seiner Laube hat fallen lassen. Nicht mal, als er die tote Frau später auf den verrosteten Stahlrohrsessel zwischen Bierkästen und Kohlenhaufen gesetzt hat, haben diese Augen aufgehört zu glotzen.

Nur raus aus dem Schuppen, Bier trinken, viel Bier trinken, bloß nicht denken, bloß nichts erinnern, abschalten, nur noch abschalten! Wieder das Handy – wie oft will sie noch anrufen? Er will nicht rangehen, will ihre Stimme nicht hören, will nichts sagen, will schlafen, schlafen!

... und noch einmal schmettert der Radetzkymarsch durch die sterbende Nacht.

Harri wird nicht von vielen Leuten angerufen. Und wer ihn anruft, ruft ihn nicht zum Plaudern an. Harri ist einer, von dem will man was, und das kommt nicht bloß, weil er Arme und Hände hat, die einen halben Werkzeugkasten ersetzen. Das kommt auch, weil er nie von anderen was will und nicht einmal von sich selber. Wenn die anderen nicht wären, dann würde Harri im Evenord-Lager Kartons voller Plastikpreisschildchen von Paletten nehmen und in Regale einsortieren oder Metzgerschürzen aufeinanderstapeln, oder Aufsteller, auf denen ein fröhliches Schwein eine Tafel hält, wo die Metzger ihre Mittagsimbissangebote mit Kreide draufschreiben, und nach der Frühschicht wieder in seine Gartenlaube gehen, drüben in der kleinen Kolonie zwischen den Bahngleisen und der Stadtautobahn und dem Heizkraftwerk Sandreuth, und er würde sich aufs Ohr legen oder fernsehen. Und deswegen ist Harri ganz froh, dass sein Mobiltelefon ab und zu klingelt, sonst würde er in diesem Eintopf aus Evenord und Kleingartenkolonie und *Concordia* versinken, und dabei muss er noch dankbar sein, dass er das alles hat, denn ihm hätte es leicht passieren können, dass er einige Etagen tiefer lebt, so wie die anderen, die das Leben schon von Kind an gebissen hat. Aber heute will er etwas, er will seine Ruhe, will endlich nicht mehr denken.

Der Radiowecker dudelt – lange schon? – sie haben was? Eine Schaufensterpuppe an die Bahnbrücke über der Schwabacher gehängt? Das kann nicht sein, ein Mensch ist keine Puppe, hat sie sich in eine Puppe verwandelt, ist zurückgelaufen über die Gleise, hat sich dort wieder aufgehängt, wo er sie abgenommen hatte? Anklagen, will sie ihn anklagen, noch nach ihrem Tod?

Zurück in den Schuppen, sie sitzt noch da, wo er sie hingesetzt hatte, und immer noch diese Augen!

»Ja, Frau«, schreit Harri da ganz verzweifelt und mit den Nerven am Boden, »schau doch nicht so böse, ich bring das schon wieder in Ordnung, du musst warten, nur ein bisschen warten!«

Aber die Frau hat wohl keine Geduld, glubscht ihn stattdessen nur an, als wollte sie unbedingt noch was unternehmen. Die Augen lassen sich auch nicht zudrücken – vielleicht, weil die Lider schon vor Stunden festgefroren waren.

»Ja, Herrgott noch einmal, jetzt kann ich doch nichts mehr mit dir machen, blöde Sau!«

Aber sofort tut ihm der Faustschlag leid und die Tränen laufen ihm über die Bartstoppeln und hören erst wieder auf zu laufen, als er sich bei ihr entschuldigt und ihr dabei sehr lieb übers Haar gestrichen und den Kopf wieder gerichtet hat. Nur hinschauen, hinschauen kann er immer noch nicht, das geht erst, nachdem er ihr die leere ALDI-Tüte über den Kopf gezogen hat.

Nun, wo Müdigkeit und Bier den Harri endlich immer tiefer in die braunen Cordpolster seiner Couch drücken, regt sich das Handy noch einmal, und fast schlafend drückt er endlich den grünen Knopf und murmelt noch einmal den Satz, den er so ähnlich gerade schon einmal zu einer Frau gesagt hat:

»Bitte nicht böse sein, ich bring das wieder in Ordnung, du musst nur ein bisschen warten.« Dann drückt er die Austaste und schläft sich aus einer Welt, mit der er nichts mehr zu tun haben will.

Die Welt hat schon vor einer ganzen Weile gemerkt, dass kaum noch jemand was mit ihr zu tun haben will, und deshalb die Medien erfunden. Medien kommen in unterschiedlicher Aufmachung und meistens in Massen vor: Mal sind sie bunt, mal schwarz und weiß, in manchen kann man lesen, andere anschauen, und wieder andere kann man nur hören. Und weil die Welt von den ganzen Meldungen über sich einfach den

Rand nicht mehr vollkriegen kann, gibt es seit langem auch Privatsender. Die kümmern sich um die kleinen Welten, um all die Nebenwelten vor den Haustüren der Hörer sozusagen. Privatsender zeichnen sich in erster Linie durch ungeheure Fröhlichkeit aus, selbst an Montagmorgen, weshalb sie zwar eigentlich nicht zu ertragen sind, beim Zähneputzen oder im Berufsverkehrsstau aber trotzdem gehört werden.

Weshalb die Moderatoren in so einem Sender in aller Herrgottsfrühe schon derart laut und lustig sein können, ist auch der Welt ein Rätsel, kann ihr aber herzlich egal sein – Hauptsache, es wird wieder einmal über sie geredet. Viel ist bisher nicht passiert an lokalen Weltbewegungen, der Nachrichtenticker gibt kaum was her, nur im Zoo wurde letzte Nacht ein Gnu geboren – »Juhu, ein Gnu!«

Und »Huhu, Gnu!« brüllt der Mann von der Morningshow solange ins Mikro, bis auch ihm auffällt, dass er die Scherzgrenze nun wohl doch unterschritten hat.

»Mann, bring mir bloß irgendeine Meldung, sonst muss ich das Telefonbuch vorlesen!« Und wie es der heute überaus aktive Zufall will, springt dem neuen Redaktionsmitarbeiter just in diesem Augenblick der Polizeibericht ins Auge: »Neue Aktion der F.G.J. Menetekel! Schaufensterpuppe bringt Berufsverkehr zum Stocken. Einzelheiten siehe Anhang« – na, das ist doch was. Flugs wird ein lustiges Ratespiel für die Hörer um die Meldung gebastelt: Was bedeutet »Normalität ist eine gepflasterte Straße, doch es wachsen keine Blumen auf ihr«? Die ersten drei Anrufer mit witzigen Interpretationsvorschlägen gewinnen je einen Kugelschreiber mit Senderlogo. Die Telefone stehen nicht mehr still – die Welt ist wieder zufrieden mit sich.

Auch die Zeitungsfrau kann zufrieden sein, sie hat heute schon ihren alltäglichen Dienst und einen an der Gesellschaft vollbracht. Zwar hinkt sie mit ihrer Lokalzeitung im Bezug auf neueste Neuigkeiten dem Radio mal wieder hinterher, ist dafür aber selbst umso mehr auf Zack. Dieser Typ heute früh war ihr gleich verdächtig vorgekommen, wie der mit seiner kleinen grünen Klapperkiste erst halbkriminell fast auf dem Gehsteig eingeparkt hat und dann Richtung Bahnunterführung gehetzt ist – »Ja, Herr Wachtmeister, der hat fei ausgschaut, wie wenn er was vorg'habt hätt'! Drum habbi des Nummernschild glei aufg'schriem, wall, mer waß ja nie, gell!«

Zum ersten Mal klingelt es um zwanzig nach neun, dann noch einmal fünf Minuten später, und um viertel vor zehn gleich noch einmal. Um kurz vor zehn ist Paula enggültig wach und wütend.

Restmüll, Papiertonne, Post, Pizzawerbung oder irgend ein anderer Briefkastenverstopfer – das sind die Montagmorgen. Es ist vollkommen egal, dass man nur knappe vier Stunden geschlafen hat, ist auch schnuppe, wenn man nach dreieinhalb Jahren Knall auf Fall wieder solo ist und in dieses Gefühl unter der Bettdecke noch mal in aller Ruhe reinschmecken möchte, oder? Dann ist es auch schon wurscht, wenn man ein paar Stunden zuvor in die kalten, toten Augen einer Frau geguckt hat, die einem kurz darauf als die einer Schaufensterpuppe verkauft werden sollten. Oder war das alles bloß Einbildung? – böser Traum? zu viel Wein? Und Montag sowieso!

Montag ist der Tag zum Paranoidwerden – egal bei welchem Wetter. Man sollte ihn streichen, diesen Streber unter den Wochentagen. Schon damals in der Schule konnte man am Montag immer am besten sehen, wer was am Wochenende getrieben hatte, und es waren immer diejenigen, die am Sonntag mit Mutti und Vati beim Kurkonzert waren oder Pilze suchen, die einem mit ihrer saubergewienerten Laune den Tag vermiest haben. Nur die ganz jungen Menschen haben noch eine natürliche Abneigung gegen den Montag, und so ein Erstklässler brüllt sich eher die Seele aus dem Hals, als sich am Montagmorgen in aller Herrgottsfrühe auf gut gelaunt zu trimmen.

Kinder haben es gut, je kleiner sie sind, desto besser haben sie es. Nehmen wir einen Säugling, dem ist es vollkommen egal, ob er jemanden stört mit seinem Geschrei: Hunger ist Hunger, Zahnweh ist Zahnweh! Es hat sich gefälligst sofort jemand darum zu kümmern, basta. Ungebremst krakeelt er seine Befehle nach draußen, und wehe, sie werden nicht befolgt! Erstaunlich, was für eine enorme Lautstärke so ein winziger Klangkörper erzeugen kann und wie dünn dagegen die meisten Stimmchen ausgewachsener Menschen klingen. Je älter er wird, desto mehr wird der Mensch gebremst, und das nicht nur stimmlich. Wer sich nicht bremst, fliegt raus.

Das hatte Paula erst vor ein paar Stunden erlebt, als ihr Robert sich in den Ausschnitt dieser blonden Dauerwelle gestürzt hat. Nicht, dass dieser Sprung völlig überraschend kam, nein, Robert hatte schon eine ganze Weile lang Anlauf genommen und Ausschau gehalten. Aber davon wollte sie nichts sehen oder merken – ist ja auch nicht schön, wenn man sich plötzlich ganz nackt und hässlich fühlt unter den Blicken eines Mannes, wenn der einen anguckt, so enttäuscht von sich und der Welt, und der deswegen die Augen in andere Richtungen verdreht.

Sowas ist natürlich bitter, und du kannst so oder so damit umgehen – sagen wir mal, mehr oder weniger elegant, mit mehr oder weniger psychologischem Feingefühl und manchmal auch bloß völlig aus dem Bauch heraus. Bei Paula kam es völlig aus dem Bauch, und sie hat der Agnes – so heißt die dauergewellte Bocksbeutelkönigin und Ausschnittsinhaberin im wirklichen Leben – mitten im schönsten Partyrummel einen Castellani Primitivo ins Gesicht und über die blonden Locken geschüttet, was dann natürlich zu einer allgemeinen Aufgeregtheit geführt hat. Freundinnen haben zwar versucht zu schlichten, aber eines ist mal sicher: Wenn du Rotwein auf blonde Locken kippst, dann lässt sich nichts mehr schlichten – wer sich nicht bremst, fliegt raus und geht zu Fuß nach Haus – so ist das!

Und wie Paula so dasitzt in der lauwarmen Küche bei entkoffeiniertem Nescafé (Tee ist alle) und einem reichlich flauen Gefühl im Körper und sich ganz alleine fühlt auf diesem krakeelenden Globus und wie sie gerade versucht, wieder mit dem Denken zu beginnen, sieht sie auf einmal, dass ihr nettes Alter Ego da war. Das Alter Ego kommt immer dann zu Besuch, wenn Paulas Seele ganz windig in der Gegend herumpendelt und sie auf dieses Zustand auch noch Wein oder Schlimmeres kippt, wie vor ein paar Stunden. Dann macht es sich an der Schiefertafel neben der Küchentür zu schaffen, schreibt auf, was nicht vergessen werden darf, und sorgt dafür, dass Paula sich nach dem Aufwachen nicht ganz so elend fühlt. Heute Vormittag steht da in mäßig lesbarer Schrift:

war eine *echte* Leiche!

und darunter:

Roberts Reifen durchstechen!

Unten vom vergitterten Schulhof dringt das Gekreische der eingesperrten Kinder bis rauf in den vierten Stock, als es zum sechsten Mal an diesem Morgen lang und schrill an der Haustür schellt. Paula rennt zur Sprechanlage und schrillt nun ihrerseits, dass sich die verdammte Pizzeria ihre dämlichen Speisekarten gefälligst sonstwohin stecken solle, nur drückt sie es auf ihre sehr eigene Weise, also weit weniger freundlich aus. Von unten wird irgendwas Unflätiges zurückgebellt – es ist überall Montag.

»Reiser'sche Buchhandlung, hallo!«

Ausgerechnet heute, wo Ymdert Leupold sich von einer mittelprächtigen Halsentzündung ziemlich angeschlagen fühlt, steht das Telefon nicht still, und wenn es still wäre, würde er damit hadern, warum er überhaupt in dem Zustand den Weg in den Laden auf sich genommen hat; in persona lässt sich heute sowieso kein Kunde blicken, bei dem Wetter überlegt man es sich mehr als zweimal, ob man einen Extraweg auf sich nimmt, um ein bestelltes Buch abzuholen.

»Reiser'sche Buchhandlung, guten Morgen!«

Woher das Zitat stamme »Selbst in den Labyrinthen gibt es bereits Schilder *Irren verboten*«, erkundigt sich eine weibliche Stimme, und Leupold muss nur einen Schluck Kaffee lang nachdenken, um den Satz als Aphorismus von Stanislaw Jerzy Lec zu identifizieren, »*Unfrisierte Gedanken*, gibt's jetzt in einer günstigen neuen Ausgabe von Hanser für zwölfneunzig.« Da kann man sich unter dem auf Bestseller und Stapelware getrimmten Personal der Filialbuchhandlungen lange umsehen, bis man zwei findet wie Ymdert Leupold, der bislang noch jedes Zitat seinem Autor zuordnen konnte, und Marion Prieß, die noch die seltensten Liebhabereditionen von längst verschollenen Kleinverlagen aus ihrem Gedächtnis abrufen (»da gab's doch mal ...«) und antiquarisch aufspüren kann.

»Reiser'sche Buchhandlung, guten Morgen!«

Was Leupold betrifft, er hat seine Qualitäten garantiert seiner angeborenen Kurzsichtigkeit und seinem Vornamen zu verdanken, letzteren wiederum mutmaßlich einer entweder schwer hörenden oder unlesbar schreibenden Hebamme; und da seine Eltern im Jahr 1948, da war er erst drei, einer unentdeckt gebliebenen Weltkriegsgranate zum Opfer fielen, hat er niemals herausbekommen, wie er wirklich hätte heißen sollen. Fest steht, dass jemand, der so heißt und außerdem starke Brillengläser nötig hat, in Kindheit und Jugend besseren Anschluss an Bücher als an Menschen findet.

»Reiser'sche Buchhandlung, hallo!«

Fest steht auch, dass der frostige Morgen auf der Bahnbrücke ihn nicht so strapaziert hat wie der beheizte Vormittag im Bücherreich, und jetzt denkt er, ob Marion, seine Rio, noch im Bett liegen wird, aber jetzt klingelt zur Abwechslung doch noch die Glocke der Ladentür, ein Tourist, ganz offensichtlich, erkundigt sich nach der Straße der Menschenrechte. Merkwürdige Koinzidenz, findet Ymdert Leupold, denn mit diesem Thema hatten sie es auch schon gehabt: »Man müsste mal eine Aktion in der Straße der Menschenrechte …«, ja, das wär's, diese verlogene Säulenreihe, die von vier Videokameras überwacht wird, in Nürnberg werden die Menschenrechte gut geschützt, zweifellos.

Schon wieder das Telefon: »Sagen S', Herr Leupold, was kann denn das bedeuten, ich meine, hintergründig bedeuten, grad ham's im Radio so ein Preisausschreiben zu dem Satz: Normalität ist eine gepflasterte Straße, doch es wachsen keine Blumen auf ihr? Wie gesagt: hintergründig.«

Und es ist genau diese Frage, die dazu führt, dass Ymdert Leupold erstens einen schweren Hustenanfall bekommt und zweitens beschließt, den Laden für heute wegen Krankheit zuzusperren.

Als Gregor am Nachmittag aufsteht, stiehlt sich das Montagslicht eben davon, und beim Kaffee in der Küche, dem einzigen Raum in seiner Wohnung, der immer geheizt ist, denkt er an den dunkelsten Winter seines Lebens zurück, in dem er sich mit einem Nachtschichtjob bei maul-belser über Wasser halten musste und von November bis Februar kein Tageslicht gesehen hat, an diese schwarze Zeit wird er als Greis noch denken, an Licht erinnern sich nur Fotoplatten. Er spürt die Angst wie Kriechstrom in sich, im November und Dezember hat er nicht viele Aufträge, und im Januar werden die jährlichen Lastschriften wie Aasgeier über die blutroten Zahlen herfallen. Der aufziehende Schneesturm hüllt die Stadt ein und legt dabei bloß, wie künstlich Gregors Existenz im Winter ist, ausstaffiert mit Kohleöfen und einem Auto, das man keinesfalls im Winter und wenn im Winter, dann wenigstens nicht bei Streusalzwetter fahren soll, und so wird ihm das Winterleben zum Provisorium, in dem sich seine Energie an Tätigkeiten verschwendet, die nur das Aufrechterhalten von gerade noch erträglichen Zuständen zum Ziel haben: Briketts aus dem Keller nach oben schleppen, Aschetonnen nach unten wuchten und ihren in alle Richtungen zerstiebenden Inhalt auskippen, das wirft Gregor unerbittlich auf die bloße Körperlichkeit zurück. Im Sommer ist er echt, im Winter eine Karikatur mit Sommerauto und Sommerwohnung und den widerborstig schweren Mänteln aus der Gebrauchtwarenhalle. Als der schwarze Kaffee die vorausgegangene lange Nacht aus ihm exorziert hat, zieht Gregor den knöchellangen österreichischen Lodenmantel an und macht sich auf den Weg zum Kohlenhändler, die Vorräte im Kellerabteil sind so gut wie aufgebraucht, und der Wetterbericht droht mit kalten Luftmassen aus Skandinavien. Erst auf der Straße ist der frühe Morgen wieder da, der Heimweg zu Fuß (wo steht der Wagen?), der tote Mensch am Brückengeländer, durch beschlagenes Glas gesehen, der wenige Minuten später zu einer Schaufensterpuppe wurde, auf keinen Fall darf er vergessen, morgen Zeitungen zu kaufen, und bis dahin? Der Wind schneidet ihm die Miene des abgewiesenen Herzbuben ins Gesicht, aber bevor Gregors Gedanken sich hoffnungslos verstricken (denn jetzt fängt er schon wieder an, über sich und Frauen nachzudenken; für die ist das Leben ein Geschenk und voller Möglichkeiten; sein Lebenmüssen ist für sie ein Fest des Lebendürfens, und über solchen Gegensätzen können Beziehungen zerbrechen), betritt er das Kontor des Kohlenhändlers, das überheizt ist von den rotglühenden Telefondrähten. Die allzu früh hereingebrochene Kälte hat einen großen Teil der Kunden in Panik versetzt, und der massige Mann am Schreibtisch, der mit zwei Telefonhörern jongliert, hält Bestellung um Bestellung auf Notizzetteln fest, die zu Stapeln wachsen. Er muss seine in Jahrmillionen gereifte Ware, die so sperrig ist wie er, nicht mit den neuesten Freundlichkeitsfloskeln aus Amerika garnieren, entweder man will Kohle, oder man will sie nicht, aber wer sie will, der will sie unbedingt und verleiht ihrem Händler eine Selbstverständlichkeit, von der windige Handyvertragsverkäufer nur träumen könnten. Der Schneesturm wird heftiger, und Gregor versucht, aus den gegensätzlichen Faktoren Winterdauer und Kontostand die Bestellmenge zu errechnen, die er dem Kohlenhändler nennen wird, sobald die Kette der Telefongespräche abreißt. Eine Radiostimme untermalt sie, und plötzlich registriert Gregor *Bahnbrücke, Schwabacher Straße, lebensgroße Puppe, makabre Aktion*; »Schschscht!«, macht er unwillkürlich, da der Kohlenhändler überlaut einen voraussichtlichen Liefertermin in den Hörer spricht, aber im Radio hat man sich schon anderen Themen zugewendet, ohne dass die Worte *Mord, tot, identifiziert* et cetera gefallen wären, also offensichtlich von einer Leiche keine Spur, was Gregor erneut in Gedanken verstrickt; ob ihn seine Augen jemals so elementar getäuscht haben oder ob er sich zumindest vornehmen sollte, weniger zu trinken, aber nun fallen die Worte des Kohlenhändlers »Und was wollen Sie?«, der soeben ohne Abschiedsgruß den Hörer auf die Gabel geschmettert hat und Gregor anvisiert wie ein Ringer seinen Gegner, »Und was wollen Sie?«, fragt er, dabei entwurzelt er sich aus seinem Stuhl, um sich an der Theke, direkt vor Gregor, wieder einzupflanzen; »Bestellen«, sagt Gregor, ein wenig zu schlicht vielleicht, der Kohlenhändler betrachtet ihn stumm, das Radio, wie in Verlegenheit, wirft einen fröhlichen Werbejingle in den Raum, und Gregor fügt hinzu: »Briketts.« Der Kohlenhändler schnaubt das Wort zurück, »Briketts!«, und in dem einen Wort steckt die Verzweiflung darüber, dass seine Sommerpreisliste Jahr für Jahr ignoriert wird. Diese Woche, das kann er gleich sagen, da geht nichts mehr, und nächste Woche auch nur vielleicht, und da darf man auf keinen Fall vor dem Händler auf die Knie fallen und ihm gestehen, dass man das letzte Bündel Briketts schon angebrochen hat, man würde sich als Heizdilettant zu erkennen geben, der nicht wirtschaften kann, und in so einem Fall überlegt sich jeder Kohlenhändler dreimal, ob er solche Leute überhaupt beliefert, Gas verbrauchen kann jeder, aber mit Kohle muss man umgehen können. Als Gregor das Büro verlässt, hat er fünfzehn Zentner bestellt, von denen er noch nicht weiß, wie er sie bezahlen wird, Lieferung übernächste Woche. Er wird sich bis dahin im Baumarkt notversorgen müssen, dazu ist der Wagen nötig, der steht eingeschneit und allwetterbereift in der (ausgerechnet!) Kohlenhofstraße, nicht weit entfernt von dort, die Gedanken nehmen ihren Kreisgang wieder auf, wo der tote Mensch hing, den nur zwei lebendige Menschen gesehen haben, und wie man mit Ganzjahresreifen durch einen echten Winter kommt, das ist bekannt.

Franken ist nicht Skandinavien und der fränkische Schnee ein recht launischer Geselle. Soll ich liegenbleiben oder nicht, hat er sich den ganzen Tag über gefragt, soll ich noch mal so richtig loslegen oder mich von der weichen Seite zeigen? Vor lauter Hin- und Herdenken ist er erst angetaut, hat sich dann noch einmal lustlos vermehrt und ist gegen Abend nur so aus Jux und Langeweile zu einem harten, rutschigen Matsch geworden – kein Kinderspiel, darauf voranzukommen als Zweibeiner, und mit dem Zweirad völlig ausgeschlossen, wenn einem seine Knochen lieb sind.

Das hat Paula schnell gemerkt, als sie heute doch noch kurz in ihren Laden wollte – das Fahrrad ist jedenfalls ganz schnell wieder da gelandet, wo sie es kurz davor losgekettet hatte. Eigentlich hält sie es montags wie die Friseure und macht ihren kleinen Klamottenladen in der Kernstraße nicht auf, aber wie gesagt: Dieser Montag ist kein normaler Tag, also auch kein normaler Montag, und Ablenkung dringend nötig.

Vorhin hat sie gefühlte zwei Stunden mit Karin telefoniert, die sich ernsthaft Sorgen um Paulas Seelen- und andere Zustände macht: »Paula, andere Mütter haben auch hübsche Söhne!« und »Paula, mach doch endlich den Spanischkurs, der bringt dich auf andere Gedanken!« und »Paula, Reifenzerstechen ist Mist!« – so was in der Richtung. Vor allem aber: »Paula, wenn ich dir doch sag, dass da keine Leiche gehangen hat, sondern nur eine blöde Puppe, hörst du denn kein

Radio?« Nein, Paula ist heute nun mal nicht nach Unterhaltung zumute.

Wie es dann dazu gekommen ist, dass sie jetzt bei Felipe sitzt anstatt in der *Tollkirsche*, weiß Paula selbst nicht, vielleicht, weil es bei dem knorzigen Spanier den besten Kaffee im Viertel gibt, vielleicht weil sie auf dem Weg dorthin noch mal an der Brücke vorbeikommt, vielleicht aber auch bloß, um vor den eigenen Gedanken zu fliehen.

Felipes Bar liegt wie ein Stück spanisches Treibholz angeschwemmt am trostlosen Ufer der Kohlenhofstraße. Ein paar Holztische, Stühle, Tresen und ein gigantischer Fernseher, auf dem pausenlos spanische Sportsendungen laufen, basta. »In zwei Jahren geh ich wieder zurück, Compadres«, knurrt Felipe mindestens einmal pro Stunde, und seine wenigen Gäste rufen jedes Mal »Bravo, Felipe!«, weil sie sich genau das seit vielen Jahren selbst immer wieder sagen und doch nicht schaffen. Voll ist es hier nie, nicht einmal, wenn Real Madrid gegen den FC Barcelona antritt. Heute sitzen nur zwei ältere Männer mit ernsten Gesichtern an einem Ecktisch und spielen Karten. Auf der Mattscheibe läuft eine spanische Soap.

Felipe hat kommentarlos einen Kaffee und einen Teller Oliven vor Paula aufgebaut und dann schweigend mit dem Gläserpolieren weitergemacht. Erst als Paula noch einen Kaffee bestellt, fragt er dann doch mal nach, fragt auch, ob sie schon von der neuen Aktion der *F.G.J. Menetekel* hier um die Ecke was mitgekriegt hat, und »Weißt, warum die Schild aufgehängt, Normalität ist gepflasterte Straße, auf der wachsen keine Blumen? Ist doch idiotisch, weiß doch jedes Kind!«

Aber Paula hat es gerade nicht mit *Normalität*, dafür umso mehr mit *Straße*, und als sie zurückgeht, klemmt sie einen Zettel unter die altmodischen Scheibenwischer eines altmodischen Wagens, der unter dem gefrorenen Schnee kaum noch zu erkennen ist:

»Mein Name ist Paula Rüss. Bitte rufen Sie mich an. Telefonnummer.« Und hätte Paula nicht schon seit Jahren diesen

Tick mit dem Füller – *ich mag nun einmal keine Kugelschreiber!* –, wäre das auch eine richtig gute Idee gewesen.

Rudi, der Wirt vom *Concordia*, ist ein großer Freund von Passivsport und Aktivrauchen, »und wenn bei uns ein Rauchverbot kommt«, kommentiert er die stereotypen Drohmeldungen in der Presse, »dann schick ich die Nichtraucher, die uns das eingebrockt haben, jede Stunde für zehn Minuten vor die Tür zum aktiven Nichtrauchen.« Nur, ins *Concordia* hat sich eh noch nie ein Nichtraucher getraut, die Luft im Lokal ist korpulent wie der Wirt, und konsequent ist Rudi außerdem, das bedeutet, wenn er Sport schaut, findet kein Getränkeausschank statt.

Das heißt, *einen* nichtrauchenden Gast kennt das *Concordia*, das ist Harri, aber so wie Harri nichtraucht, so ganz unauffällig, macht das keinem was aus, nicht dem Tschechen-Paul, nicht dem Jehova-Michel, nicht dem Bauch-Peter und wie sie alle heißen, und dass Harri nicht raucht, ist ja auch sein Glück, denn sonst hätten sie garantiert Zigarettenkippen gefunden auf der Brücke. Einer, der raucht, hätte einen solchen Psychostress niemals ohne Zigarette überstanden, und dann hätte es Speichelproben und DNA-Tests gegeben und sie wären dem Harri irgendwann draufgekommen, und das wär's dann gewesen mit seinem Leben, aber nun betritt Harri das Lokal ausgerechnet, als die Übertragung vom Skispringen stattfindet, und da sitzt er nun zwischen dem Weizen-Willi und dem Käsbrot-Walter und hätte gern was zu trinken, schon macht die *Concordia*-Besatzung Rudi schwere Vorwürfe, dem geht's ja nicht einmal um Sport, der will nur Katastrophen sehen, sonst würde er auch einmal Tennis oder Fußball schauen, nein, Rudi schaut Skispringen und Autorennen, wenn der wüsste, denkt Harri so für sich, obwohl er ja gerade extra ins *Concordia* gegangen ist, damit er nicht dran denken muss, dass er fast vor seiner Gasthaustür eine echte Katastrophe hat, er müsste nur dreihundert

Meter die Schwabacher rauf und beim Schuster&Walther rechts und dann nach der Bahnbrücke wieder rechts in die Schrebergartenkolonie einbiegen, um die Katastrophe in Harris Schuppen zu sehen, und jetzt bestellt Harri sich erst mal einen Tee, so richtig gut ist ihm heute nicht.

Nur, wenn im *Concordia* jemand wagt, sich einen Tee zu bestellen, baut Rudi sich vor dem auf und ruft: »Habt ihr das gehört? Da hat einer Tee bestellt! Soll er seinen Tee bekommen?«, nicht dass Rudi keine Teebeutel vorrätig hätte, aber normal hängt er bloß ab und zu dem Bauch-Peter einen ans Ohr, wenn er volltrunken aus der Kneipe taumelt, so als Abschiedsgruß manchmal, aber ansonsten verträgt sich Tee gar nicht mit dem *Concordia*, und deswegen fällt das Abstimmungsergebnis auch immer negativ aus. Doch heute gibt es ein einstimmiges *Ja*, Harri soll seinen Tee bekommen, der sieht wirklich aus wie ein Schluck Wasser in der Kurve, sogar im Weizen-Willi weckt Harri sowas wie Mutterinstinkte, oder sagen wir, Großer-Bruder-Instinkte, denn Harri könnte sich zwar, rein körperlich gesehen, gegen die versammelte Mannschaft inklusive des imposanten Weizen-Willis behaupten, aber seine Seele ist seiner Körperkraft nicht gewachsen, und deswegen darf Rudi seine Fürsorgepflicht nicht verletzen. Zur Fürsorge gehört auch, dass er ihm den Tee mit zweifingerbreit Sechsämter anreichert. Das war in der Bahnhofskantine, wo Rudi seine ersten Berufserfahrungen in der Gastronomie gesammelt hat, auch immer so; wenn es da einem Rangierer zwischen zwei Puffern den Kopf zu Pfannkuchen zerquetscht hat, sind die Kollegen bloß mit einem Eisenbahnertee drüber weggekommen.

Dem Harri verdreht es dementsprechend auch gehörig die Fußgelenke, als er vom *Concordia* aus nach Hause geht, oder besser gesagt: versucht zu gehen; da hätte sich die Schwabacher Straße nicht extra auch noch in Eisglas verwandeln müssen. Und deshalb ist es auch nicht weiter erstaunlich, dass Harri erst weit nach drei wieder in seiner Stube sitzt, die nun ihrerseits der menschlichen Wärme etwas zu lange entbehrt und sich schmollend abgekühlt hat. Frostig ist es, und der Frost dringt sogar noch durch Rudis viele Schnäpse in Harris müden Kopf: Schnaps und Holz! – am besten beides braucht er jetzt. Ist auch beides da, man muss bloß zweimal um die Ecke und danach greifen. Bloß in den Schuppen, Harri, bloß in den Schuppen musst du!

An dieser Stelle, wo Harri so schlapp und klamm auf seinem braunen Cordsofa vor lauter Kälte in sich und das Möbel hineinsinkt, kommt ihm ärgerlicherweise aber wieder in den Kopf, was er darin gar nicht mehr vermutet hätte nach all den Sechsämtern und Hörnerwhiskys alias Jägermeister: Regina! – verdammt.

Die eiskalte Regina sitzt ja immer noch im Schuppen und stiert vor sich hin mit aufgerissenen Augen, die sogar noch unter der ALDI-Tüte und durch sie hindurch entsetzt und anklagend gucken. Der kannst du noch so viele Tüten über ihren Kopf ziehen, diese verdammten Augen gucken immer weiter! Und man muss nicht Harri sein, um sich davor zu fürchten. Ganz weit und blauweiß sind sie – und man weiß sogar, was sie zuletzt gesehen und als Polaroid auf die brechende Linse gemeißelt haben.

Genau das weiß Harri auch, und er kann es, trotz der Kälte, sogar denken fühlen in sich, als er da auf seinem Cordsofa sitzt und friert – ist ja auch nicht alltäglich, so einen Blick, so eine tote, gefrorene Frau neben seiner Stube im Schuppen aufzubewahren. Ist schon so was wie eine Ausnahmesituation. Man kann sagen, wenn da nicht diese Kälte gewesen wäre, keinen Schritt hätte der Harri mehr in den Schuppen getan.

Aber nun geht er und hat die alte Petroleumleuchte dabei, die von der Tante Marthel, weil die Batterien von der Taschenlampe schon wieder hinüber sind. Und er geht aus der Stube raus durch den kleinen Vorraum, der mal ein Flur hätte werden wollen, und macht die Tür auf, die keinen Wind abhält, und raus in den gefrorenen Garten, der keiner ist, nur Sträucher und Unkraut. Und durch die kleine, eisstarre Wildnis leuchtet sich der Harri den Weg bis hin zur Schuppentür und zieht sie auf, und da fährt auch schon der Wind dahinter, reißt sie ihm fast aus der Hand und rüttelt am morschen Holz, dass die Angeln nur so quietschen in den Scharnieren und der Sechsämter sich vor Ekel regt in Harris Innereien. Aber nun muss er, und nun ist er schon mal aufgestanden, und deshalb lässt er die Tür jetzt schlagen und so laut schreien, wie sie will, und geht weiter mit der schwankenden Lampe in der Hand.

Früher einmal gab es nichts anderes als Kerzen und Petroleumlampen, wenn die Leute Licht brauchten, wo keines war. Früher wurden die Menschen im Durchschnitt auch nicht besonders alt, und man kann wohl davon ausgehen, dass dies nicht nur an Kriegen oder anderen Seuchen gelegen hat, sondern auch daran, dass sie ständig mit offenen Flammen hantierten. Das ist dem Harri in diesem Moment aber gar nicht bewusst und hätte auch wohl nichts dran geändert, dass sein kaputtes Fahrrad nun mal da liegt, wo es schon seit Monaten liegt und vergeblich darauf wartet, repariert zu werden. Wie es Harri nun sternhagelvoll reinkommen sieht, nutzt das Fahrrad natürlich diese schöne Gelegenheit, um mal wieder auf sich aufmerksam zu machen, und tritt ihm mit dem verbogenen Lenker ordentlich vors Schienbein.

»Au, verdammt!«

– das hat gesessen und bringt den ganzen Mann ins Trudeln. Ratsch, gleich noch mit dem Hosensaum am Pedal hängengeblieben, dann mit dem anderen Schienbein an die Mittelstange geknallt, und da ist es dann endgültig vorbei mit der aufrechten Haltung. Harri torkelt und stöhnt, rudert mit den Armen durch die schwarzbraune Luft wie ein besoffener Truthahn, und die alte Petroleumlampe tanzt dazu einen lustigen Indianertanz. Warum sie dann beschließt, sich ausgerechnet über der ALDI-Tüte zu erbrechen, weiß wohl nicht einmal sie selbst. Fest steht, dass so eine Plastiktüte ganz enorm brennt, wenn sie mit Petroleum und einer Flamme in

Berührung kommt, und fest steht außerdem, dass sie dabei ganz entsetzlich stinkt. In diesem speziellen Falle stinkt es im Schuppen aber nicht nur nach verschmurgeltem Plastik, sondern auch nach angebranntem Fleisch, was dem Harri trotz Schnaps und Schmerzen natürlich sofort auffällt. Bis er dann aber den Zwiebelsack gepackt und über die brennende Regina geworfen hat, ist die bis zur Schulterpartie schon ganz verkohlt und als Mensch oder gar Frau eigentlich kaum mehr zu erkennen, daran ändert auch das rußige Haarbüschel auf dem Kopf nichts. Man kann in diesem Augenblick nur von Glück sprechen, dass Harri den Brand so schnell gestoppt hat, denn eines ist mal sicher: So ein morscher Schuppen ist ein gefundenes Fressen für eine übermütige Petroleumlampe. Außerdem – und das soll man auch nicht außer Betracht lassen – ist es jetzt wieder stockdunkel und Harri muss das Malheur nicht sehen – wäre seinem Magen in diesem Zustand auch gar nicht gut bekommen.

Paulas Laden heißt *Tollkirsche* und könnte nicht anders heißen, warum, kann man nicht erklären, und deswegen ist der Name gut, findet Paula, deren ungeduldiger Geist von spontanen Eingebungen heimgesucht wird, nur eines ist klar, eine verkappte Belladonna ist Paulas *Tollkirsche* nicht. Wenn der Fundus aus ausgewählten Second-Hand-Stücken nichts hergibt, näht Paula für ihre Kundinnen selbst, und keiner ihrer Kreationen ist anzumerken, dass sie alles andere als eine Schneiderin und schon gar keine Modistin ist, sondern ein ungezieltes und unabgeschlossenes Studium generale aus Philosophie, Kunstgeschichte, romanischen Sprachen und Biologie hinter sich hat.

Als Paula jetzt aus dem Haus geht, kämpft sie auf jedem Meter gegen den Impuls an, in die entgegengesetzte Richtung zu gehen, wo es, da ist sie sicher, etwas zu entdecken gäbe, im Parkhaus, am Bahndamm, auf der Brücke. Erfahrung und Intuition sagen ihr, dass mit Kunden heute Vormittag nicht zu rechnen ist, und das Korsett der Öffnungszeiten, Dienstag bis Freitag 10-12 und 15-18 Uhr, empfindet sie ohnehin als ungehörige Einschränkung ihrer freiberuflichen Existenz. Ginge es nach ihr, wäre sie am einen Tag von spätabends bis morgens um drei in ihrem Atelier, am anderen Tag von mittags bis Mitternacht und dann wieder drei Tage überhaupt nicht, aber nicht von allen ihren Kundinnen kann sie erwarten, dass die Intuition ihnen sagt, Paula ist im Atelier, also bleibt es beim Zugeständnis der festen Öffnungszeiten, die oft genug durch eine Nachricht aus dem Schildersortiment *Komme gleich wieder, Wegen Erkrankung geschlossen* und *Inventur* unterlaufen werden. Widerstrebend geht sie also durch schmale Straßen mit niedrigen Mietshäusern zu ihrem Laden, zwischen einem Trödler und einem Geschäft für Musikinstrumente gelegen, sperrt missmutig die Tür auf und schaltet als erstes den alten Radioapparat ein. Das ist er nicht gewohnt, er räuspert sich mehrmals kräftig über sein Erstaunen hinweg, bis er zaghaft und leise ein Schubertlied anstimmt, er weiß, seine Besitzerin hasst Berieselung, heute jedoch *will* Paula berieselt werden, sucht nach einem Nachrichtensender, aber die Schaufensterpuppe, die am Tag zuvor noch durch alle Meldungen spukte, wird heute von der Vereidigung der frischgebackenen Bundeskanzlerin verdrängt. Paula giftet ihr Radio an, für was sie es denn vom Trödler zu sich hat umziehen lassen, sie lebt mit lebendigen Dingen, das hat sie sich aus ihrer einsamen Kindheit bewahrt, und das verschafft ihr den Vorteil, dass ihre Kleidung höchst lebendig mit den Leichnamen aus Modeboutiquen und Konfektionsabteilungen kontrastiert. Sie beschließt, zur Musikalienhändlerin nebenan zu gehen, um sich die Zeitung auszuleihen, im Lokalteil findet sie einen umrahmten Artikel, »Nürnberger Spaßguerillas wieder aktiv«, die F.G.J. Menetekel hat die Puppe samt Schild also an der Bahnbrücke aufgehängt, witzige Aktion, findet Paula, die sich in ihrem Gostenhofer Lebenskreis von diversen Demarkationslinien in Gestalt chronisch überlasteter Straßen und Schienenwege eingeschnürt fühlt, nur dass mit keinem Wort von einem Leichenfund, nicht einmal von verdächtigen Beobachtungen die Rede ist, macht sie unruhig. Schon als Kind hat sie versunkenen Welten nachgespürt und wusste mit zwölf Jahren mehr über die griechische Mythologie als mancher Altphilologe, und so hängt sie eine Viertelstunde vor den 12-Uhr-Nachrichten, nachdem sie die Zeit mit einer Kette von Übersprungshandlungen, die nach Arbeit aussehen sollten, verbracht hat, das Inventurschild an die Ladentür, welche zuzusperren sie vergisst, so eilig hat sie es jetzt, den Tatort aufzusuchen und persönlich in Augenschein zu nehmen.

... die Welt ist kalt, das spürt Harri bis in seine Laube, längst ausgegangen der Ofen, und die Kälte schickt ihm einen Traum hinter die verklebten Augenlider, der Harri in eisigem Fieber hin- und herwälzt wie auf einem Krankenlager und als Frau ohne Gesicht unter seine Decke kriecht, die singt ein Lied, das geht nur *Harri wach auf, Harri wach auf,* und mit jedem *Harri wach auf* schält sich eine zweite Frau aus der ersten und stimmt mit ein in den Gesang *Harri wach auf,* eine bekommt er zu fassen, würgt sie, da bleiben seine Hände an ihr kleben wie an kaltem Metall, »*Harriiiiii!*«

So unruhig Paula, so ruhig Gregor, dem am selben Vormittag seine Werkstatt am Kopernikusplatz ein willkommenes Refugium ist, denn erstens, dieser Ort wird so selten von Frauen aufgesucht, dass er noch niemals die Farbe einer Herzdame angenommen hat, und zweitens, sobald er das Tor von innen geschlossen hat und mit seinen Restaurierungsobjekten allein ist, zur Zeit eine rote Acadiane, ein Peugeot 404 und ein Citroën Ami in bleu brouillard, fühlt er sich ganz in seiner Welt. Normalerweise lässt die Gegenwart ihn hier vormittags in Ruhe, in Inseraten erscheint seine Telefonnummer nie ohne den Zusatz *ab 14 Uhr,* doch nach einer Stunde, in der es Gregor gelungen ist, über dem Zerlegen eines Peugeotgetriebes die jüngste Vergangenheit zu vergessen, wird er von einem Telefonanruf überfallen. Am anderen Ende der Leitung ein Polizeiobermeister Beck: Ob ihm das Ka-Eff-Zett N-DT 927 gehöre. Stimmt, sagt Gregor, und denkt, ach ja, der Wagen, schon falten sich die letzten Tage wieder auf in seinem Kopf, derweil der Beamte ihn ersucht, so bald wie möglich im Polizeipräsidium zu erscheinen, vorzugsweise noch heute, nein, mit dem Wagen sei nichts passiert, aber das sei auch schon alles, was er ihm am Telefon sagen könne.

»Wann hätten Sie denn heute Zeit?«

Eigentlich, sagt Gregor, eigentlich habe er als selbständiger Unternehmer überhaupt keine Zeit, und meint damit »Gerade habe ich angefangen, mich zum ersten Mal seit ein paar Tagen wieder einigermaßen wohl zu fühlen, da kommen Sie mit

Ihrer scheiß Gegenwart daher«, kann man natürlich nicht sagen, können schon, aber verstanden wird man nicht, und was kann ein Polizeiobermeister Beck dafür, dass Gregor Nostalgiker ist und Probleme mit seiner Gegenwartsbewältigung hat, dazu gehört auch die momentan halb zerlegte rote Acadiane, im Sommer hat er sie einem Monsieur Georges aus Cluny abgekauft, ein ideales Vehikel für den Urlaub zu zweit, dachte er damals, jetzt wird er sie verkaufen, sobald sie TÜV-fertig ist, und den Umbau zum Wohnmobil wird er sich schenken.

Gregor steckt den Zettel mit Name, Zimmernummer, Durchwahl in die Brusttasche seiner Latzhose, nein, er wird sich nicht umziehen, sondern seinen ölverschmierten Werkstattblaumann wie einen stillen Vorwurf im Polizeibüro präsentieren, und außerdem: Uniform gegen Uniform.

Manchmal machen Züge beim Bremsen ein Geräusch, als wollten sie all die letzten Schreie der Überfahrenen wieder loswerden, die sich ins Metall geätzt haben, und verwandeln den Mittag einen schreckstarren Augenblick lang in helle Mitternacht, Harri ist direkt vom Sofa auf und in die Klamotten rein, er kennt das Geräusch, lebt ja schon lang genug in der Nähe von den Bahngleisen, aber jetzt liegt es ihm wie geronnene Angst auf der Gänsehaut, trotzdem, erst einmal muss er es warm haben, und dazu muss er hinaus in die Kälte, wenn du dich beeilst, bist du in zehn Minuten beim *real*, in einer halben Stunde wieder zuhause.

Mit einem plakatgroßen Stück Pappkarton in der Hand macht Gregor sich auf den Weg zum Präsidium, kauft am Kiosk in der U-Bahn-Station die *Nürnberger Nachrichten* und liest auf den drei Stationen von Aufseßplatz bis Weißer Turm denselben Artikel im Lokalteil, den Paula im selben Moment liest, und wer weiß, wie viele solcher Koinzidenzen sich jeden Tag ereignen, ohne dass ein Mensch sie bemerkt. Ob es an der zeitlichen Parallelität liegt, dass seine Gedanken zur weiblichen Gestalt am jenseitigen Ufer der Straße im Zeitvakuum zwischen Sonntagabend und Montagmorgen wandern, ist nicht wichtig, wichtig ist: In Gregors Kopf wird ein Dominostein angestoßen, und *klack-klack-klack* fallen bis zum Eingang des Polizeipräsidiums alle Dominosteine um, bis auf einen, der abseits stand. Aha, also hat diese Person seine Autonummer notiert, um sich wichtig zu machen, und auf dem letzten Dominostein, der in einem Windstoß umfällt, kurz bevor Gregor die Eingangstür aufreißt, steht die Frage geschrieben: »Was, wenn sie das Gleiche gesehen hat wie du und dir die Leiche anhängt?« Eine Polizeidienststelle betreten, das ist für manche, und Gregor gehört dazu, so ähnlich, wie jemanden im Krankenhaus zu besuchen und sich auszumalen, dass man wegen einer plötzlich entdeckten Krankheit gleich dortbehalten werden könnte. Doch der überaus sachliche Polizeiobermeister Beck, dessen Zimmer er jetzt betritt, hat andere Sorgen, zuerst fragt er Gregor, was er mit dem Pappkarton vorhabe (»Brauch ich später, um mein Auto freizukriegen«), dann knetet und dreht er den Personalausweis, den Gregor ihm gereicht hat, als wolle er daraus etwas modellieren, legt ihn schließlich auf den Tisch und schiebt ihn zu Gregor zurück, wobei er konstatiert: »Der ist vor fünf Jahren abgelaufen. Reisepass?« Den habe er ausgerechnet heute leider nicht bei sich, erwidert Gregor mit einer Ironie, die dem Polizisten entgeht, und natürlich weist er jetzt auf das Foto und sagt, »Sie sehen doch, dass ich das bin«, aber mit dem Ablauf des Gültigkeitsdatums erlischt für die offizielle Welt auch jegliche Ähnlichkeit des Ausweisfotos mit dem Inhaber, und für Gregors querulantische Beschwerde, wenn der Staat schon seinen Bürgern Ausweise vorschreibe, solle er sie ihnen gefälligst umsonst ausstellen, fühlt sich der Polizeibeamte nicht zuständig.

»Kommen Sie innerhalb einer Woche noch mal mit Ihrem Reisepass vorbei. Das Protokoll nehmen wir trotzdem schon mal auf.«

Nun wird erörtert, woher Gregor kam am gestrigen Montagmorgen, wohin er fuhr und mit wem, warum er den Wagen dort abgestellt hatte und ausgestiegen war, etcetera, und »Um was geht es denn eigentlich?«, fragt Gregor schließlich, worauf der Beamte die heutige Zeitung ausbreitet und auf den Artikel weist, den Gregor eben in der U-Bahn gelesen hat.

»Die Puppe? Das ist ein Delikt?«

»In diesem Fall: gefährlicher Eingriff in den Straßenverkehr. Also, warum haben Sie angehalten und sind zur Brücke gelaufen?«

Gregor scheint es nicht ratsam, von einer Leiche zu erzählen, das würde am Ende noch nachträglich zu Führerscheinentzug wegen Trunkenheit am Steuer führen, denn diese Schaufensterpuppe kann man nicht einmal auf dem schwarzweißen Zeitungsfoto mit einer Leiche verwechseln, auch schenkt er sich die Bemerkung, dass man schon längst die Stadtreklame Nürnberg wegen gefährlichen Eingriffs in den Straßenverkehr hätte belangen müssen, Gregor beharrt gegen Becks Einwände, ob man um die Uhrzeit nicht einfach so schnell wie möglich nach Hause wolle, zumal wenn man vielleicht etwas getrunken habe, darauf, er sei »nur neugierig« gewesen, habe »wissen wollen, was auf dem Schild steht«, und seine Frage, ob man bei der Polizei wirklich glaube, dass er als Täter oder Beteiligter mit einem so auffälligen Fahrzeug unterwegs sei, entlockt dem trockenen Polizisten sogar ein dünnes Lächeln, nein, sagt er, und: Klar könne man die Sache mit der Puppe als Streich abtun, nur hätten sich die F.G.J. Menetekel schon bei früheren Aktionen eindeutig strafbar gemacht, und man könne auch nicht wissen, was denen als nächstes einfällt, vielleicht war alles Bisherige nur das Vorgeplänkel zu einer richtig großen Sache, und: »Es kann sein, dass wir Sie nach der nächsten Aktion wieder vorladen werden, Sie verstehen, dass wir jedem Hinweis nachgehen müssen.« Von wem der Hinweis auf Gregors Wagen gekommen sei, das dürfe er ihm natürlich nicht sagen, und als Gregor schon fast die Tür hinter sich geschlossen hat, ruft ihm der Beamte nach: »Vergessen Sie Ihren Pappkarton nicht!«

An manchen Tagen fällt ein Licht vom Himmel, unter dem die Dinge wirken, als wünschten sie sich weit fort aus Menschenaugen und könnten nichts anderes tun, als vor Verlegenheit zu erstarren, wenn sie ertappt werden in ihrer Hässlichkeit, und noch dazu hält die Stadt gerade jetzt den Atem an, das Werktagsleben hat sich bis zum Zenit hochgeschraubt und hält einen Augenblick lang inne, um Kraft zu schöpfen für die nachmittägliche Rolle rückwärts, die in den Feierabend mündet. Paula fragt sich, für wen der Weg da ist, den sie eben geht, der am Parkhaus in der Hessestraße vorbeiführt zu den Bahngleisen hinauf und zu einem stillgelegten Stellwerk, und an dem *Betreten verboten*-Schild, irgendwo in diesem Nirgendwo willkürlich hingepflanzt, muss man nicht unbedingt vorbeigehen, man kann einen großen Bogen darum machen, dann hat man es einfach nicht gesehen, und nebenbei: Die Taktik des absichtlichen Übersehens und Vergessens beherrscht Paula meisterhaft.

Ein paar einsame Schneeflocken fallen, wie eine Handvoll Papierschnipsel, die jemandem da oben aus der Tasche gerieselt sind, und sie verleihen dem Schauplatz unter dem fahlen Himmel eine solche Trostlosigkeit, da möchte man sich selber voll Verzweiflung kopfüber an die Brücke hängen. Jetzt müsste Paula einige Gleise überqueren, und ihr wäre wohler, wenn sie ein Kursbuch dabeihätte zum Nachschlagen, wann der nächste Zug durch diese Einöde rumpeln wird, *Na, Paula, du bist mir eine schöne Heldin*, sagt eine ihrer inneren Stimmen laut, so laut, dass sie das »Hallo!« hinter sich nicht hören kann, und wenn, hätte sie nicht darauf reagiert, »Hallo!« rufen nur Leute, von denen sie nicht angesprochen werden will oder die sowieso jemand anderen meinen, und also stakst sie, nach einem Blick links und einem Blick rechts, tapfer über die

Gleise. Hinter ihr materialisiert sich das »Hallo!« zu raschen Schritten, und sie fühlt eine Hand auf ihrer Schulter.

»Sind Sie wahnsinnig?«

Den Mann in Orange hat Paula gewiss nicht absichtlich übersehen, und sie fragt sich, wie der so schnell auftauchen konnte. Er packt sie am Arm und führt sie direkt zum Verbotsschild, »lesen Sie mal, was da steht!« Mit solchen Leuten fängt man lieber keine Diskussionen an, und zu diskutieren gibt es im Grunde auch nichts, er ist der Hausherr, Paula der Eindringling, aber dass sie den Frust über seinen Berg von Überstunden und seinen jahrelangen unterbezahlten Schichtdienst abkriegen soll, ist nicht einzusehen, und so faucht sie ihn an, »ich arbeite für die *Nürnberger Nachrichten* und bin hier auf Recherche«, und vielleicht hätte er lieber am Montagmorgen so vorbildlich auf seinem Posten sein sollen, dann wäre das mit der Toten – »äh, Sie haben schon richtig gehört: mit der toten Puppe!« – womöglich nicht passiert.

»Und dann wüssten Sie gar nicht, worüber Sie schreiben sollen.«

Über Schlamperei bei der Bahn könne man immer schreiben, ein unerschöpfliches Thema, aber der Rangierer empfiehlt ihr, sich lieber mal um unterbezahltes Personal mit anstrengendem Schichtdienst und einem Berg von Überstunden zu kümmern, »und wenn Sie zur Brücke wollen, rufen Sie gefälligst bei der Bahndirektion an!«

Vielleicht ist sie wirklich wahnsinnig, denkt Paula, als sie die Post aus ihrem Briefkasten nimmt und die Treppen hochsteigt, sie selbst oder eine der zahlreichen Schwestern, die allesamt in einem Körper versammelt sind, oder alle zusammen, und aufregend ist das Leben als Privatdetektivin auch nicht gerade. Durch eine trostlose Umgebung zu marschieren und sich anschnauzen zu lassen, das kann man schon als Kind auf dem Pausenhof haben, und besser konzentriert sie sich erst einmal auf den Mann mit dem grünen Vehikel, obwohl, à propos, auf die Botschaft am Scheibenwischer hätte er sich schon melden können, Büffel, denkt Paula, will bloß seine Ruhe haben!

Will doch bloß meine Ruhe haben will doch bloß bloß Ruhe meine Ruhe haben, will meine Ruhe Ruhe Ruhe haben! Mehr denken geht grad in Harri nicht, das kommt wenn man raus aus dem Traum und rein in die Welt ganz ohne Frühstück und Kaffee, und deshalb wär's auch besser erst einmal bei der *Concordia,* aber da hängt ein Schild *Wegen Trauerfall geschlossen,* ums Eck die *Getränkequelle,* vorbeigehn, aber bei der Kälte jagt man doch keinen Hund an der *Getränkequelle* vorbei Harri du bist ein Depp bist du kannst doch nicht da reingehn Arbeit blaumachen und dann in der *Getränkequelle* sitzen sieht dich wer, aha, Harri, krank, Harri, was?

»Aber ich *bin* doch krank!«, schreit plötzlich der massige Mann, der die Schwabacher Straße entlanggeht

schauen mich alle so komisch an, ? wieso

Jetzt, wo Gregor schon einmal am Rand von Gostenhof ist, könnte er sich auch gleich ein wenig umsehen, nicht auf dem Bahndamm, nein, er will erst einmal wissen, wer ihm das eingebrockt hat mit dem Polizeitermin, und beschließt, durch das Viertel zu kreuzen, ob er nicht diese Frau wiederfindet. Vielleicht geht sie gerade einkaufen, es gibt ja die merkwürdigsten Zufälle; dass man sie nicht selbst erschaffen kann, daran will er nicht denken, und also fährt er los, ohne sich lang zu fragen, ob er die Frau wiedererkennen würde, wenn sie zufällig *nicht* wieder den roten Mantel trägt.

Für die Krähe, die das von oben sieht, wirkt es lächerlich, dass ein Mensch mit seinem Vehikel erst einmal in die entgegengesetzte Richtung fahren muss und eine Schleife drehen und dann am Ziel vorbei, bis er es von der anderen Seite erreicht, und sie hat ihren Spaß daran, zu beobachten, wie

Gregor durch die Straßen fährt, in denen Paula gerade nicht ist, und durch die Straßen nicht fährt, in denen Paula gerade ist, und einmal wird es knapp, da geht Paula eben in ihren Laden, und kaum ist die Tür hinter ihr zugefallen, fährt Gregor mit seinem Auto an der *Tollkirsche* vorbei, der perfekte Anti-Zufall gewissermaßen. Kurz darauf bemerkt Gregor eine ihm heftig winkende und zudem noch rotbemantelte Frau auf dem Gehsteig, bremst, fährt rechts ran, steigt aus; Geduld zahlt sich aus, denkt er noch, und: Nur so jemand wie er, der sich auf das Restaurieren alter Autos spezialisiert hat, bringt so viel Geduld auf. Die Frau rennt auf ihn zu, was ihm einfällt, mit so einem Auto sinnlos kreuz und quer durch das Viertel zu fahren und die Luft zu verpesten, seit einer halben Stunde mindestens beobachtet sie ihn schon, und langsam wird es Gregor zuviel mit den Überfällen, die auf ihn einprasseln.

»Bitte – wo – Sandstraße?«, radebrecht Gregor und lächelt sie treuherzig an.

»Wo – was?«

»Sandstraße. Müsse zu Finanzamt.«

Sie entscheidet sich gegen die Umwelt und für die politisch korrekte Behandlung von Ausländern.

»Finanzamt? Aber da sind Sie ja hier ganz verkehrt. Da müssen Sie ...«

Gregor hört weg und nickt freundlich.

»... haben Sie verstanden?«

»Ja. Ich versstande.«

»Aber nächstes Mal – gleich fragen! Nicht so viel fahren! Nicht gut für Natur! Woher kommen Sie denn?«

»Ich Türkei.«

»Ah? Türkiye'den misiniz? Türk müsünüz?«, fragt sie überrascht und beginnt einen außerordentlich raschen und ü-haltigen Monolog, vor dem Gregor die Flucht ergreift, man sollte in einem multikulturellen Stadtviertel nicht den Ausländer spielen. Als er im Wagen sitzt, hat er nur den Wunsch, sich wieder in das männliche Territorium seiner Werkstatt zurückzuziehen. Er braucht keine Abenteuer, weder solche noch solche, er muss keinen fremden Frauen nachjagen und keine Leichen aufspüren, um seinem Leben einen Sinn zu geben, vielleicht, denkt er, sollte er demnächst eine Winterreise nach Frankreich unternehmen, wo in unzähligen Scheunen alte ausrangierte Automobile der Entdeckung harren.

Als Paula knapp zwanzig Minuten nach der missglückten Recherche auf dem Bahndamm ziemlich sauer von der Au- in die Kernstraße einbiegt, denkt sie nicht mehr »Büffel«, sie denkt, dass der Typ – Schnarchzapfen hin, Schnarchzapfen her – ihr einziger Verbündeter ist. Sie denkt auch, dass es möglich sein muss, so einen auffälligen Wagen wiederzufinden. Sie denkt, man könnte eine Anzeige im *Plärrer* schalten – sie hat als Abonnentin noch ein paar Freianzeigen gratis! Aber nein, völlig bescheuerte Idee, eine dringende Suchanzeige bei einem Monatsmagazin aufzugeben – und unter welcher Rubrik? »Lust und Spiele«? Sie denkt, dass sie einfach alles auf sich beruhen lassen, in ihren Laden gehen und ihr Leben dort weiterleben könnte, wo es vor knapp zwei Tagen stehengeblieben war. Aber da fällt ihr Robert ein, Robert und die Bocksbeutelkönigin und – nein, bloß nicht denken – dann lieber eine Leiche suchen, eine tote Frau hat immer noch mehr Leben in sich als eine kaputte Liebe.

Auf dem anderen Gehsteig kommt ihr Uwe von der Musikzentrale entgegen, erstaunlicherweise lächelt er, denn gerade fährt in der Austraße ein alter Citroën vorbei, der ihn an einen seiner ersten Urlaube in Frankreich erinnert – war schön damals, denkt Uwe: Baguette und Wein am Strand! Hat auch nicht so viele Autos gegeben damals, und die, die es gab, hatten noch Charakter, genau wie die Musik. Im Vorbeigehen grüßt er Paula und träumt noch ein bisschen weiter von warmen Nächten am Strand mit Rotwein, Käse und

Gitarre. »Scheißcomputerpop«, denkt Uwe, als er um die Ecke biegt.

Paula kramt eine ganze Weile ziemlich entnervt nach dem Ladenschlüssel und hat weder den grünen Citroën sehen können, noch sieht sie, dass Frau Beyerlein britscherbreit auf dem Plüschsofa neben dem Ständer mit Filzhüten sitzt und winkt. Sophie Beyerlein ist so etwas wie eine Stammkundin. Keine Stammkundin im herkömmlichen Sinn, also niemand, der einmal im Monat kommt, ein volles Portemonnaie dabei hat und den halben Laden leer kauft. Eher Stammkundin im Sinne von Nachbarin, gute Seele, wenn mal Not am Mann (in Paulas Fall: Not an der Frau) ist. Eine wache, ältere Dame, die schon seit Ewigkeiten in Gostenhof lebt und jeden im Viertel kennt – wenn man so will: die Urgestalt der Netzwerkerin.

Aus irgendeinem Grunde hatte sie Paula von Anfang an ins Herz geschlossen, ihr geholfen günstige Handwerker und billige Regale zu finden, hatte Verbindungen zur Schwägerin reaktiviert, die Beziehungen zu Stoffen und Textilrestposten hat und immer wieder den Laden gehütet, wenn Paula nicht konnte oder wollte. Kurzum: Die Beyerlein hat Paula in gewisser Weise adoptiert, und deshalb steht auf dem kleinen Marmortisch nicht nur eine Schale mit selbstgebackenen Plätzchen, sondern auch heißer Tee, der die trockene Heizungsluft mit zartem Bergamottearoma durchzieht.

Sie reicht Paula einen dampfenden Becher, nachdem die sich in den Knautschlacksessel hat fallen lassen.

»Heud gfällst mer fei gar ned! Ess amal was, Madla!« Der Plätzchenteller schwebt unter Paulas Nase, aber sie pustet nur und zündet sich eine Zigarette an. Normalerweise raucht sie nicht im Laden, wenn, dann nur hinten in ihrer Küche, heute ist es ihr wurscht. Muss was Ernstes sein, denkt die Beyerlein nun endgültig und beginnt laut aus der Zeitung vorzulesen, um das »Madla« auf andere Gedanken zu bringen.

»Paula, horchermal: Neue Aktion der F.G.J. Menetekel! – Normalität ist eine gepflasterte Straße, doch es wachsen keine

Blumen auf ihr. – Was die bloß wieder maana?« Also, der Satz selbst sei ja nicht schwer zu verstehen, aber dann die Puppe, und an der Eisenbahnbrücke verkehrt herum aufgehängt, sonderbar sei das, ein regelrechtes Rätsel.

Und zum ersten Mal an diesem Tag kann Paula wieder lächeln und lächelt die alte Dame an:

»Frau Beyerlein, sagen Sie, können Sie sich denn nicht mehr an die Zeit vor der Stadtautobahn erinnern, als Sie noch am Ludwigskanal Schmetterlinge gejagt haben?«

Harri hier bleib, hier ist es gut, jetzt mit Wärme überall, von innen auch, von der Roulade mit Blaukraut und Kloß, die er gerade gefrühstückt hat, aber jetzt kommt schon die Dämmerung, in der Cafeteria vom *real*, neben seinem Stuhl hat er gespeicherte Wärme aufgestapelt, zwei Bündel Briketts, nur Wärme muss man haben, dann wird alles gut, Wärme Wärme Wärme und jetzt hast du was im Magen Harri, jetzt kannst du einen Schnaps und noch ein Bier dazu ...

Und jetzt sitzt Harri doch noch in der *Getränkequelle*, Dieter ist da, Dieter war mal Metzgerlehrling, die beiden waren in derselben Klasse auf der Berufsschule. Jetzt ist Dieter nur noch Stammgast im *Concordia* und der *Getränkequelle* und wartet seit Stunden auf irgendwen, dem er seine neueste Theorie über den Niedergang der Kleinbetriebe unter die Nase reiben kann, wenn der Wirt schon nicht mehr zuhören will. Aber auch Harri will davon nichts wissen: immer nur reden und doch nichts dran ändern können, bei dieser Merkel wird auch nix anders, ist, wie es ist! Nein, Harri will seine Ruhe haben, verdammt noch mal! Hart kracht die Faust auf den Tresen.

Da schielt sogar der Wirt hinter seiner Bildzeitung raus und kann kaum glauben, dass der Harri Köhler heute so stinkig ist und gar nicht lammfromm und ruhig wie sonst immer. Dem wird wohl so ein sprichwörtliches Krabbeltier über die Leber gelaufen sein, denkt er bei sich, und zeigt ihm das Foto in der

Zeitung, quasi als Aufmunterung. Aber Harri wird nicht munter, sondern zappelig, rollt mit den Augen und macht dabei Geräusche, als hätte sein Magen Lust auf einen Ausflug in die Rachenhöhle, und dann dreht er sich um, reißt die Tür auf und hetzt hinaus in die kalte Dunkelheit, als wäre der Teufel hinter seiner armen Seele her.

»Was war das denn jetzt? Dem muss aber mehr als eine Laus über die Leber gelaufen sein! Ist doch nur eine blöde Schaufensterpuppe! Ist doch bloß ein Scherz von diesen Meneteklern, glaubst des!«

Der Wirt klappt den Sportteil auf und fragt sich, ob er seinen Laden nicht doch endlich dicht machen soll – *nur noch Spinner unterwegs, nur noch Spinner!* Immerhin, beim Club ist nach dem 3:1 gegen Kaiserslautern die Welt in Ordnung – fragt sich nur, wie lange.

Der arme Harri hat das natürlich nicht mehr hören können, weil dem ja der Teufel im Genick gesessen ist und er gar nicht mehr ein noch aus weiß, aber zu viel weiß, um zu vergessen. An seiner statt sitzen nun 20 Kilo Brikett neben Dieter, der nicht so recht weiß, was er von all dem halten soll.

Seitdem irgendwer aus dem Haus beschlossen hat, den Hinterhof in eine Sperrmülldeponie zu verwandeln, leben hier jede Menge Ratten. Es ist nichts Ungewöhnliches, dass dich eines dieser Viecher missgelaunt von schräg unten anstarrt, wenn du den Müll in eine der Tonnen wirfst.

Als Gregor sich mit der überquellenden Aschetonne die vier Stockwerke von seiner Wohnung in den Hinterhof geschleppt hat, sprengt ein ganzes Rattenrudel vor seinen Füßen auseinander – offenbar eine Rattenbetriebsversammlung, vielleicht auch nur ein Familientreffen, das er gestört hat. Gregor schmeißt den Metalldeckel der Tonne fluchend hinter ihnen her. Das war ein Fehler, denn das Außenlicht funktioniert schon seit Oktober nicht mehr, und das Licht aus dem Treppenhaus reicht gerade noch bis zu den Mülltonnen, der gigantische Sperrmüllhaufen liegt weiter hinten wie ein toter, schwarzer Koloss. Nun ist Gregor zwar nicht gerade zimperlich, und seine Furcht vor einer einzelnen Ratte hält sich in Grenzen, einem ganzen Clan in stockdunkler Nacht fühlt er sich aber nicht gewachsen – heute schon dreimal nicht.

Was tut ein Mann, wenn er sich einer Situation nicht gewachsen fühlt? Genau, er geht in eine Bar und macht einen Plan, wie er der unlösbaren Situation doch noch eine Lösung abtrotzt. Bei einem Bier respektive Wein – hartgesottene Naturen greifen auch gern zu Whisky – wird der Gegner, also das Problem, noch einmal innerlich unter die Lupe genommen, werden dessen Stärken und Schwächen analysiert und eine Strategie erarbeitet. Dazu raucht der Mann ein paar Zigaretten und schaut zu, wie sich seine vermeintliche Niederlage und damit das Problem gemeinsam mit den Rauchkringeln in der Kneipenluft auflöst.

Gregor schaut gerade einem besonders gelungenen Rauchring hinterher und denkt dabei schon lange nicht mehr an Aschetonnendeckel, Sperrmüll und Rattenrudel, als sich die Frau neben ihn an die Bar im *Casablanca* setzt. Er bemerkt sie eine ganze Weile nicht, denn seine Gedanken kreisen schon wieder um eine andere Frau, eine tote Frau, die nachts an einer Eisenbahnbrücke gebaumelt hat. Und er denkt auch an jene Frau, die auf der anderen Seite der Straße stand und das Gleiche gesehen haben muss wie er. Er will sie finden, er muss sie finden, und wenn es nur ist, um sich davon zu überzeugen, dass alles nur Einbildung war, der schlechte Scherz eines müden Gehirns oder die dringende Mahnung, wieder einmal zum Optiker zu gehen – das Unterbewusste nimmt ja oft seltsame Wege, wenn es einem etwas mitteilen möchte.

»Haben Sie Feuer?«

»Nein«, denkt Gregor und schaut neidisch einem Rauchwölkchen hinterher, das gerade dabei ist, sich aufzulösen. Er hat keine Lust auf ein Gespräch, er hat keine Lust auf ein

Kneipengespräch, er hat keine Lust auf ein Kneipengespräch mit einer Frau! Nun heißt es zwar immer, der Mann sei der Jäger und die Frau eine hurtige Sammlerin – er Höhlenbären, sie Preiselbeeren quasi –, und das mag in Bezug auf deren prähistorische Geschlechtsvertreter auch zutreffen, auf neuzeitliche Kneipengänger lässt sich die Regel nicht mehr übertragen. In der modernen Kneipe ist die Frau beides, Jägerin und Sammlerin, aber vor allem eines: gnadenlos, wenn sie sich etwas in den Kopf gesetzt hat.

Die Frau – »Ich heiße Barbara, und du?« – hat sich Gregor in den Kopf gesetzt, und die abweisende Haltung, mit der er ihr das Feuerzeug rübergeschoben hat, reizt lediglich ihren Jagdinstinkt. Er sähe so bedrückt aus, ob er etwas auf dem Herzen habe, ob er der Meinung sei, Alkohol wäre in so einer Situation wirklich der einzige Freund oder gar ein guter Ratgeber.

Sie hat nicht einmal eine unangenehme Stimme, vielleicht ein bisschen zu schrill, eine Spur zu laut, aber ansonsten völlig okay. Vielleicht meint sie es auch wirklich gut, vielleicht ist sie einfach nur allein, vielleicht braucht sie, wenn sie sich so fühlt, einen Menschen, mit dem sie reden kann.

Wenn Gregor allein ist, will er sich allein fühlen und dabei nicht von der Seite und obendrein noch von einer völlig unbekannten Frau mit Küchentischpsychologie vollgequast werden. Und so bestehen seine Kommentare zu ihrem Wortwasserfall lediglich aus gedachten und gesprochenen Neins.

»Nein«, er will nicht über sich reden. »Nein«, er hat keine Meinung zu einem weiblichen Bundeskanzler. »Nein«, er ist letzten Sonntag nicht beim Tanztheater in der Tafelhalle gewesen. »Nein«, den Vortrag im *BZ* hat er nicht gehört.

Wie mit einem Scanner versucht sie ihn mit Fragen zu ertasten, schüttelt dabei Haare und Schultern, gestikuliert, wie Frauen gestikulieren, wenn sie auf der Jagd sind, und beginnt ein Thema nach dem anderen, um einen Eingang zu ihm zu finden.

Nachdem sie über ihren letzten Urlaub geplaudert hat,

»magst du die Provence auch so sehr?«

»Nein!«

bestellt sie sich noch einen Wein und geht auf die Toilette. Gregor legt das Geld für seine Zeche auf den Tresen, nimmt seinen Hans-Moser-Mantel und tut es dem Rauch seiner Zigarette gleich: Er verschwindet in der eisigen Winterluft der Südstadt.

Harri ist aus der *Getränkequelle* raus und in die entgegengesetzte Richtung, nicht die Schwabacher rauf, sondern die Schwabacher runter, nein, er ist nicht so besoffen, dass er den Heimweg nicht mehr findet, er geht absichtlich in die entgegengesetzte Richtung, zur letzten Oase in der Wüste der Nacht, die es im Viertel gibt, nämlich immer geradeaus die Schwabacher und dann die Geisseestraße runter ist eine Esso, 24 Stunden 7 Tage die Woche geöffnet, so ganz genau weiß ja niemand, warum für Tankstellenshops das Ladenschlussgesetz nicht gilt, manche Tankstellen haben ein Schild an der Tür, *Außerhalb der gesetzlichen Ladenöffnungszeiten nur Verkauf an Reisende* oder so ähnlich, und ein Reisender ist er, zwischen Welten irrt Harri gerade umher, durch ein Niemandsland, und niemals mehr wird er irgendwo ankommen, und da steht er jetzt in der Tanke und macht sich eine Dose Warsteiner auf, draußen sein Spiegelbild macht genau dasselbe, schon wieder ein Bier, dabei will Harri doch schlafen, und hätte nicht das Telefon geklingelt, wäre Harri wirklich eingeschlafen am Stehtisch, nur, jetzt telefoniert der Mann an der Kasse und starrt dabei dauernd zu Harri hinüber, als ob mit ihm irgendwas wär', da geht's in Harris Kopf natürlich ab, *Kriminalpolizei*, sagt der am anderen Ende, *hält sich bei Ihnen ein Kunde auf, der der folgenden Beschreibung entspricht Doppelpunkt*, tatsächlich macht sich der Kassierer jetzt Notizen, *Harri bleib cool mach dich nicht verdächtig!* Harri nimmt wieder ein paar Schlucke aus der Dose, der Kassierer legt auf und nimmt einen Drahtkorb und geht durch den Verkaufsraum, Harri beobachtet ihn genau, geht die Regale entlang und nimmt von hier was, von da was, von dort was, Harri sieht genau hin, aha, eine Flasche Tomatensaft, aha, zwei Flaschen Bordeaux, eine Tafel Ritter Sport feinherb, und dann geht er zurück hinter seine Kassentheke und greift am Zigarettenregal nach rosafarbenen Packungen, Ladyzigaretten, M heißt die Marke, die gibt's in grün und rot und rosa und weißgott nicht überall, nur in gutsortierten Geschäften, davon nimmt der Kassierer jetzt drei Packungen und gibt sie in den Korb, rosa M, das ist etwas anderes, als wenn er drei Marlboro oder drei Gauloises Blondes nehmen würde. Dann scannt er die Dinge Stück für Stück und packt sie in eine Plastiktüte, und kurz darauf fährt auch schon ein Taxi vor, nicht zum Tanken, und der Taxifahrer geht nicht zum Kaffeeautomaten, sondern direkt zum Kassierer und bekommt gegen Bezahlung die Tüte samt Kassenbon ausgehändigt und geht mit der Tüte in der Hand zum Taxi und steigt ein und fährt davon, wohin, das weiß Harri so genau, wie er noch nie gewusst hat, dass seine Angela überall ist, nicht nur als Stimme in seiner Handymailbox, sondern wirklich überall, heißt, auch dort, wo Harri sie nicht erwartet, das bringt ihn um, das ist wie noch nicht geboren sein und alles, was einen umgibt, ist Mutter Mutter Mutter, schlimmer, man besteht selbst aus Mutter. Als Harri drei Dosen Warsteiner später die Geisseestraße und Schwabacher Straße entlangstolpert mit nochmal drei Dosen Warsteiner in den Taschen, da glaubt er sich eingemeißelt zwischen zwei Frauen, zwei erstarrten, unerbittlichen Frauen, und er kann nichts dagegen tun, gar nichts.

Der Mittwoch beginnt überhaupt nicht schicksalsschwanger, nix, was Harri aus dem Gleichgewicht werfen könnte, er geht um dreiviertel sechs aus seiner Laube und durch die Kolonie und ein kleines Stück entlang der Stadtautobahn, über die Ampel drüber, dann ist er bei der Evenord, kein Vergleich zu gestern, wo er sich gefühlt hat wie eine Kugel im Flipperautomaten, kreuz und quer und rauf und runter katapultiert, *tschuck tschuck tschuck wiu wiu wiuuuuuuuubrrrrrrrrrmmm m klaka-klaka-klaka*, nein, jetzt zieht er wieder seine Bahn mit dem Hubwagen durch das Lager, legt Kartons auf Europaletten, hakt Posten auf Lieferscheinen ab, schiebt vollgepackte Paletten über die Rampe in LKW-Laderäume, und in der Frühstückspause kommt es ihm so vor, als wäre das ein anderer Harri gewesen, der da vorgestern früh auf der Brücke unterwegs war, und er selber, der richtige Harri, ist normal im Lager gewesen und hat seine Arbeit gemacht, ja, so war's doch! Und in der Cafeteria die zukünftigen Metzgerei-Fachverkäuferinnen, die hier zur Berufsschule gehen, die bringen ihn auch auf andere Gedanken, *ob die sich auch nabelfrei in den Laden reinstellen?*, aber das hält bloß bis zum Schichtende vor, und Harri merkt, am liebsten würde er weiterarbeiten, bloß keinen Feierabend!

Auch bei Paula startet der Mittwoch wie ein ganz normaler Werktag mit all den kleinen Aufregungen und der rührigen Betriebsamkeit, die solche Tage mit sich bringen. Verkehr, Lärm, Gestank – all das, was man so Leben nennt. Zwei Stunden ist sie auf den Beinen, schlimmer, auf den Füßen gewesen, dort, wo Nürnberg am schönsten ist, vom Plärrer den Ring entlang zum Bahnhof und wieder zurück, denn warum soll der altmodische Lodenmantel in seinem altmodischen Wagen nicht auch dort vorbeikommen, wo zu manchen Tageszeiten alle Nürnberger auf einmal fahren, und jetzt sitzt sie da und näht an einer Filztasche, als wäre nichts gewesen.

Ratternd frisst sich die Nadel der altmodischen Nähmaschine durch den dicken Stoff. Filztaschen sind gerade sehr gefragt, »gehen wie die warmen Semmeln, wirst sehen, Paula!« hatte die Beyerlein gemeint, als sie die ersten davon gemeinsam im kleinen Schaufenster der *Tollkirsche* drapiert hatten. Und tatsächlich verkaufen sich die kleinen, bunten Dinger jetzt in der Vorweihnachtszeit wie von selbst – die Miete für den nächsten Monat jedenfalls ist schon drin, und Paula könnte zufrieden sein – nähen, verkaufen, nähen, verkaufen.

Aber nein, Paula ist nicht zufrieden, sie ist sauer. Sauer auf sich, sauer auf Robert und sauer auf den blöden Kerl im Lodenmantel, den sie nicht finden kann und der so gar keine Anstalten macht, sich bei ihr zu melden.

Meine Güte, als wenn einem jeden Tag eine tote Frau vor der Nase rumbaumeln würde! Sie kann ganz deutlich spüren, das war kein Zufall, das hatte was zu bedeuten, etwas Wichtiges, etwas, von dem sie jetzt noch nichts ahnt, weil sich das Schicksal nicht in die Karten blicken lässt wie ein Anfänger beim Schafkopfspielen. Klar, er könnte ihr vollkommen egal sein, irgendwann wird irgendwo eine Frau vermisst, irgendwann wird eine weibliche Leiche gefunden, irgendein Kommissar kümmert sich um den Fall und findet wahrscheinlich auch irgendwas heraus. Für den ist das ein Fall wie jeder andere – hier ein Opfer, dort ein Täter und dazwischen ein paar Akten. Vielleicht wird es aber auch gar kein Fall, vielleicht taucht die tote Frau nie wieder auf (vielleicht gibt es ihn, den perfekten Mord, ja doch!). Vielleicht war es auch gar kein Mord? Vielleicht war es ja nicht einmal ein Mensch, der in dieser Nacht kopfüber von der Eisenbahnbrücke gehangen hat, sondern doch nur eine Puppe? Vielleicht sollte sie doch lieber Roberts Reifen durchstechen, anstatt sich in einen Fall ziehen zu lassen, der höchstwahrscheinlich gar keiner ist, sondern nur eine Ausgeburt ihres überreizten Hirns, eine Möglichkeit, sich über die Kränkung, verlassen worden zu sein, hinwegzumogeln. Und überhaupt ist sie keine Detektivin, sondern autodidaktische Schneiderin, verdammt noch einmal!

Der kobaltblaue Filz auf der Nähmaschine fühlt sich schon seit einer kleinen Weile den gegensätzlichen Zügen nicht mehr gewachsen – hier die Nadel, die nach vorne schiebt und nach hinten zieht, dort die Frauenhand, die an ihm zerrt, als wäre er und nicht sie von Gedanken getrieben. Der Oberfaden ist sowieso schon gerissen, und der losgelöste Unterfaden ballt sich mit jedem Nadelstich zu einem größeren Garnknäuel, das von der emsigen Nadel immer an derselben Stelle traktiert wird, bis es ausschaut wie das ausgespieene Gewölle eines Raubvogels. Es reicht, wer sich nicht konzentrieren kann, wird mit Boykott bestraft! Während die überanstrengte Nadel ein kurzes *knack!* von sich gibt, als sie bricht, entschließt sich der Filz, völlig tonlos zu reißen.

»Verdammt noch einmal!« *Jetzt reicht es aber, Paula,* und wäre es nicht so durchsichtig, würde sie sich einreden, nur wegen einer abgebrochenen Nähmaschinennadel zu heulen.

Draußen schneit es wieder große, nasse Flocken aus schwer drückendem Novemberhimmel. Die Beyerlein rutscht vorbei, klopft aber nur kurz ans Fenster und deutet mit hektischen Bewegungen an, dass sie es eilig hat. Dabei spießt sie mit ihrem Regenschirm beinahe den jungen Mann auf, der eben dabei ist, den Laden zu betreten.

»Du bist Paula Russ?«

»Hm.«

»Hello, mein Name ist Gary. Ik habe dein Adress von Karen bekommen, die Tänzerin. You know?«

Nicht nur das, Paula erinnert sich jetzt auch wieder daran, dass Karin ihr einen gewissen Gary angekündigt hatte, der irgendetwas wegen eines Kostüms mit ihr besprechen wollte. Aber, warum zum Henker findet man in dieser Handtasche niemals ein Tempotaschentuch, wenn man es braucht!

»Sorry, wenn ik ein andermal wiederkommen soll?«

»Nein, passt schon. Es ist nur dieser Schnupfen.«

Jetzt muss Harri schon wieder an den Schuppen denken, als er nach Hause geht, und kriegt so ein Gefühl, als ob einer von den Tausenden, die auf der Stadtautobahn an der Schrebergartenkolonie vorbeibrausen, es irgendwie spüren müsste, dass er an einer Leiche vorbeifährt, und jetzt steht auch noch ein Auto auf dem Parkstreifen, das kennt er, das ist der dunkelgraue Mazda Kombi vom Meißlein, der da steht wie ein Leichenwagen, der Meißlein hat das zweite Grundstück gleich wenn man reinkommt, und als Harri dran vorbeigeht, kommt er aus seiner Laube raus, wie wenn er nach Harri Ausschau gehalten hätte, und, Harri, ich hab dir doch im Sommer die Flex geliehen, wie du für den Helmut die Dachrinne neu gemacht hast, die brauch ich wieder, wär wichtig, und da fällt das ganz normale Frühschichtgefühl endgültig in sich zusammen, Harri wird wieder zum Verbrecher mit Leiche im Schuppen, genau in dem Schuppen liegt natürlich die Flex, Schlüssel nicht finden geht nicht, den hat Harri am Schlüsselbund, und das weiß auch der Meißlein, und deswegen tut es Harri echt leid, aber die Flex hat er weiterverliehen, der Dieter, das ist ein Kollege bei der Evenord, der baut gerade seinen Dachboden aus, da hilft er ihm ab und zu und hat die Flex mitgenommen, oh Gott, jetzt lass den Meißlein bloß nicht fragen, wo der Dieter wohnt und ob er die Flex abholen kann, dummerweise ist der Dieter jetzt aber gerade bei, bei, bei seinem Onkel in Augsburg, da hat er einen Anruf bekommen, dem geht's nicht gut, immer weiter sprudelt Harri von Onkel und Dieter und Dachboden, bis der Meißlein ihn nur noch groß anschaut und, ist ja gut, Harri, hat Zeit bis zum Wochenende, klopft ihm der Meißlein auf die Schulter, so kennt man den Harri gar nicht, kommst noch mit rein auf ein Bier? Bloß nicht unterhalten jetzt, nein, man kann sich nicht zum Meißlein ins Gartenhaus setzen, wenn man dauernd an den Schuppen denken muss, »Lass mich in Ruhe!«, brüllt Harri und will bloß noch weg vom Meißlein, der ihn dauernd so komisch anschaut, immer die Scheißüberstunden, und ich bin doch nicht euer Depp, und Kopfweh hat er heute, jetzt muss er sich erstmal hinlegen, lässt den Meißlein einfach stehen, »Willst du eine Aspirin?«, ruft der noch, aber Harri dreht sich nicht mehr um, sondern trabt den Weg entlang bis zu seinem Gartenhaus, aufsperren, rein, Tür zu, absperren, das Sofa ächzt unter einem Harri, der sich schwer anfühlt wie nie.

Sofas sind im Allgemeinen geduldige Zeitgenossen, auch wenn sie ächzen und stöhnen unter ihren Belagerern – nur sehr selten verweigern sie ihren Dienst, versagen dem Gehetzten das Asyl. Komm, leg dich her, nimm die Decke, zieh sie dir über den Kopf, schlafe, döse, träume von einer anderen, einer besseren Zeit, flüstern sie, und sanft spinnen sie dem Ruhesuchenden ein warmes Nest aus Tagtraumfäden. Und ja, ja, bestätigen die Verkäufer im Möbelgeschäft freundlich lächelnd, dieses Sofa ist eine wahre Ruheinsel – probieren Sie es, Sie werden es spüren.

Gregor spürt die Sprungfedern in seinem Rücken, riecht den Staub in den ehemals blauen Polstern. Sein Sofa ist alt, er hat es nicht aus einem Möbelgeschäft, sondern aus einer Gebrauchtwarenhalle auf dem Land, vielleicht verlieren die Dinge ihren Zauber, wenn sie einmal in einer Gebrauchtwarenhalle standen, vielleicht sind auch Sofas irgendwann erschöpft, ertragen die schweren Gedanken ihrer Besitzer nicht mehr. Stundenlang war er in der Werkstatt gestanden, Dellen aus Blech herausgeklopft, Rost abgeschliffen, schwarzen Kaffee getrunken und geraucht. Sogar ein Verkaufsgespräch hatte er geführt, lustlos zwar, aber immerhin, war für ein paar Momente aus dem Kokon seiner Gedanken herausgeklettert. Nun haben sie ihn wieder eingeholt, die Gedanken, die Erinnerungen. Nun liegt er auf seinem alten Sofa, das nicht mehr zaubern kann oder mag, und starrt an die Decke und weiß nicht, dass in einer Gartenlaube knapp zwei Kilometer entfernt ein Mann ebenfalls auf seinem alten Sofa liegt und ebenfalls nach oben starrt – gerade so, als könnte man von dort eine Antwort erwarten.

Und oben, im letzten Stock in der Hessestraße, sitzt eine Frau und starrt aus dem Fenster, starrt in den aschfahlen Himmel und weiß, dass es keine Antworten gibt, dass alle Fragen vergeblich sind.

»Was hast du gesagt?« Paula spürt, dass sie die Geduld ihres Gegenübers auf eine harte Probe stellt, immer wieder schweifen ihre Gedanken ab, wandern zurück zu den Bildern der letzen Tage, Bilder und Töne, die sich eingegraben haben in ihrem Kopf – eine Puppe, eine tote Frau, ein fremder Mann im Lodenmantel, ein anderer, der sie nicht mehr will, der eine andere hat, und immer wieder: »Eine tote Frau!«

»Nein, keine tote Frau, es soll sein eine geschlekslose Wesen, die nog nigt geboren ist, you know?« Gary kritzelt etwas auf den Notizblock, das aussieht wie der Skianzug für ein Alien.

»Die Armel mussen erst fest sein und sich dann ablosen lassen, wie wenn die Wesen beginnen will zu fliegen. Ik will ausdrucken die Power, die steckt hinter die fantasy, verstehst?«

Klar, mit der Macht der Fantasie kennt Paula sich bestens aus, zur Zeit geht sie ihr aber einfach nur auf die Nerven, die gottverdammte Fantasie, und am liebsten wär es ihr, man könnte sie abstellen – *Schluss, aus, Ende mit dem Mist,* möchte sie brüllen, stattdessen sagt sie »Klettband, ich denke, mit Klettband würde das funktionieren, bis wann brauchst du das Kostüm?«

Wie immer bei dieser Art von Aufträgen braucht Gary das Kostüm am besten gestern. »Die First Performance ist in drei Wocken, aber, you know, ik muss mit die Kostum probieren!«

»Ja, ich denke, das schaffe ich.«

»Ik habe nikt viel Geld, aber ik versprek dir, wenn es eine success wird, kriegs du mehr als für die material – is okay?«

Klar ist das okay, ist immer okay, hat doch kaum jemand Geld, und die Kreativen schon gleich dreimal nicht, während die Banker sich fette, goldene Nasen verdienen – verdammte Sauerei das, findet Paula und drückt Gary noch eines ihrer selbstentworfenen Kärtchen in die Hand.

»Komm Anfang nächster Woche wieder, früher schaffe ich es nicht.«

Für kurze Zeit hält sich die laute Präsenz des Amerikaners noch im Laden, nachdem er selbst schon wieder vom Novembergrau verschluckt worden ist. Für ein paar Augenblicke kann Paula sich sogar auf den Kostümentwurf konzentrieren, überträgt Schulter- und Taillenumfang, Arm- und Beinlängen, rechnet den Materialbedarf aus und schaut in Musterbüchern nach geeigneten Stoffen – etwas Dickes sollte es sein, vielleicht gepolstert, in jedem Fall sehr stabil, um der Belastung standzuhalten, trotzdem leicht genug, um sich darin zu bewegen.

Ein Sommerkleid, ein gepunktetes Sommerkleid, im Stil der 70er, mitten im Winter an einer toten Frau, die an einer Brücke hängt!

Das Bild brennt und drückt und schiebt sich wieder in den Vordergrund, laut und aufdringlich wie ein lästiges Insekt. Paula will es nicht mehr, sie will arbeiten, sollen sich andere drum kümmern, sie ist Schneiderin – jedenfalls steht es so ähnlich auf ihrer Karte. Bei diesem Wetter zu Fuß zum Präsidium am Jakobsmarkt ist alles andere als ein Spaß, aber immer noch besser, als diese ewigen Gedanken, die kreisen und kreisen und zu nichts als schlechter Laune führen.

– ding! –

So klingelt nur Sergej. Benommen sieht Gregor auf die Uhr: halb vier. Eigentlich hätte er schon längst wieder in der Werkstatt sein wollen.

Sergej klingelt stets sehr zurückhaltend, aber leider meist in Momenten, in denen Gregor gar nicht nach Gesprächen zumute ist.

»Hast du Zeit? Nur fünf Minuten!«

Sergej stammt aus der Ukraine, wohnt mit Weib und Kind eine Etage unter Gregor und gehört ebenfalls zu den Nostalgikern, nur auf anderem Gebiet. Er kauft alte Röhrenverstärker auf, Plattenspieler, Lautsprecher, legendäre Fabrikate aus den Vierziger, Fünfziger, Sechziger Jahren, restauriert die Geräte, baut alte Lautsprecher in neue, selbst entworfene Gehäuse ein, verkauft über Ebay nach Amerika, Russland, Korea, Japan, Australien und gilt in Kreisen von Musikfreaks als eine Art Schamane; was unter seinen magischen Händen entsteht, übertrifft alles, was in einschlägigen Studios unter der Bezeichnung »High-End« für fünfstellige Beträge verkauft wird.

»Hast du Zeit?« bedeutet entweder, Sergej braucht Gregor als Assistenten beim Verfassen seiner Angebotstexte, oder, er hat eine neue Geschäftsidee. Gregor begibt sich also ein Stockwerk nach unten und wird an den Computer gelotst.

»Siehst du?« Sergej scrollt eine Ebay-Seite mit Diaprojektor-Angeboten hinauf und hinab.

»Ja, und? Sergej, ich bin noch nicht ganz wach. Was ist mit den Diaprojektoren?«

»Siehst du die Preise? Kannst du vorstellen?«

Gregor sieht näher hin, liest die Auktionspreise. »Unglaublich. Die gehen ja bis vierhundert Euro! Gebrauchte Diaprojektoren? So teuer? Ich hab gedacht, Diaprojektoren wären schon längst ausgestorben.«

»Egal. Auf jeden Fall, wir werden handeln mit Diaprojektoren. Billig einkaufen, verkaufen über Ebay.«

»Ich hab momentan eigentlich schon genug zu tun.«

»Aber jetzt im Winter, du verdienst nicht genug.«

»Ehrlich gesagt, ich wollte dich eh fragen, ob du mir einen Hunderter leihen kannst.«

»Siehst du? Bei mir auch, alles weg. Da Finanzamt ... da Miete ... da Ewag ... Rechnung ... Mahnung ... Aber wird besser. Wir geben Anzeige auf in Zeitung, suche Diaprojektor. Leute rufen an, *ja, wir haben alten Projektor im Keller stehen, können Sie haben,* wir fahren hin, und dann, Ebay. Hab ich schon aufgeschrieben, welche Marken sind gut. Aber musst du machen Anzeige für Samstag gleich.«

Und so greift Gregor zum Telefon und gibt zwei Minuten vor Anzeigenschluss den Text durch, handelt er eben mit Diaprojektoren, ist eh schon alles egal.

Hätte Polizeiobermeister Beck an diesem Tag Dienst gehabt, ihm wäre vielleicht der kräftige Mann vom Vortag in den Sinn gekommen, der in Mechanikermontur und mit einem Pappkarton unter dem Arm ins Präsidium gekommen war, um sich auszuweisen. Seltsam, hätte Beck gedacht, nachdem er noch einmal ins gestrige Protokoll geschaut hätte, diese Paula Rüss war etwa zur gleichen Zeit unter der Eisenbahnbrücke wie der Halter des alten Citroën. Und schnell hätte er eins und eins zusammengezählt: Sie könnten sich begegnet sein, sie könnte ihn beobachtet haben, sie könnte eine wichtige Zeugin und dieser Typ doch für die Puppenaktion verantwortlich sein. Beck hätte Verbindungen geschaffen, Korrelationen hergestellt, enger und eindeutiger als jene, die zwischen den beiden bis jetzt tatsächlich bestehen. Und wer weiß – hätte Polizeiobermeister Beck Dienst gehabt, die ganze Geschichte hätte eine andere Wendung nehmen können. So aber nimmt der junge Polizeimeister Matthias Emmerich die Aussage einer offenbar stark verwirrten Frau auf, die behauptet, in der Nacht von Sonntag auf Montag eine weibliche Leiche am Geländer der Bahnunterführung Schwabacher Straße gesehen zu haben. Zeugin beharrt darauf, dass es zunächst keine Puppe, sondern der Körper einer Frau war, wird er notieren, erst wenige Augenblicke später habe sich die Leiche dann in eine Puppe verwandelt, und: Zeugin räumt ein, Alkohol getrunken zu haben und emotional erregt gewesen zu sein. Dann wird er das Protokoll unterschreiben lassen und in die Ablage legen, wo sich bereits sieben weitere Protokolle zum gleichen Fall befinden, und sich fragen, warum es immer wieder Irre gibt, denen es offensichtlich Vergnügen bereitet, ihre überschüssige Kreativität vor seinem Schreibtisch auszuleben. »Sollen doch Romane schreiben«, wird er laut zu seinem Kollegen nebenan rufen, »sollen doch verdammt noch mal Krimis schreiben!«

Paula hört das nicht mehr, fühlt sich aber auch so wie eine Idiotin – klar, dass er ihr nicht geglaubt hat! – und beschließt spontan, dass gegen dieses Gefühl nur ein Mittel hilft: ab ins *Irish Pub* hinterm Spittlertor und einen Jameson bestellt, heute ist Mittwoch und Brian wird spielen – soll die Welt sie doch mal kreuzweise, inklusive all ihrer Toten und Lebenden. Seltsam, denkt Paula als sie die steilen Stufen zum Pub runtergeht tief in den Bauch der steinernen Stadt, von dem Typen im Lodenmantel hat sie dem Beamten gar nichts erzählt.

Schwarz legt sich der Winter über Nürnberg, kaum hebt sich die Silhouette der Krähe noch gegen den Himmel ab, als sie über den Plärrer fliegt, heim Richtung Bahndamm. Vielleicht ein kleiner Snack? Um diese Zeit erwischt es dort fast immer ein Kaninchen, obwohl es nur noch wenige sind, seit die Maschinen kamen. Man muss nur warten können, und Krähen können warten.

Schwer wie Honig tropfen die Minuten, aber es ist ein bitterer Honig, einer, der auf der Zunge brennt und den Leib verätzt, wenn man ihn schluckt. Sie hat ihn geschluckt, Tropfen um Tropfen, Tag und Tag, Jahr um Jahr. Ganz schwarz ist sie davon geworden – innerlich. Schwarz wie Mumienleder fühlt sich ihr Inneres an, wenn sie sich in sich fallen lässt. Aber sie hat sich nicht fallen lassen, schon so lange hat sie sich nicht mehr fallen lassen in diese harte Dunkelheit, die ihren Namen trägt: Angela – Engel.

War Luzifer nicht auch einmal ein Engel? War er nicht sogar der erste unter den Engeln – Gottes Liebling? Und dann:

Ich sah den Satan vom Himmel fallen wie einen Blitz.

»Aber was hatte der Engel verbrochen? *Was hatte der Engel denn verbrochen, mein Gott!* Wir wollten nicht sein wie DU! Wir wollten den Menschen nichts Böses! Wir waren nicht stolz, nur auf unser kleines Glück – war es das, hast DU uns das missgönnt? Unser kleines, menschliches Glück! Oder war es der Neid auf unsere Lust, auf unsere Freude am Leben? Warum hast DU mich aus dem Himmel gestürzt, warum lässt DU mich immer noch stürzen, tiefer und tiefer, jede Minute, jede Sekunde meines Lebens, das schon lange keines mehr ist?«

Wie oft hat sie das schon gefragt – wie oft keine Antwort erhalten? Nur die Zeit, die ewige Zeit, ein klebriger Tümpel, der sich stetig füllt, zu einem Teich wird, einem See, einem Ozean, der alles verschlingt, nur nicht sich selbst und die bitteren Gedanken.

Was war er mehr als ein kurzes Wimpernzucken in diesem endlosen Ozean, der kurze Augenblick des Triumphes? Ein winziger Wassertropfen, versprengter Morgentau auf brennend heißer, klebriger Wüste. Ledernes Herz fühlt keine Schmerzen, fühlt keine Freude.

Ein kleines Eckchen ist geblieben, das hat sie sich all die Jahre bewahrt, das hat sich gegen das Schwarz gestemmt, wenn es angerollt kam mit all seiner Nachtgewalt: Harri, der kleine Harri.

Und jetzt, was soll sie tun? Er ist dumm, er ist plump, ein guter Hund, ein treuer Freund – Harri der Lawinenhund, liebt auch noch die Verschütteten, die lebendig Begrabenen. »Liebt die Engel auch nach ihrem Fall. Verdammter Dummkopf!«

Regt sich der letzte Funken Rot in diesem Lederherzen jetzt doch tatsächlich schmerzhaft wegen eines Trottels?

Es wird ein schwerer Gang hinüber in die Kolonie, aber sie wird sich dorthin schleppen und dann sitzen und warten, bis sie vom Ozean verschlungen wird. Doch vorher wird noch ein anderer Engel verschlungen von einer tiefen, schwarzen Flut.

Jetzt ist Harri mittendrin im Alptraum, und dabei zieht er bloß Paletten durchs Lager und über die Laderampe in den Laster vom Heinz, der grad seine Zigarette raucht, alles genau wie gestern, bloß dass Harri seit letzter Nacht ein Mörder ist. Heinz drückt ihm einen kleinen Sechsämter in die Hand, »Harri, du schaust ja aus wie gespeit«, den er auch gleich runterkippt. Gestern ist er ins Evenord-Lager hineingeschlüpft wie in ein Nest, heute früh hat er sich kaum hingetraut, denn wenn man sowas angerichtet hat, ist man nicht mehr wie die anderen, und wenn man es nicht schafft, sich sozusagen eine Dauermaske auf die Seele zu setzen, dann beißen einen die Nestkameraden tot. Angefangen hat es gestern, also am Mittwochnachmittag, da ist Harri noch froh gewesen, dass Angela ihn aus dem Alptraum aufgeweckt hat, das heißt, erst einmal hat er sich alles mögliche ausgemalt, wer da bei ihm an die Tür klopfen könnte, und hat beschlossen, nicht da zu sein, bis er ihre Stimme gehört hat, *Harri, mach auf,* und da hatte sich tatsächlich und wahrhaftig Angela zu Harris Hütte aufgemacht und ist vor der Tür gestanden, *und jetzt müssen wir sie nur noch wegschaffen, Harri, dann ist alles wieder wie früher, versprochen.* Das war ja nicht so geplant gewesen, dass Harri die Leiche über die Bahnbrücke und in seinen Schuppen schleift, normal hätte er sie ja zum Parkhaus tragen und im Kofferraum von Angelas Wagen verstauen sollen, so war der Plan, hat man ja nicht ahnen können, dass ausgerechnet an dem Morgen noch jemand was vorhat auf der Brücke, *aber heute nacht, Harri, fahren wir da hin.* »Da hin« heißt, zum Waldmannsweiher in Fürth, das war schon so ausgemacht, vielmehr, Angela hat es so bestimmt, weil der Waldmannsweiher sehr tief sein soll, das Problem ist nur, das tiefste Gewässer ist nicht unbedingt das einsamste. Harri hatte den Silbersee vorgeschlagen, vielleicht hatten ihn die Tafeln mit den Totenköpfen draufgebracht, die rings um den See aufgestellt sind, *Baden verboten!* und *Lebensgefahr!*, wo niemand schwimmt, kann auch niemand eine Leiche finden, aber auch nach zwei Runden um den See hat Harri keine Stelle entdecken können, wo man bequem jemanden hineinwerfen kann, so sumpfig und schilfbewachsen sind die Ufer. Ideal wäre was gewesen, wo eine Brücke drüberführt, sie haben den Stadtplan angesehen, aber die Brücken über die Pegnitz sind entweder in der Altstadt oder in Parks, da kann man nicht gut mit dem Auto ranfahren, und der Rhein-Main-Donau-Kanal wird entweder von schmalen Fußgängerstegen (wenn da jemand kommt) oder Schnellstraßenbrücken überquert. Normal braucht man nicht damit zu rechnen, dass einer sich erbarmt, wenn man warnblinkend mit Panne auf dem Seitenstreifen steht, aber wenn man mit vorgetäuschter Panne anhält, um eine Leiche in den Kanal zu befördern, ist garantiert eine halbe Minute später jemand da, den man nicht da haben will. Also ist es beim Waldmannsweiher geblieben, auch der nicht ideal gelegen, am Rand der Fürther Altstadt, dort, wo Fürth wie Prag aussieht, *aber tief, das tiefste Gewässer weit und breit, und wer ist da in einer Winternacht noch unterwegs, Harri,* dem Heinz jetzt auf die Schulter klopft, »na?«, und: »geht's wieder?«.

Wenn das alles überstanden ist, Harri, machst du eine Weile Urlaub, hat Angela gestern Abend zu ihm gesagt, als sie in seiner Laube erst gewartet haben, bis es dunkel wird, dann gewartet, bis die Dunkelheit sich entvölkert, aber das hat für Harri wie eine Drohung geklungen, und ...

... es ist dunkel, es ist viel dunkler, als es sein müsste, und er erinnert sich daran, wie er als Kind manchmal aufgewacht ist mitten in der Nacht und geschrieen hat vor Angst. Zitternd ist er oft stundenlang in seinem Bett gelegen und hat den Atemzügen der anderen Jungen gelauscht und den Schritten der frommen Schwestern. Hoch bis über die Nase hat er die Bettdecke gezogen und versucht, seinen Atem ebenso ruhig klingen zu lassen wie den der Anderen – ruhig,

nur ruhig, Harri, er wird dich nicht entdecken, wenn du dich nicht rührst. Aber der böse Schatten aus dem Alptraum ist ebenso wach wie der ängstliche Junge, der ihn erträumt hat, und beide bewegen sich nicht, belauern sich. Der Schatten weiß, dass der Junge nicht schläft, und der Junge versucht zu vergessen, dass der Schatten ihn aufspüren kann, wo immer er sich auch versteckt.

Manchmal streckt der Schatten wie zum Spiel einen seiner vielen Arme aus und lässt ihn über den Boden schlängeln, langsam an Harris Bett heran, kratzt mit scharfen Krallen über ausgetretene Bodendielen, trommelt kurze, harte Wirbel aufs Holz. Wenn Harri sich dann leise wimmernd unter der Decke verbirgt und betet, dass kein Laut nach außen dringen möge – ruhig, Harri, nur ruhig! – beugt sich der Schatten über ihn, knurrt leise und gierig wie ein hungriges Raubtier kurz vor dem Sprung und bläst einen Schwall eisigkalter Luft über die graue Wolldecke, bis der Junge darunter erstarrt.

Es ist dunkel, es ist so dunkel hier. Harri kann sich nicht rühren, kann keine zweite Kerze anzünden, hat Eiswind in den Knochen. Der Schatten hockt ihm gegenüber und lauert, lauscht, wie die Zeit vergeht, wartet auf den rechten Augenblick, atmet leicht röchelnd. Das Röcheln in ihrem Atem – hat sie früher auch schon so geröchelt? Ist das, was ihm dort gegenübersitzt, noch die gleiche Frau, bei der er sich einmal so sicher, fast geborgen gefühlt hat wie nie zuvor in seinem Leben? Ist das noch Angela?

Allein ist er, allein. Und was soll er jetzt noch in einem Pensionszimmer im Bayerischen Wald oder in einem Hotel auf Mallorca?

»Hey, Alter, alles klar?«

Jetzt, wo Heinz neben ihm steht, möchte er am liebsten an jedem anderen Ort auf der Welt sein, nur nicht hier auf der zugigen Laderampe von der Evenord, Harri bibbert mal wieder, aber bevor er heute Nachmittag seinen Ofen anschüren kann, muss er noch mal runter zum Baumarkt, Briketts holen, denn von den zwei Bündeln, die er gestern noch aus der *Getränkequelle* geholt hatte, hängt jetzt eins an der versenkten Regina und eins an dem Mann, der ihr Gesellschaft leistet im tiefen Wasser, *aber das hab ich nicht gewollt!* Da muss Harri aufpassen, wenn er an den Mann denkt, und genau genommen denkt er ständig an den Mann, dass er nicht laut sagt: »Das hab ich nicht gewollt!« Hätte dem sein Hund nicht ein- oder zweimal öfter wo hinpissen können, oder wenn er bloß ein paar Minuten später aus dem Haus gegangen wär, oder noch Zigaretten holen, oder weiß der Kuckuck, aber er ist genau in dem Augenblick vorbeigekommen, wo Harri dieses scheußliche Ding, das einmal ein Mensch gewesen war, schon beinah im Wasser hatte, so gut wie, und hat geschrieen, ob denn der Weiher eine Müllkippe ist, und endlich erwischt er einmal solche Schweine, die so was machen, und wie er ganz nah bei Harri war, ist er plötzlich still gewesen, hat nur noch ganz heftig geatmet und ungläubig die verrenkte Frau mit dem versengten Kopf angesehen, die vor ihm lag, aber bis er so weit war, sich umzudrehen und wegzurennen, und dabei hätte er seinen Dackel noch mitzerren müssen, hat Harri einfach zugeschlagen, ausgerechnet so einer wie Harri muss Fäuste haben, vor denen er selbst Angst bekommen könnte, und so viel Kraft, wie Harri hat, wäre nicht einmal nötig gewesen, dass einer das Gleichgewicht verliert und unglücklich stürzt, wie es immer heißt, mit dem Hinterkopf aufschlägt, und das Schlimmste ist, Harri weiß nicht, hat er ihn erschlagen oder hat er ihn ertränkt, war der Mann mit dem Dackel schon tot oder nur bewusstlos, wie er ihn mit Reginas zweitem Brikettbündel am Bein versenkt hat, denn Ertrinken ist der grässlichste Tod, den Harri sich ausmalen kann.

Und jetzt radelt er auf dem Fahrrad vom Dieter die Geisseestraße hinunter, zum Baumarkt, und er wird, wenn er Briketts kauft, nie mehr nur ans Heizen denken können.

Der Weiher träumt unter dem abnehmenden Mond von der Zeit, als er noch Teil des Flusses war, der Teil des Fließens ist, das Teil des Ozeans ist. Welch ein Unterschied, zu fließen oder zu ruhen, zu rauschen oder sich schweigend zu erinnern – man geht in sich, wird tiefer, speist sich aus Quellen, die für ein lebendiges Auge nicht sichtbar sind. Auf deinem Grund sammeln sich Geschichte und Geschichten, bedecken den schwarzsamtenen Boden mit zarten, bleichen Vogelknochen, verwandeln ihn in einen Teppich, dessen Schönheit nur erkennt, wer die toten Zeichen zu lesen versteht.

Es war an einem späten Winterabend, fast Nacht, die Wege schwarzglänzend von Frost wie Nässe. Die Pferde mit dampfenden Rücken und Nüstern ziehen schnaubend eine Kutsche heran. Lachen hallt durch die Dunkelheit und Lieder wie Echos des Festes, auf dem sie gerade zuvor noch gesungen wurden. Eine schwarze Katze, vielleicht auch ein Nebelfetzen, ein Phantom erschreckt eines der Tiere, und es bäumt sich hoch gegen die Deichsel, würgt das andere mit dem sich straffenden Zaum, schiebt das Fuhrwerk nach hinten und schräg gegen den Steg – Holz kracht, splittert. Es schnaubt, es wiehert, es schreit, es schlägt wie wahnsinnig Eisen auf eisigglattes Holz. Dann ein Rütteln, ein Flug – Stille – ein helles Aufspritzen – Stille – danach gleiten, schweben, versinken.

»Eine Hochzeitsgesellschaft – hier unten?« sind die letzten Gedanken, die Horst Winter in seinem früheren Leben noch gedacht hat, und es sind die ersten in seinem neuen. Eine ganze Weile hatte er sich gewehrt gegen das Gewicht an seinen Füßen, das ihn immer tiefer hinab zog, hinunter und immer weiter hinter einer Frau her, die bekleidet ist wie eine, die von einer billigen Kirmes kommt und verkohlt worden ist. Er hatte sich auch gewehrt gegen das Atmen – weil, Wasser atmen, das kann der Fisch, der Mensch ist dazu nicht in der Lage oder wenn, dann höchstens einmal und danach nie wieder. Nein, atmen will er nicht, stattdessen rudert er noch eine ganze Weile im dunklen Nass herum, das ihn nach unten zieht zur Geschichte und zu den Vogelknochen, die Geschichten erzählen, und er sieht dabei aus wie ein flügellahmer Albatros in einem dummen Zeichentrickfilm von Walt Disney.

Die Gesichter, die dort unten auf ihn warten, sind alte Gesichter, Gesichter aus einer anderen Zeit, der Zeit seines Vaters, der Zeit, als die Kinder noch im Fluss gebadet haben und noch Kinder waren, als sein Vater noch sein Vater war und nicht ein Vogelknochen.

Als Horst Winter beschließt zu atmen, singt die Hochzeitsgesellschaft auf ihren Sitzen in der Kutsche, und ein paar Wasserschlangen leuchten einen Willkommensgruß:

Herein, Herein, Freunde, mit Euch, Hochzeit soll sein – Hochzeit, bis die Kutsche wieder aufsteigt!

Eine gute halbe Stunde hat Magda Winter neben dem Telefon auf dem Flur gesessen und darauf gewartet, dass ihr Horst wieder auftaucht. Wann er losgegangen ist mit dem Hund, weiß sie nicht, sie hat geschlafen. Und genau dies näselt sie nun auch schon zum zweiten Mal in den Telefonhörer. Der Beamte am anderen Ende scheint ihr noch nicht richtig wach zu sein, vielleicht ist er aber auch müde von der nächtlichen Bereitschaft und ärgert sich, dass ausgerechnet er am Ende seiner Schicht noch eine Vermisstenmeldung aufnehmen muss.

»Sie wissen also nicht, wie lange ihr Ehemann tatsächlich bereits unterwegs ist? Kann es nicht sein, dass er noch zu einem Bekannten oder in eine Wirtschaft gegangen ist?«

Da kennt der werte Herr Polizeiwachtmeister aber Magda Winters Gatten schlecht, der geht nicht ins Wirtshaus und wenn, dann höchstens einmal am Sonntag Mittag, aber ganz gewiss nicht in aller Früh und unter der Woche schon gleich gar nicht! Nein, da muss etwas passiert sein, und sie selbst traue sich nicht raus bei dem ganzen Schneematsch, sie sei schließlich auch nicht mehr die Jüngste. Und nein, es sei überhaupt nichts Ungewöhnliches, wenn der Horst mitten in der Nacht mit dem Hund rausginge, weil der Horst nämlich seit Jahren schon diese Gelenkschmerzen habe und manchmal nicht schlafen könne, und für den Hund sei das auch immer ganz schön, nachts noch mal kurz Gassi zu gehen wegen seiner kranken Nieren, wofür er auch seit einem Jahr ein spezielles Futter ...

Üblich ist es zwar nicht, sofort eine Streife loszuschicken, aber bei dem Alter des Vermissten, bei diesem Wetter – der Beamte zögert nicht lange:

»Frau Winter, geben Sie mir bitte Ihre Adresse und Telefonnummer, ich schicke zwei Kollegen vorbei.«

»Wenn er nicht tot war«, denkt Harri, »was, wenn er nicht tot war? Wird er dann kommen, um mich zu holen?« Wird er aus dem Nebel treten mit Seetang im Haar und Fischen auf dem Mantel, wie dieser Kerl, den er einmal in einem Kinofilm gesehen hat? Grauenhaft war das, der Kerl hatte seinen Mörder überall gesucht, immer, wenn der Nebel aufgestiegen ist, ist er wieder Körper geworden und hat seinen Mörder gejagt. Harri tritt heftig in die Pedale von Dieters Rad – *kannst schon haben, musst halt die Reifen aufpumpen* – und hört trotzdem nicht auf zu zittern, obwohl ihm der Schweiß schon den Rücken runterläuft, aber es ist ein kalter Schweiß, einer, der Hunde zum Zuschnappen bringt, weil ihnen die Angst schmeckt.

Magda Winter kann sich überhaupt nicht mehr beruhigen. Wie sie so dasitzt auf dem tannengrünen Cordsofa und der Spenglerin nach und nach den guten Port austrinkt, laufen ihr immer wieder die Tränen übers Gesicht. Die Spenglerin ist Magdas Schwippschwägerin und wohnt ebenso wie die Winters schon seit einer halben Ewigkeit in der Fürther Schlehenstraße mit Blick auf den alten jüdischen Friedhof. Gewundert hatte sie sich, als die beiden Polizeibeamten heute früh im Hausflur standen, hatte doch gar kein Geschrei gehört aus dem dritten Stock, weil, da wird ja so oft herumgeschrieen in einer Sprache, die kein Mensch versteht und besser auch gar nicht verstehen will. Und dann schellen die doch ausgerechnet bei der Magda und dem Horst, und die nächsten zwei Stunden ist die Spenglerin vor Sorge auf und ab gelaufen in ihrer Wohnung, immer auf und ab, hat versucht, die Zeitung zu lesen und Radio zu hören, hat sich einen Kamillentee gekocht »wegen der Nerven« und sogar versucht, ein Stück von dem Butterstollen zu essen, »aber glaubst du es – keine Ruhe hab ich finden können, keine Sekunde Ruhe vor lauter Sorge!«

Was soll die Magda dazu sagen, ihr Herz pocht, als wollte es explodieren vor Zorn und Angst und Empörung – sie ist jetzt eine *Verdächtige*. »Was, glauben Sie denn, dass ich meinem Horst was antun könnte!«, hat sie den Beamten angeschrieen, aber der hat nur was von Routinefragen gesagt und so getan, als könne sie, die Magda, ihren eigenen Mann um die Ecke gebracht haben. »Unfassbar, so etwas! Über vierzig Jahre verheiratet, niemals etwas mit der Polizei zu tun gehabt, und dann stellen die einen als Mörderin hin!« Magda schluchzt und krault den fetten Langhaardackel neben sich auf dem Sofa.

Hätte der Bubi nicht so gottserbärmlich gejault vor der Haustür, ihr wär' vielleicht noch später aufgefallen, dass der Horst noch nicht wieder in seinem Bett liegt. Dann hätt' sie einfach weiter geschlafen bis sieben oder halb acht, wie jeden Morgen, seit sie nicht mehr in die Dynamit zum Arbeiten geht.

»Und was die Beamten alles wissen wollten! Ob er gern in Wirtschaften geht, der Horst, und ob er einen Freund oder einen Familienangehörigen besuchen wollte. Ob er vielleicht ein Verhältnis mit einer anderen Frau gehabt haben könnte –

ein Verhältnis, der Horst? Was denken Sie denn!« Magda schenkt sich noch einen Portwein ein, Bubi schnauft empört ins Polster und trottet dann Richtung Küche und Fressnapf.

Die Spenglerin will nun alles ganz genau wissen; wenn sie der Magda schon ihren Port überlässt, hat sie schließlich auch ein Recht dazu. Und also erzählt Magda Winter von vorn bis hinten und dann noch einmal von Anfang an, dass der Horst nicht da war und dass er doch schon seit Jahren diese Angewohnheit habe, noch einmal mitten in der Nacht mit dem Bubi rauszugehen, wenn ihn die Gelenke wieder mal zwicken. Und wie sie dann gewartet habe, weil ihm ja auch der Bubi hätte auskommen können von der Leine, und flink sei er ja nicht mehr, der Bubi, aber immer noch besser zu Fuß als wie der Horst, und sowieso: »Bei dem ganzen Schnee, der heut früh gefallen ist – da kommt ein alter Mensch doch nicht mehr gut voran.«

Die Beamten hätten dann noch wissen wollen, ob er krank gewesen sei.

»Außer den Gelenken war der Horst immer kerngesund.«

Und ob er ein Handy bei sich getragen hätte.

»Also, ein Handy hat der Horst nicht gehabt – wissen Sie, diese kleinen Tasten und dann das ewige Gebimmel! Nein, nein, der Horst mag überhaupt keine Handys – schon aus Prinzip nicht.«

Welchen Weg er normalerweise mit dem Hund gegangen sei.

»Na, immer den gleichen: die Schlehen- bis zur Bogenstraße runter, dann über den Hardsteg zum Waldmannsweiher und retour.«

Aber das Schlimmste war dann, als sie mit ihr in den Keller und auf den Dachboden rauf sind, er hätt' sich ja auch aufgehängt haben können oder ausgeglitten sein auf der Stiege! »Weißt, Spenglerin, wie einem da zumute wird, wenn man die Kellertreppe runter- und zum Dachboden hochgeht?«

Auf einen kahlen Ast der alten Weide auf dem Friedhof gegenüber hat sich eine fette Krähe niedergelassen und starrt mit gelben Augen in das Wohnzimmer, in dem zwei alte Frauen sitzen. Das Gekläff des fetten Dackels kann sie nicht stören.

»Du lebst in deiner Welt – ich in der meinen.«

Ganz komisch haben ihn die Leute im Baumarkt angestiert, wie er durch die Regalreihen ist und die verdammten Briketts nicht finden konnte bloß wegen der ganzen Weihnachtsdekoration überall. Meinen die denn, man hat Lust auf Plastiktannenbäume oder dicke Plüschengel, wenn man vor ein paar Stunden zwei Menschen versenkt hat, wovon einer vielleicht noch nicht einmal ganz tot gewesen ist und nur auf den nächsten Nebel wartet, um sich zu rächen? An IHM zu rächen! Metallketten glotzen von ihren Gestellen herab, die Flex im Regal ruft ihm zu: »Gell, dem Dieter ausgeliehen hast du mich, armer Harri, Lügen-Harri!«

Angela hatte auch ganz komisch geschaut beim Abschied, so, als wäre es für immer. Gesagt hatte sie aber etwas anderes: »Nur eine Weile, mein kleiner Harri, wir müssen warten, bis ein bisschen Zeit vergangen, Schnee über alles gefallen ist, das verstehst du doch, oder?« Ja, er hatte verstanden, aber dabei so ein beißendes Gefühl im Bauch gehabt, ein Gefühl, das er nur zu gut kennt, weil es ihn fast sein ganzes Leben lang begleitet hat: Allein bin ich, fremd in der Welt und ewig allein.

»Du lebst in deiner Welt – ich in der meinen«, krächzt die Krähe von oben herab. Aber der gelbe Hund tief unter ihr versteht die Sprache der Vögel nicht, ist außerdem vollkommen damit beschäftigt, die dicke braune Nase durch den Schnee zu pflügen. Der Beamte, den er dabei hinter sich herzieht, weiß bereits, dass kein Taxi den Horst Winter in der Nacht von Mittwoch auf Donnerstag irgendwohin transportiert hat, weiß auch, dass kein Krankenhaus im weiten Umkreis einen verwirrten oder verunglückten alten Mann aufgenommen hat. Weiß nur, dass ein alter Mann mit einem Dackel von der Schlehengasse aus aufgebrochen und nicht mehr zurückgekehrt ist. Also lässt er sich von der feinen Nase des Hundes erst die Schlehengasse runter, dann in die Bogenstraße und über den Hardsteg bis hin zum Weiher ziehen und sich dabei die schweren, nassen Flocken ins Gesicht peitschen.

Ah, wie er herumtorkelt auf seinen lächerlichen Beinen, dieser Mensch! Wie er den Herren spielt neben der dummen Geruchsmaschine. Wie wenig sie sehen können, Mann und Hund! Hier oben sollten sie sitzen, sollten die ganze Nacht hier gesessen haben! Sollten gesehen haben, was ich gesehen habe mit meinen gelben Augen! Sollten mehr wissen vom Tod und von der Angst, von den Begrüßungsfeiern tief unten auf dem Grund – grünschillernde Ballette, zu denen selbst wir nicht eingeladen werden – deren staunende Zeugen wir nur sind von hoher Warte aus.

Im Protokoll wird der Beamte später nicht vermerken, dass sich eine Krähe jäh auf den Spürhund gestürzt hatte, der daraufhin wild wurde und dem Vogel hinterher zu jagen und ihn zu packen versuchte.

Notieren wird er lapidar:

»Auf der mutmaßlichen Route, die der vermisste Rentner Horst Winter (69 Jahre alt) nahm, wegen starken Schneefalls keinerlei Spuren aufzufinden.«

Das Leben eines männlichen Wesens besteht im Wesentlichen darin, weibliche Wesen zu beeindrucken, nur, während ein männlicher Pfau mit naturgegebenen Mitteln auskommt, muss ein männlicher Mensch den Weg des Helden in Krieg, Kunst, Betriebswirtschaft oder Wissenschaft gehen, manche kaufen auch ein BMW Cabrio, aber da bleibt die Frage offen, ob der BMW-Fahrer das zeigt, was er hat, oder das, was er gern hätte, oder, wie ein Held der Wissenschaft fragen würde, ob sich die Anzahl der Pferdestärken direkt oder umgekehrt proportional zur Penisgröße des Fahrers verhält. Vielleicht ist

Gregors geheimer Grund, einen 23 PS starken Wagen vom Volk der fabelhaften Liebhaber zu fahren, der, dass er weder Held noch Antiheld sein will, und würde er sich nicht auf diese Weise zu erkennen geben, könnte jetzt nicht die Frau ans Fenster der Beifahrertür klopfen, Gregor schrickt auf, er hat die Ampel im Visier gehabt, die jeden Augenblick Grün geben muss, eine Frau, schal- und mützenvermummt. Bis jetzt hat er geglaubt, in seinem Citroën von der Hülle aus den 38 Jahresringen umgeben zu sein, die der Wagen hat, umso bedrängender die sehr gegenwärtige Frau da draußen im Schneeregen, und weil Gregor in Schocksituationen zum Erstarren neigt, reißt sie, es ist schon grün, die Tür auf, und unversehens hat Gregor eine Beifahrerin.

»Na endlich!«, sagt sie und »Gott sei Dank, dass Sie so ein Auto fahren«, jetzt braucht sie erst einmal eine Zigarette, kramt in ihrer Handtasche und sieht Gregor dabei noch mal an, »Sie sind es doch wirklich?«

Das ist so eine Situation, die den Verfassern von Ratgebern und Lebenshilfen bisher entgangen ist, es gibt ja fast alles auf dem Markt, von *Depressionen wegatmen* bis *Wie rede ich mit meinem Kind?*, was aber tun, wenn jemand uneingeladen ins Auto steigt? Ein überraschender Mitfahrer ist normalerweise Verfolger oder Verfolgter, ist möglicherweise wahnsinnig und wird einen erschießen oder als Geisel nehmen, aber Gregors Beifahrerin scheint nichts dergleichen im Sinn zu haben, nur den übervollen Aschenbecher reißt sie mit Schwung aus der Halterung und verstreut alle Kippen im Fußraum. Sie murmelt eine Entschuldigung, »bestimmt ist das ein wertvoller Wagen«, und bricht kurz darauf in Gelächter aus, vielleicht doch eine Wahnsinnige. Gregor hat noch immer kein Wort gesagt, man kann als Fahrer leicht so tun, als werde man vom Verkehrsgeschehen völlig absorbiert, wenn man mit der Situation im Wagen nicht zurechtkommt und darüber nachdenkt, ob man den Überraschungsgast im Wagen nun kennt oder nicht, »kennen wir uns vielleicht von ...«, sagt er endlich, und er hat die Frage nicht zu Ende gesprochen, da dreht sich die Zeit ein paar Tage zurück, Regen wird Schnee, Tag wird Nacht, »genau«, sagt sie, »von da kennen wir uns. Ich heiße Paula Rüss.«

Der Kunde hat sich schon verabschiedet, da hält er kurz vor der Ladentür inne und wendet sich noch einmal zu Ymdert Leupold um.

»Kennen Sie zufällig das Zitat: Normalität ist eine Autobahn, auf der keine Blumen wachsen? Oder so ähnlich.«

»Vincent van Gogh«, murmelt Leupold mechanisch und beugt sich tiefer über den Computermonitor neben der Kasse. »Vollständig lautet das Zitat allerdings: Die Normalität ist eine gepflasterte Strasse; man kann gut darauf gehen – doch es wachsen keine Blumen auf ihr.«

»Ein Gedächtnis haben Sie! Unglaublich.«

»Bin die Woche schon öfter gefragt worden.«

Das klingt nicht so, als ob Leupold Lust hätte, das Thema zu vertiefen, und deswegen verlässt der Mann jetzt endgültig den Laden, leicht gekränkt, wie es scheint; Leupold seinerseits zieht sich in die Raucherecke zurück – eine feuerpolizeilich bedenkliche Einrichtung in einer Buchhandlung und neuerdings, seit Rio dem Tabak abgeschworen hat, ein schwelender Konfliktherd obendrein.

So hatte er sich die Wirkung nicht vorgestellt, und vielleicht war es schon kein gutes Vorzeichen gewesen, dass sie keinen Neuschnee betreten hatten. Wer weiß, ob da nicht jemand etwas ganz Ähnliches im Sinn gehabt hatte wie Rio und er; sie könnten ja schon Nachahmer gefunden haben – am selben Ort zur selben Zeit, wäre natürlich ein ganz unglaublicher Zufall. Aber warum nicht?

... und immer sind da Spuren, und immer ist einer da gewesen, und immer ist einer noch höher geklettert, als du es je gekonnt hast, noch viel höher. Das darf dich nicht entmutigen. Klettere, steige, steige. Aber es gibt keine Spitze. Und es gibt keinen Neuschnee ...

Jetzt mischen sich die Schriftsteller in seinem Kopf wieder mal in seine Gedanken ein; weg von der Scheißliteratur, beschließt Leupold und drückt seine Zigarette aus. Ein Bild sagt mehr als tausend Worte, heißt es bei den Chinesen, daran sollten sie sich halten bei künftigen Aktionen, sonst führt am Ende noch eine Spur aus Worten zu ihnen zurück.

Das ist natürlich ein Zufall, auf den man gern einen Roten trinkt, vor allem, wenn man eh nichts Besonderes mehr vorhatte, und irgendeine Bedeutung wird das schon haben, sagt man sich meistens, wenn sich ein Zufall produziert, und jetzt sitzen Paula Rüss und Gregor Herrmann im *Café Lila* einander gegenüber und stoßen auf Fall und Zufall an, wichtig, auch auf ihren Fall, dabei haben sie vom Aufklären eines Mordes ungefähr so viel Ahnung wie ein Manager von dem Unternehmen, das er für zwei Millionen Jahresgehalt leitet und von dem er sich mit fünf Millionen Abfindung wieder verabschiedet, sobald er es ruiniert hat, und was heißt hier überhaupt Aufklärung eines Mordes, es gibt keine Vermisstenmeldung, es gibt keine Leiche, es gibt nur die zwei, die was gesehen haben, und als ob gerade sie nicht genau wüssten, was man in bestimmten Zuständen alles sieht und nicht sieht. Gregor erzählt Paula gerade, wie er nach einer Geburtstagsfeier in Gostenhof, vor ein paar Wochen erst, aus dem Haus auf die Straße und nach links anstatt nach rechts gegangen ist, und natürlich ist es ihm komisch vorgekommen, dass er einfach nicht in der Südstadt ankommen will und dass ihm die Gegend so gar nicht bekannt vorkommt, und trotzdem ist er eisern immer geradeaus in die entgegengesetzte Richtung gegangen, bis er sich an einem Pfosten mit dem Schild *Maximilianstraße* festgehalten hat, und da ist ihm klar geworden, dass er mindestens eine halbe Stunde lang in die entgegengesetzte Richtung gegangen ist und dass er den gesamten Weg bis zum Ausgangspunkt zurück und noch einmal so weit bis nach Hause wird gehen müssen, auch, dass um drei Uhr morgens keine U-Bahn fährt, ist ihm klar gewesen, als er volltrunken den Pfosten umklammerte und ungläubig das Schild *Maximilianstraße* las, ebenso, dass er sich ein Taxi nicht leisten kann, und also hat er alles in allem zwei Stunden für den Heimweg von Gostenhof in die Südstadt gebraucht, der normal eine Sache von zwanzig Minuten ist.

»Aber siehst du? Als du am Schild *Maximilianstraße* angekommen warst, hattest du mehrere Erleuchtungen auf einmal, das passiert einem nüchtern nie.«

»Aber ich bin in die entgegengesetzte Richtung gegangen und hab es nicht bemerkt«, das, meint er, ist das Entscheidende, die Richtung muss stimmen, während sie entgegenhält, in jeder Richtung könne man erleuchtet werden, auch wenn es vorübergehend die falsche ist, und »wollen wir uns jetzt um den Fall kümmern oder nicht?« Notfalls sie alleine, angefangen habe sie bereits, aber immerhin hätten sie ja beide die Leiche gesehen, und dabei nimmt sie schon wieder eine Zigarette aus der Packung, die vor einer Stunde noch fast voll war, klopft mit dem Filterende einige Male auf die Tischplatte und sieht Gregor herausfordernd an, das könnte doch ein Abenteuer werden, über dem man seine vergangenen Herzbuben und -damen vergisst, glaub bloß nicht, du bist der Einzige, aber das wird vom Zurückschauen nicht besser, das schwör ich dir. Gregor allerdings hat zu Abenteuern ein mindestens zwiespältiges Verhältnis, seine freiberufliche Existenz ist eh ein permanentes Abenteuer, findet er, das vor jedem Monatsersten seine Nerven bis zum Äußersten beansprucht, leider ein sehr unspektakuläres Abenteuer, und schließlich, was andere als Abenteuer mit Frauen kennen, kennt er als Tragödien. Das Abenteuer, das ihm jetzt im *Café Lila* in Aussicht gestellt wird, könnte vielleicht eines werden, wenn er Romanheld wäre, aber Gregor ist ein wirklicher Mensch und malt sich aus, im Laufe der Recherchen eine russlanddeutsche Drogenschieberbande aufzuscheuchen und im Rhein-Main-Donau-Kanal entsorgt zu werden, Gregor ist einer, der kann sich die grässlichsten Dinge ausmalen; morgen schon kann er mit zerschmettertem Schädel unter einer Straßenbahn oder einem LKW liegen, so sieht sein Vertrauen in die Welt und das Leben aus, das Schicksal wird ihm keinen lustigeren Streich spielen können, als ihn schmerzlos sterben zu lassen.

»Du hast recht«, sagt Paula, »dein Wagen taugt leider nicht zum unauffälligen Beschatten, und verfolgen können wir damit höchstens mal einen Radfahrer, und auch das nur, wenn es bergab geht«, offensichtlich glaubt sie, sie könne immer Gedanken lesen, »aber wenn du nicht genau diesen Wagen hättest, hätte ich dich nur durch eine Anzeige bei der Polizei gefunden, und das hätte unserer Zusammenarbeit bestimmt nicht gut getan. Also war uns der Wagen schon einmal von Nutzen. Das ist ein gutes Omen.«

Sie reicht Gregor die Hand, er schlägt nicht ein, das unselige Wort »Anzeige« ist gefallen, aber mit seiner Vorladung ins Polizeipräsidium, beteuert Paula, habe sie nicht das Geringste zu tun, und überhaupt, wenn er auf den Zettel (»Das durchgeweichte Ding voller Tintenflecken war von dir?«) reagiert hätte, den sie ihm an den Scheibenwischer gesteckt hat, dann hätte auch sie sich einige Mühen erspart, und ob er denn glaube, sie ginge zu ihrem Vergnügen in der Mittagspause durch Matsch und Schneeregen, verflixt, Mittagspause, sie müsste ja schon längst wieder im Laden sein, »ist zwar nicht weit von hier, aber wenn du mich fahren könntest?«

Was hätte sie tun sollen mit ihrem Schützling, wie er so dastand im schummrigen Hausflur und sie anschaute aus großen, traurigen Augen? Ihm sagen, dass es eigentlich gar keine Verbindung mehr geben darf zwischen ihnen, nichts, was ihn jetzt noch in Gefahr bringen könnte? Ihr eigenes Leben ist vorbei, war es schon vor langer Zeit, wurde aus Pflicht weitergelebt, weil ein anderes Leben weiterleben wollte, nur noch vegetierte, aber unbedingt weiterleben wollte – neben ihr. Waschen musste man es, füttern musste man es, den Gestank und das Stöhnen ertragen. Diese schreienden Augen, denen man antworten sollte auf die Frage, was mit der Liebe geschehen ist, als wüsste man die Lösung – als wüsste *irgendwer* die Lösung! Das Leben ist egoistisch, es lässt dich nie aus den Fängen, selbst, wenn es dir die Knochen und mehr zerschlagen hat, es zwingt dich zum Weitermachen, weil es eitel ist und nicht verlieren kann.

Der kleine Harri – wie alt war er, als er ihr zum ersten Mal nachts über den Weg gelaufen ist, vierzehn, fünfzehn? Groß ist er damals schon gewesen, ein richtiger Schrank. Ausgerissen war er, das wievielte Mal? Keine Angst hat er gehabt vor ihr und ihrem Gesicht – und sie nicht vor ihm. Nein, sie hatte keine Angst, zum ersten Mal seit langer, langer Zeit hatte sie keine Angst, sich einem fremden Menschen zu zeigen, vielleicht, weil er von Anfang an kein fremder Mensch gewesen ist, sondern so etwas wie ein Artverwandter, ein Ausgestoßener, genau wie sie eine Ausgestoßene war und ist. In ihrem alten Gartenhäuschen war er untergekommen, dort, wo sie als junge gesunde Frau gegrillt und gelacht hatte: *We had joy, we had fun, we had seasons in the sun ...*

Nichts schmerzt so sehr wie die Erinnerung an eine glückliche Zeit, die nie mehr zurückkehrt.

Dieser Autoschrauber sieht aus, als hätte er noch nie einen Klamottenladen von innen gesehen. Paula gießt Earl Grey einerseits und Kaffee (»'tschuldigung, hab nur Nescafé!«) andererseits auf. Manchmal macht er den Eindruck, direkt vor seinen Augen könnte ein Mord geschehen, und er würde nichts davon bemerken, naja, vielleicht kennt sie ja jetzt wenigstens jemanden, der sich mal um ein Auto für sie kümmern kann, hoppla, ganz in Gedanken kippt sie Zitronensaft in den Nescafé, und Gregor fragt sich unterdessen, wie lange sie wohl an einem

Kleid arbeitet, wenn sie schon für einen Nescafé eine halbe Stunde braucht, da braucht man mit den Ermittlungen gar nicht erst anzufangen, aber vielleicht kennt er ja jetzt wenigstens jemanden, der ihm ab und zu einen Knopf annäht.

»Gehen wir morgen auf Recherche?« fragt Paula jetzt und stößt mit Teetasse gegen Kaffeetasse. »Du hast immer noch nicht eingeschlagen.«

»Und wohin?«

»Auf die Brücke. Da müssen wir zu zweit hin« – es folgt der Zusammenstoß mit dem Bahnarbeiter – »als Frau macht man sich da verdächtig, ganz allein.«

»Ah, du brauchst so eine Art Staffagefigur? Einen Mr. Stringer? Und Miss Marple ermittelt?«

»Herrgott! Nein! Ich meine: Als Team fällt man vielleicht weniger auf.«

»Du meinst also: als kleiner Gleisbautrupp verkleidet. Na schön, dann bringe ich morgen noch einen Overall aus der Werkstatt mit. Auf deinen Fundus können wir in dem Fall wohl kaum zurückgreifen.«

Und Gregor schlägt ein.

Man kann davon ausgehen, dass Bücher eine gewichtige Angelegenheit sind, und wenn es auch noch solche Schinken wie historische Kostümbildbände sind, legt die Zeit selbst noch mal ein paar Pfund drauf. In diesem Fall auf Paulas Schulter, denn der Einkaufskorb über dem Hinterrad ist schon von der Einkaufstasche besetzt.

Von der Stadtbibliothek nach Gostenhof ist es nicht weit, eher das, was man einen Katzensprung nennt, aber auf diesem Untergrund hätte auch die Katze zu kämpfen, an springen brauchst du gar nicht erst zu denken, schleichen vielleicht oder sehr gewissenhaft gehen, aber springen – nein.

Nun hat Paula im Gegensatz zur normalen und normalerweise vernünftigen Hauskatze dummerweise eine Art Ehrbarkeitsimpuls in sich, der drückt und zwickt und will auch dann niemanden im Schnee rumstehen lassen, wenn man sich in der Zeit und den vielen Büchern mal wieder vollkommen verloren hat. Um drei wollte Gregor bei ihr klingeln, jetzt ist es fünf vor drei, und zwischen dem Gewerbemuseumsplatz und ihrer Haustür liegt noch der unmögliche Katzensprung und jede Menge Schnee. Aber weil die Ehre drückt, schaut Paula gar nicht erst hin, springt los, besser gesagt, tritt los – das heißt, sie versucht loszutreten, aber das Pedal greift ins Leere, weil die Reifen durchdrehen, und wo zu viel Kraft auf zu wenig Widerstand trifft, weiß man ja, was passiert – unangenehm ist es immer. In diesem Fall vor allem für Paulas Knie, das übel auf hartes Pflaster prallt, dass sie schreit. Um zu gucken, was da passiert ist, hüpfen die Mandarinen aus der Tasche und verteilen sich auf dem Gehsteig, und auch der Sahnebecher riskiert einen Blick – es war sein letzter. So ist das mit den Gaffern, einige zerplatzen vor Neugierde, andere muss man zur Raison rufen, und marsch zurück in die Tüte – schon ist es aus und vorbei mit dem Timing.

Und weil das so ist, steht Gregor nun schon seit einer knappen Viertelstunde vor Paulas Haustür und dreht sich mittlerweile die zweite Zigarette – ist nicht leicht bei diesen Temperaturen, den trockenen Tabakrest in das flimmerdünne Papierchen zu rollen, und die Füße werden auch nicht wärmer vom Rumstehen im Schnee. Diese Zigarette lang wird er noch auf sie warten, dann reicht es.

Als wenn Paula diesen Gedanken gehört hätte, tritt sie ab dem Bauernplatz noch kräftiger in die Pedale und strampelt sich auf dem klapprigen Fahrrad so gut es geht voran. Die dicke Büchertasche über der Schulter macht die Sache nicht gerade einfacher, und auch das schmerzende Knie ist hinderlich.

Sie hält vor ihm, und er nickt ihr zu. Wie sie da in ihrem schneeverklumpten Kunstfellmantel vom Fahrrad steigt und mit zwei schweren Taschen in den Hausflur humpelt, sieht sie aus wie ein Eisbär mit verletzter Pfote – Scheißweiber, den Knopf für die Ausschüttung des Mitleidshormons finden alle im Handumdrehen.

Als Gregor erst das Rad in den Keller und anschließend die Taschen in den vierten Stock geschleppt hat, sind die Mitleidshormone aber schon wieder aufgebraucht; reichlich sauer sieht er aus, da am zugeräumten Küchentisch, während sie in den Mechanikeroverall schlüpft.

Noch ist das Knie rot, morgen wird es lila sein, denkt sie dabei und schmiert vorsichtshalber eine Salbe drauf, vielleicht wird es dann nur helllila. Und gestern kam ihr Gregor auch netter vor – und ein ganzes Stück größer! Und jetzt? – wie der geschnauft hat, genauso demonstrativ und beleidigt wie ihr Kühlschrank. Aber was soll's: mitgefangen, mitgehangen – ein unglaublich dämlicher Spruch in diesem speziellen Zusammenhang, aber das nur am Rande.

Den Tee müssen sie sich verkneifen, es ist nicht lang hell in diesen Monaten, und der Himmel hängt über der Stadt – man kann sagen, eine Bleiplatte könnte nicht schwerer hängen. Paula will nicht gestützt werden, da ist sie eigen, und humpelt nun so wenig und so schnell es geht neben Gregor die Hessestraße runter. Vorbei an der dunklen Galerie, vorbei am Restaurant *La Palm*, wo man vor zwei Sommern noch locker auf der Straße essen und dabei an den Orient denken konnte, vorbei an der Moschee, von der man munkelt, der Verfassungsschutz habe sie auf dem Kieker, und vorbei an dem hässlichen Parkhaus, auf das nachts so oft eine Frau gestarrt und Pläne geschmiedet hat. Aber davon ahnen weder Gregor noch Paula etwas, und die Frau ahnt nicht, was die beiden Gestalten da unten vorhaben, lächelt nur merkwürdig, als sie die andere in ihrem nicht gerade figurbetont geschnittenen Overall auf dem glatten Pflaster vorüberhumpeln sieht, und streicht sich über die dürren Oberschenkel.

Am Brückengeländer hängt nichts mehr, keine Frau und auch keine Puppe, nur das graue Licht des Novembernachmittags. Auch unten auf dem Gehsteig keine Spur von irgendwas, und würde jetzt noch etwas auf der Fahrbahn liegen, es wäre plattgefahren, wie alles, was sich unvorsichtigerweise in den dichten Strom der Autos hineinzwängt, denen ist es vollkommen egal, was sie unter ihre Räder bekommen – Autos sind in dieser Hinsicht nicht wählerisch.

Paula guckt nach oben und zurück zum Parkhaus, vom Bahndamm müsste man auf die alte Brücke kommen, und – Stolz hin, Stolz her – den gefrorenen Schotterweg zu den Gleisen hoch hakt sie sich dann doch bei Gregor unter.

»Ist doch okay, oder?«

Er grunzt nur.

Im dichten Gebüsch neben dem Parkhaus liegen ein paar leere Flaschen und ein zerfleddertes, tiefgefrorenes Buch. Gregor hebt es auf, ein paar Seiten bleiben am Boden kleben.

»*Der Club der toten Dichter* – ist schon merkwürdig, an welchen Orten die Leute ihre Bücher lesen!«

Weiter zur Brücke. Paula kommt sich reichlich komisch vor in der schlackernden Mechanikermontur, was für eine Schnapsidee, und wessen Idee war das überhaupt? Vorgestern, das war einfach nur eine unglückliche Konstellation gewesen, genau die eine Minute im Monat zu erwischen, in der zufällig ein Eisenbahner nach dem Rechten sieht. Wenn man den falschen Augenblick erwischt, nützt auch ein blauer Werkstattoverall nichts, und jetzt, im richtigen Augenblick, könnten sie wahrscheinlich auch in Ballgarderobe über die Gleise gehen. Nur mit den Zügen muss man um diese Zeit vorsichtig sein, Paula kennt die Züge und die Geräusche, die sie machen, vor allem im Sommer, wenn die Balkontür offen ist, veranstalten sie zwischen der Station Rothenburger Straße und der Austraße oft nächtliche Konzerte, bei denen Metall auf Metall kreischt, dass einem die Haare zu Berge stehen. Also besser aufgepasst und nicht zum Gefangenenchor unter den harten, scharfen Reifen werden!

Schnell geht es trotzdem nicht über die vielen Schienen und Schwellen und all den Schotter, der spitz durch den Schnee sticht und unter ihren Schritten knirscht. Es ist ein sonderbares Gefühl da oben, wo die Natur schon fast wieder begonnen hat, sich den Teil, den man ihr abgenommen hat, zurückzufordern. Der stillgelegte Arm des alten Schienenstrangs, der sich in einem Bogen erst durch einen Tunnel und dann rüber zur ehemaligen Müllverbrennung schwingt, ist fast schon überwuchert von Gestrüpp, dazwischen blitzt weiß der Schnee – wenn hier vor kurzem noch Spuren waren, sind sie jetzt nicht mehr zu sehen. Und es liegt auch nirgends eine tote Frau in gepunktetem Sommerkleid herum – gut, das wäre auch zu einfach gewesen. Aber gar keine Spur?

»Nein«, da kennt Paula nichts, »hier muss etwas sein.«

Ziemlich genau in der Mitte des Geländers ist dann auch was, ein abgeschnittenes Seil hängt da, das mit einem komplizierten Knoten ums Metall gebunden ist. Auch Polizeibeamte haben irgendwann einmal den Punkt erreicht, wo die Dinge in vernünftige Relationen gesetzt werden müssen, und einen doppelten oder dreifachen Knoten zu lösen, bei Minustemperaturen und in einem Fall von allerhöchstens grobem Unfug, steht nicht mehr im Verhältnis, bei aller Liebe zum Detail. Deshalb hängt es jetzt noch da, und deshalb säbelt Paula jetzt auch mit ihrem Miniaturtaschenmesser daran herum, während Gregor auf dem Boden immer noch nach Spuren sucht. Nur, warum sollte ein Seil, an dem schon drei Staatsbeamte herumgefuhrwerkt haben, so mirnichts, dirnichts lockerlassen, bloß weil es jetzt mit einem stumpfen Messer bearbeitet wird? Das Seil amüsiert sich königlich, als es Paula so säbeln fühlt, rutscht und knirscht in ihren kalten Fingern hin und her und würde laut lachen, wenn es nicht vollkommen steifgefroren wäre.

»Georg, komm mal!« Gregor kommt, obwohl er nicht Georg ist, aber daran ist er gewöhnt, die Leute können sich seinen Namen einfach nicht merken. Paula zieht und zerrt an dem Seil und sieht dabei reichlich komisch aus, wie ein Hundejunges, das sich in ein Spielzeug verbissen hat.

»Und, hast du was gefunden?«

»Schau mal, wenn man das Seil ein bisschen zur Seite schiebt«, Paula zerrt weiter dran, der doppelte oder dreifache Knoten sitzt fest wie Beton, aber das eitel sich räkelnde Seil gibt schließlich doch frei, was vorher nicht zu sehen war.

»Und, was?« Gregor versteht nicht, was Paula so interessant findet, dass man sich die Finger dafür an einem harten Seil wund scheuert.

»Da, der Rost ist ganz abgeschmirgelt an dieser Stelle, und überall diese Kratzer und Kerben, als ob sich etwas Hartes eingeschnitten hätte. Eine Eisenkette vielleicht, oder ein Haken.«

»Naja, und? Irgendwie müssen sie die Leiche ja aufgehängt haben. Oder die Puppe. Mich würde eher interessieren, wo man rauskommt, wenn man da langgeht.«

Gregor deutet Richtung Müllverbrennung.

»Auf dem Gleis?«

»Du siehst genau wie ich, dass da seit mindestens zehn Jahren kein Zug mehr gefahren ist.«

Klar sieht sie das, doch anders als Gregor will sie aus den vergangenen zehn Jahren nicht die Garantie ableiten, dass auch in den kommenden zehn Minuten kein Zug auf dem Gleis unterwegs sein wird. Gregors Miene aber, die deutliche Zweifel zur Schau trägt, ob Frauen dem Detektivberuf gewachsen sind, kann sie nicht auf sich sitzen lassen.

»O.k., wir gehen. Aber wenn doch was kommt, wirst du dich solidarisch mit mir überfahren lassen. Mit *dem* Knie irgendwelche Böschungen runterspringen ist nicht drin.«

»Ich bin ja gespannt, was als nächstes kommt.«

»Was als nächstes kommt?« Ymdert Leupold blinzelt den hageren Mann mit der altmodischen Pelzmütze irritiert durch seine dicken Brillengläser an. Seit Tagen hat er keinen Kunden mehr erlebt, scheint ihm, der nach dem Bezahlen einfach gegangen wäre, und er hat sich offenbar bei ganz bestimmten Themen das Zuhören abgewöhnt.

»Die Zeichen sind eindeutig. Imhoff! Sagt Ihnen der Name Imhoff etwas?«

Beinahe hätte Leupold den Kalauer von wegen »der Erfinder der gleichnamigen Straße« ausgepackt. Aber nur beinahe.

»Ja, natürlich.«

»Die Familie Imhoff ist vor über sechshundert Jahren urplötzlich in Nürnberg aufgetaucht, niemand weiß woher. Und kaum war die Familie hier, zählte sie auch schon zu den reichsten Kaufleuten. Fernhandel, vor allem mit Safran – aus Ägypten!«

Die letzten beiden Worte geflüstert im Verschwörerton.

»Ägypten. Und?«

Der Mann holt tief Luft.

»Direkte Nachfahren des Priesters Imhotep! Verstehen Sie? ›Imhoff‹ – ›Imhotep‹!«

»Verstehe. Aber was soll als nächstes kommen?«

»Der Gehängte ist in Nürnberg aufgetaucht! Das ist eine Drohung der Imhoffs – sie wollen in Nürnberg wieder zu Macht und Einfluss kommen. Nach dem Gehängten kommt die dreizehnte Karte – der Tod. Kennen Sie die Tarotkarten nicht?«

Kennt Leupold nur vage, aber er zieht es vor zu nicken.

»Doch, kenn ich.«

»Und wissen Sie auch, woher die Karten stammen?«

Jetzt könnte Leupold auch ohne Brille die Schnauzbarthaare seines Gegenübers zählen.

»Vermutlich aus Ägypten«, sagt er, aber am liebsten ginge er dem Verschwörungsenthüller an die Gurgel und schriee: »Ich war's! Ich! Ich hab das Omen selber aufgehängt und bin mit den Imhoffs weder verwandt noch verschwägert!« Aber immerhin hat der Mann soeben für über hundert Euro Bücher eingekauft.

Und als er nach einem längeren Monolog

– mein Gott wo bleibt denn Rio sie wollte doch bloß kurz zur Bank Wechselgeld holen gehen –

den Laden endlich verlässt, weiß Leupold neben vielem anderen, dass die vier Ecktürme der Nürnberger Stadtmauer nicht zufällig stehen, wo sie stehen.

»Die im Rathaus haben ja keine Ahnung! Wenn die einmal einen Stadtplan nehmen würden und würden Verbindungslinien ziehen zwischen den diagonal gegenüberliegenden Türmen – da, wo sich die Linien schneiden, ist der Fluch von Nürnberg vergraben!«

Bei ihm werden sie nichts finden, gar nichts. Harri putzt, Harri räumt auf, Harri entrümpelt den Schuppen, aus dem offenbar jahrzehntelang nie was hinausgetragen wurde. Sinn hat es eigentlich keinen, außer dem, dass Harri sich dabei gewissermaßen selbst aufräumt; Reginas kurze Anwesenheit hat eine nur minimale Kratzspur auf der Jahrzehnte alten Patina hinterlassen; und Harri fragt sich auch nicht, ob ein Schuppeninterieur wie aus dem Heimwerkerprospekt nicht höchst verdächtig wirkt, sondern füllt Kartons mit angebrochenen Flaschen und Dosen, Rattengift, Holzlasur, Möbelpolitur, Spritzmittel gegen Blattläuse, und zum ersten Mal seit Harri-weiß-schon-gar-nicht-mehr-wann spürt er so was wie eine innere Ruhe und summt sogar vor sich hin, das Tor zu seinem Grundstück quietscht, Harri hört nicht, Harri singt, *Zigeunerjunge, Zigeunerjunge, tam-dadadada-damdam*, ganz dicht hinter ihm sagt jemand »Hallo«, und Harri zuckt dermaßen zusammen, dass ihm beinah ein Hexenschuss ins Kreuz fährt. Dreht sich um und starrt zwei im Blaumann an, im ersten Moment denkt er »Uniform«, Quatsch, Harri, Handwerker.

»Was wollen Sie?«

Das wissen Paula und Gregor einerseits sehr genau, aber andererseits doch nicht ganz genau, und so entsteht eine kleine Verzögerung, bis Paula eine Geschichte erzählt von wegen, sie suchen einen kleinen Schrebergarten und haben sich gedacht, dass sie auf dem Heimweg von der Arbeit ganz spontan hier anhalten, und sie lässt den Typen, der ihr vorkommt wie ein kleiner Bub, der plötzlich zu Bud Spencer mutiert ist, erst einmal gar nicht zu Wort kommen und redet weiter von dieser herrlichen Oase hier und wie sie von einer Gärtnergemeinschaft träumt, die Sommerfeste feiert mit bunten Lampions. Und tut so, als bemerke sie nicht, wie Harris Augen immer flackriger werden, obwohl ihr (sagt sie hinterher zu Gregor) die grässlichsten Dinge durch den Kopf gehen (»Kennst Du *Fargo*? Erinnerst du dich noch an die Szene am Schluss, wo die schwangere Polizistin grad in dem Moment kommt, wo der psychopathische Entführer seinen Komplizen in den Häcksler stopft?«), bis Harri einen Anfall kriegt, verdammter Mist, und, nie kann man in Ruhe arbeiten, und, dauernd will wer was von ihm, und, nein, hier ist nix frei!

»Ja, dann wollen wir nicht länger stören, Herr … äh …«, aber Harri tut Gregor nicht den Gefallen, seinen Namen zu ergänzen, schade, denn angeschrieben ist er nirgends, und jetzt weiß man nicht, wohnt der hier »oder ist er bloß ein Penner, der sich da einquartiert hat?« – »Klar, ein Penner, der zum Dank für kostenloses Wohnen den Schuppen aufräumt.«

Als Paula und Gregor die Kolonie verlassen, jetzt gehen sie den offiziellen Weg durch die Pforte und unter dem Schild *Gärtnerglück gegr. 1921* hindurch, bäumt die Stadt sich gegen die Dämmerung auf, ein trotziges Kind, das nicht zu Bett gehen will, und schickt einen endlosen Strom von Autos über die Carrerabahn, die dem Gärtnerglück seine Grenzen zeigt. Wie zwei Ausgesetzte stehen sie am Straßenrand, Weihnachten ist noch einen knappen Monat entfernt, aber als Ziel einer unheiligen Betriebsamkeit schon längst anvisiert, sie frösteln, und Paula verspürt den Wunsch, ihre Sehnsucht nach Wärme auf Don Felipes spanischer Insel zu stillen; Gregor schützt zwar Arbeit vor, aber ehrlich gesagt, ob er das Getriebe der roten Acadiane heute oder morgen zerlegt, darauf kommt es auch nicht mehr an, und was er bei dieser Beschäftigung denkt, tut ihm sowieso nicht gut. Also unterqueren sie die Eisenbahnbrücken und halten sich rechts zur Kohlenhofstraße, wären sie nur am Montagmorgen zu Fuß unterwegs gewesen, so wie jetzt, dann hätten sie bestimmt mehr gesehen, denkt Paula wie auch Gregor, und beide werfen einen verstohlenen Blick nach oben. Bei Felipe ist es ruhig, wenn man von der spanischen Sportschau auf dem großen Flachbildschirm über der Tür absieht, nur ein alter Mann aus der Extremadura, Paula hat an ihm schon oft ihre Spanischkenntnisse erprobt, sitzt vor seiner cerveza, und an der Theke steht ein kräftiger Schwarzgelockter in Latzhosen, vermutlich Möbelpacker. »Neuer Job?«, fragt Felipe und deutet, mit den Augen nur, auf Paulas Blaumann, »deine Laden geht nicht mehr?« Was soll man da sagen, wenn man nichts von Detektivspielen erzählen will, Paula murmelt etwas von ihrer Waschmaschine, die kein Wasser mehr bekommt, weiß der Kuckuck wieso, und jetzt braucht sie erst einmal einen Rioja, »Caramba carajo, chica, du hast immer

Grund, einen zu trinken.« Die Insel hält heute nicht, was sie verspricht, lustlos nimmt Paula einen Schluck Wein und starrt vor sich hin, und jetzt fragt Gregor auch noch, was los ist, und sagt »vielleicht haben wir gerade eine heiße Spur entdeckt«, Paula kommt er vor wie ein Psychiater, der den Wahn seines Patienten zum Schein bestätigt. »Und wenn!«, sagt sie, »was sollen wir denn tun? Den Typen beschatten? In seine Hütte einbrechen?« Gregor weiß es auch nicht und wirkt schon wieder, als hänge er ganz anderen Gedanken nach, er taugt vielleicht gerade zu einem Mr. Stringer, aber jetzt kommt er mit dem mutmaßlichen Möbelpacker ins Gespräch, auch noch über Autos, und wenn sie nicht da wäre, wahrscheinlich über Weiber. Luis heißt er und stammt aus Andalusien, Paula fühlt sich im Stich gelassen, außerdem ist das *ihre* und nicht Gregors Stammkneipe. Aus Trotz beginnt sie einen small talk mit Felipe über Fernweh und Heimweh, bis sie beim zweiten oder doch schon dritten Glas Wein das Wort »Schrebergarten« auffängt, und jetzt lacht Luis und sagt: »Ah, bestimmt du meinst Harri«, ja, der wohnt schon lang in der Kolonie, »eine ganz liebe Junge und ein bisschen«, Luis' Hand bewegt sich wie ein Scheibenwischer vor seinem Gesicht hin und her, » – ¿comprendes?« Von früher kennt er ihn, da waren sie Kollegen gleich da drüben im Lager von der Evenord, aber »zahlen zu schlecht, und jetzt, ich, Christbaum!«, strahlt Luis, unwillkürlich reibt sich Gregor mit dem Zeigefinger das rechte Ohr und sieht Paula fragend an, klar, nächsten Monat ist Weihnachten, aber wie verkleidet man sich als Christbaum, und kann man davon leben?, doch Paula wirkt, als wäre sie ebenso schlagartig erkaltet wie die heiße Spur. Ein gutmütiger Halbdebiler, so, und jetzt? Felipe will Feierabend machen, morgen früh muss er wieder auf dem Großmarkt sein, madre de dios, auch wenn sich ab und zu ein paar Deutsche in seine Bar verirren, leben kann er nicht von ihr. Draußen auf der Straße sagt Paula: »Trinken wir bei mir noch ein Glas«, vor allem will sie den Overall ausziehen und ihn Gregor wieder mitgeben, nur an das selbstgemachte Schild, das seit vorgestern an ihrer Wohnungstür hängt, hat sie nicht gedacht, merkt sie, als sie oben angelangt sind, *Spy-Eye – your detective*, schon hat es Gregor gesehen und grinst in sich hinein. Dann, am Küchentisch, will Paula wissen, wie er darauf gekommen ist, den Spanier nach dem Typen aus dem Gartenhaus zu fragen, und Gregor sagt irgendwas von »Zufallstreffer«, ist irgendwie auf die Idee gekommen, dass zwei Männer, die eine ganz ähnliche Statur haben, vielleicht in der gleichen Branche arbeiten, aber »à propos Branche, was war das mit dem Christbaum?« – »Naja«, sagt Paula, und wenn sie nicht so mies gelaunt gewesen wäre, hätte sie jetzt laut gelacht, so sagt sie nur trocken, »Naja, beim genauen Hinschauen enden offenbar deine detektivischen Fähigkeiten, ich jedenfalls hab von der Latzhosenbrusttasche abgelesen: Gerüstbau Wittmann«, und als Gregor sich vor Lachen schier nicht mehr einkriegt vor lauter Christbaum und Gerüstbau, konstatiert sie nur, dass ihr momentan überhaupt nicht nach Lachen zumute sei. Was den Fall betrifft, versichert Gregor, natürlich, kann er verstehen, da hat sie schon recht, aber er hat sich gleich gedacht, dass das eher ein Ritualmord gewesen sein muss, so was machen Mafiabanden zum Beispiel, »Ah ja? und präsentieren ihre Opfer an Eisenbahnbrücken?«, klar! (Gregor), das war eine Botschaft, die Leiche sollte gesehen werden, zur Einschüchterung, Paula: »Ach? und die Puppe sollte wohl alle Schaufensterpuppen einschüchtern, die dort im Berufsverkehr immer vorbeikommen«, und jetzt prustet *sie* los, wider Willen, aber die Vision von tausenden von Schaufensterpuppen auf dem Weg zur Arbeit ist zu stark, im selben Moment schlägt Gregor auf den Tisch, dass Paulas Glas kippt und ihr den Wein auf die Oberschenkel spuckt, jetzt hat er aber die Schnauze voll von ihrem ständigen »Ach?« und »Ah ja?«, mit so jemandem kann man sich ja nicht vernünftig unterhalten; Paula greift nach dem erstbesten wurftauglichen Gegenstand, es ist eine Kerze, und schleudert sie Gregor an den Kopf. Nach kurzer Erstarrung zischt er ein eisiges »Ciao«, streift sich den

Mantel über und poltert aus der Wohnung. Als seine tastenden Schritte (verdammtes Treppenhauslicht!) verklungen sind, drückt Paula auf die Play-Taste des CD-Spielers – immer noch steckt die Flamenco-CD drinnen: »*¡ten cuidado!*« – »pass auf!«

Ausgerechnet Harri schläft in der Nacht auf Samstag am besten, das kommt auch vom Konzert, das nur für ihn gespielt wird, in seiner Laube rauscht so ein sintflutartiger Regen, wie er in dieser Nacht fällt, nicht einfach vor den Fenstern herunter, sondern er trommelt über Harri und gluckst unter Harri und pladdert gleich neben Harri von der Dachrinne und lässt in Harri nicht einmal Platz für den Gedanken, dass es ihm die Hütte wegschwemmen könnte, und wenn, das könnte ihn nicht beunruhigen, insgeheim wünscht er sich, dass was passiert mit ihm, wo alle Mitleid haben und keiner auf die Idee kommt, der bedauernswerte Harri könnte einer sein, der jemanden totgeschlagen hat. Aber das hat er wohl, oder war es nur ein Traum, kann es nicht bitte bloß ein Traum gewesen sein? Noch mal einschlafen und etwas anderes träumen und dann mit einer anderen Erinnerung wieder erwachen. Ja, noch einmal schlafen und träumen und danach ein Anderer sein oder wenigstens der, der man sonst immer war. Nur jetzt noch nicht sein!

Paula, die am Vormittag zwar von außen deutlich sichtbar in der *Tollkirsche* sitzt, eine Tasse Earl Grey umklammernd, aber doch nur scheinanwesend ist, hat so etwas wie eine Raunacht hinter sich, nach zwei Gläsern Whisky (Paula, du isst zu wenig!) ist sie in einen Zustand zwischen Traum und Vision gestürzt (oder doch selbst getaucht?), in dem sie in den eisigen Montagmorgen zurückgekehrt ist, der in einer anderen Jahreszeit zu entschwinden droht, nur, jenen Morgen noch einmal ergreifen, das beschwört auch Robert und die tief ausgeschnittene Blonde herauf, da musste Paula weit von sich wegtreiben, bis sie die Last einer sterbenden, vielleicht auch schon toten Frau mit weit aufgerissenen Augen auf ihren Schultern spürte, und als sie mit trockenem Mund erwachte und die Mineralwasserflasche neben dem Bett leer fand, wagte sie nicht aufzustehen, denn aus dem Spiegel im Flur, im Bad, das wusste sie, hätte ihr der verstörte Riese aus der Kleingartenkolonie entgegengeblickt, und die Fragen hätten sich wieder in ihrem Kopf gedreht wie irre Gondeln in einem Jahrmarktskarussell – »Was erwartest du, Paula? Meinst du, das Schicksal schickt dir mal schnell eine Leiche vorbei, nur damit du nicht über dich nachdenken musst? Hui, schnell die alte Haut abgestreift und in eine neue geschlüpft? Vom Klamottenladen zum Detektivbüro, von Paula Rüss zu Miss Marple in nur sechs Tagen! Alle Achtung, Paula, das macht dir so schnell keiner nach.«

Die Ladenglocke schrillt. Paula blickt auf und sieht das Gesicht von Sophie Beyerlein vor sich – nichts kann grotesker sein als ein vertrauter Anblick im falschen Moment. Und gleich wird Paula den Stich bekommen, von dem der schlafende Harri erst einmal verschont bleibt, indem die Beyerlein, im Schlepptau ihre Freundin Frau Dorn – und es tue ihr ja so leid, aber außer der Paula kann sie niemanden fragen, was sie machen soll, wegen der Frau Engler, die doch sonst die Zuverlässigkeit in Person sei. Paula kennt die Engler nur aus Erzählungen, weiß dank Frau Beyerlein, dass die Engler eine Art Nürnberger Mutter Teresa ist – *so bescheiden, so gewissenhaft und immer liebenswert.*

»Und dann kommt sie gestern einfach nicht zur Essensausgabe in die Wärmestube! Das sieht ihr so gar nicht ähnlich. An keinem Freitag hat sie gefehlt, nur einmal vor drei Jahren, als sie sich bei Glatteis den Knöchel mordsmäßig verstaucht hatte, war sie mal eine halbe Stunde später gekommen.«

»Aber selbst da hat sie noch angerufen und Bescheid gegeben!«

Die beiden alten Damen schauen derartig besorgt und erwartungsvoll, dass Paula schon aus purem Menschlichkeitsreflex nicht mehr in sich und ihrem Fragenkarussell hocken bleiben kann.

»Auch Tee?« Die beiden Frauen nicken und Paula füllt zwei weitere Becher. »Habt ihr denn versucht anzurufen?« Aber sicher hätten sie versucht anzurufen, allein gestern bestimmt an die zehn Mal, aber nichts als der ewige Anrufbeantworter. Heute früh sei die Sophie dann sogar in die Schonhoverstraße gefahren, geklingelt habe sie wie ein wütender Paketpostbote, sogar die Nachbarin von der Frau Engler hätte sie mit ihrem Geklingel alarmiert, aber nichts, keine Antwort, kein Lebenszeichen.

»Paula, das sieht der Frau Engler überhaupt nicht ähnlich – da muss was passiert sein. Was meinst, soll man nicht besser die Polizei anrufen?«

»Hm«, macht Paula, und zweifellos wäre diesem »hm« ein Kopfnicken oder etwas ähnlich Zustimmendes gefolgt, wenn Frau Dorn nicht just in diesem Augenblick angewidert auf die Straße gedeutet und »Igitt, eine Ratte!« gerufen hätte. Aber so ist es nun einmal: Der sogenannte Boden der Tatsachen ist das Eine und ein »Zeichen« das Andere – und warum Paula in der dicken Ratte, die schwarz und breit auf dem Gehweg vor ihrem Schaufenster sitzt, ein Zeichen sieht, weiß nicht einmal sie selbst. Fest steht, sie will eines sehen und damit basta. Und weil das so ist, nickt sie auch nicht, sondern sagt mit fester Stimme, die einer Miss Marple alle Ehre machen würde: »Nein, nicht die Polizei, ich kenne da eine ganz hervorragende Detektei, die soll sich drum kümmern, das bringt viel mehr.« Paula schaut den beiden Frauen noch eine Weile nach, wie sie sich tapfer unter ihren Regenschirmen gegen den nassen Wind stemmen.

Und du, Paula, gegen was stemmst du dich? Hast dich ziemlich weit aus dem Fenster gelehnt – vielleicht ein bisschen zu weit? Du kennst keine Detektei, hast keine Detektei, bist mit viel gutem Willen so was Ähnliches wie eine Schneiderin und definitiv eine Spinnerin, eine etwas zu alt geratene Pippi Langstrumpf: Ich mach mir die Welt, wi-di-wi-di-wie sie mir gefällt! Aber wieviel Gewicht kann deine Phantasie tragen, Paula, reicht sie nur für dich oder auch noch für zwei alte Damen, die jetzt ihre Hoffnung in dich setzen?

Paula weiß, dass es jetzt noch möglich wäre, hinter den beiden her zu rennen, die auf dem Weg zur Dreieinigkeitskirche sind, um das Orgelkonzert zu hören. Es würde ihr niemand krumm nehmen, wenn sie es sich anders überlegt hätte. Wisst ihr, könnte sie sagen, wahrscheinlich ist es doch besser, zur Polizei zu gehen, die haben mehr Leute und einen größeren Apparat. Wäre nicht schlimm, so was zu tun, ganz im Gegenteil, wäre überaus vernünftig. Genau, wäre vernünftig! Nur ist das mit der Vernunft so eine Sache. Nicht, dass Paula ein grundsätzlich unvernünftiger Mensch wäre, sie hat nur ihre sehr eigene Vorstellung von Vernunft, und die ist mit der allgemein gültigen nur bedingt kompatibel. Paulas Vernunft lässt sich wenden und kneten und in Form drücken, bis sie ganz genau dort hinein passt, wo Paula sie haben will. Im Augenblick wird sie allerdings einem Härtetest unterzogen, denn sie muss quasi gegen sich selbst kämpfen. »Hab doch gar nichts gesehen unter der Brücke, selbst bei der Polizei hält man mich für verrückt!«, sagt die eine Seite. »Wenn du nichts gesehen hast, warum willst du dann unbedingt weitermachen mit der Recherche?«, mault die andere. Und zwischendrin taucht immer wieder das Bild dieses Typen im Lodenmantel auf, der so sperrig ist und so schroff wie der Fels an der französischen Atlantikküste – und dahinter ein Paar, eng umschlungen: *Robert mit seiner Bocksbeutelkönigin!*

Paula will gerade in die Küche gehen, um sich ein Glas Rotwein zur Stärkung zu holen, da klingelt das Telefon. So ist das mit den Bildern, wenn man sie sich zu sehr vorstellt, werden sie Realität und rufen an, um einem zu sagen, dass man sich ja mal auf einen Kaffee treffen und dabei die Sachen austauschen könnte, die sich noch in der Wohnung des anderen befinden, und dass man auf jeden Fall Freunde bleiben sollte nach all den Jahren, und dass die Agnes die Sache mit dem Wein ...

»Arschloch!«

Im selben Augenblick, in dem Paula den Hörer auf die Gabel geknallt hat, reißt sie ihn auch schon wieder hoch und wählt die Nummer, die sie erstaunlicherweise nach nur wenigen Tagen schon auswendig parat hat.

»Na los, Gregor, geh schon ran!«

Gregors Nacht ist unruhig gewesen, und dementsprechend gereizt ist er. Erst der Heimweg zu Fuß (schon wieder den Wagen in Gostenhof stehenlassen, weil: Freitagabend, und auf dem Weg liegen ein paar verrufene Nachtclubs und Diskotheken, wer weiß, ob man da in einem Citroën von 1969 auch wirklich alkoholkontrollimmun ist), und zuhause fielen drei Gespenster über ihn her, alle drei weiblichen Geschlechts, die konnte er nur mit einer Flasche Tempranillo halbwegs niederkämpfen, aber gottseidank hat diese Verrückte *gleich* mit einer Kerze nach ihm geworfen, das erspart ihm einen langen Irrweg, mit anderen Frauen verbringt man Jahre, ehe sie ihre Fratzen zeigen. Blieb das zweite Gespenst *du hast mich gesehen* und das dritte *du wirst mich niemals wiedersehen,* und als Gregor gegen sechs Uhr morgens aus einem Alptraum erwachte und in den Regen lauschte, fiel ihm auch noch das undichte Beifahrerfenster vom Citroën ein, das er schon längst einmal, verdammte Scheiße, jetzt läuft der Wagen voll. Doch andere trifft die Wasserflut noch härter, zwei Stunden später klingelt es so nachdrücklich an seiner Tür, dass Post, Müllabfuhr und »Danke, Reklame!« auszuschließen sind; wer da die Treppe heraufkommt, als Gregor endlich den Türöffner drückt, ist Sören, der aussieht, als wäre er aus seiner Souterrainwohnung herausgespült worden, und fast ohne Worte, aber mit seiner ganzen Gestalt um Asyl bittet.

Das alles kann Paula nicht wissen, als sie am Vormittag mit fliegenden Fingern Gregors Nummer wählt, auch nicht, dass er ein nachtragender Mensch ist, auch nicht, dass er durch Sörens Anwesenheit und zahlreiche Anrufe in Sachen

Diaprojektor sowieso schon in seinem Kommunikationsvermögen überlastet ist, wo er doch grundsätzlich Konversation beim Frühstück hasst. »Ich hab eine Spur!«, ruft sie in den Hörer, als Gregor abhebt, und bekommt prompt entgegengeraunzt, die könne sie mit dem Paddelboot verfolgen, er habe andere Probleme genug, *klack,* aufgelegt – so geht das.

Bis in den Nachmittag hinein hat Harri geschlafen und geträumt, aber das ganze Schlafen, alles Träumen hat nichts geändert – er ist immer noch der gleiche neue Mann, der er nicht sein will, ist immer noch der Mann mit den schweren Händen, die einen anderen Mann erschlagen haben. Drei Flaschen Bier sind noch da, Hefeweizen, das viel zu munter zischt, als es ins Glas gegossen wird – »ja, zisch du nur, du hast es leicht, hast keine Hände, brauchst keinen Kopf, musst nicht schaun, wohin mit all den Gedanken!«

Wie winzigkleine fliegende Untertassen schweben die Hefeteilchen auf den Boden des Glasen und stapeln sich dort, senden Signale aus Bläschen an ihren fernen Heimatplaneten – *blubb-blubb* steigen die Botschaften auf und ringeln sich in feinen Schnüren Richtung Bierschaumgalaxie am oberen Rand des Glasuniversums. *Blubb-blubb* – eine Nachricht nach der nächsten steigt auf, was sie wohl zu sagen haben, die Hefe-Ufos, kennen sie seine Gedanken, beraten sie schon, was mit so einem Menschen zu tun ist, werden sie eine Alienpatrouille schicken, um ihn zu entführen? Vor dem Fenster ist weit und breit kein Nebel zu erkennen, nur dunkelgrauer Himmel, in dem ein paar Krähen fliegen. Harri trinkt hastig einen großen Schluck und fühlt sich sofort ein wenig sicherer. Er weiß nicht, dass gerade in diesem Augenblick in Fürth-Dambach ein Jogger aufbricht, der den Waldmannsweiher genau in dem Moment erreichen wird, in dem Harri sich das dritte Glas einschenkt.

Es ist erstaunlich, ja fast ein Wunder, welche Bahnen die Ströme der Information nehmen. Zu Beginn nur ein Rinnsal, das einer winzigen Quelle entspringt und sich stetig den ersten Weg gräbt, schwillt es schon bald an, breitet sich aus, mäandert beharrlich voran, verändert und bewegt alles, was es berührt, wie einer dieser kunstvollen mechanischen Apparate aus Federhebeln, Rutschen, Schnüren und Wippen.

Eine Kugel fällt auf einen Hebel, drückt ihn herunter, die Wippe an seinem anderen Ende schnellt in die Höhe und löst einen Schnurmechanismus aus, der eine Klappe öffnet, durch den weitere Kugeln fallen, eine Rutsche herunterkollern, *klack-klack-klack* fallen Dominosteine und stoßen einen Mann an, der schon seinen Jogginganzug trägt. Der Mann beginnt in den Regen hinaus zu laufen, trabt über den matschigen Untergrund, denkt an seine Muskeln – denen ist das Wetter egal, sie erschlaffen, wenn man sie nicht bewegt. Hart muss man sein gegen sich, denkt es in dem Mann, der angestoßen wurde, hart gegen das weiche Fleisch vorgehen, immer voran durch den Regen und durch den grauen Wiesengrund bis zum Scherbsgraben.

Der Mann ahnt nicht, dass er nur eine Kugel ist oder ein Dominostein, der einen weiteren Mechanismus auslöst in dem Augenblick, in dem er den Waldmannsweiher erreicht und zum Stehen gebracht wird, ebensowenig wie der Mann, der just in diesem Moment die dritte Flasche Hefeweizen öffnet.

»Ist das ein Ball, der da auf dem Wasser schwimmt?«, denkt der Mann im Jogginganzug. Aber es ist kein Ball, es ist der obszön nach oben gereckte Hintern einer Frau, das kann er sehen, als er näherkommt. Ihr Kleid ist hochgerutscht, dunkle Punkte auf hellem Grund spannt sich der nasse Stoff über dem Körper. Mit der Zahlenkombination 1-1-0 löst er per Mobiltelefon den nächsten Mechanismus aus, der einen Motor startet, hell leuchtet ein blaues Licht auf, Kolben heben und senken sich in Zylindern, Räder rollen und kommen zum Stehen, Füße stapfen durch die Dunkelheit Richtung Weiher.

Wie lange dauert die Erinnerung? Wie lange besteht sie über das Leben hinaus? Denkt die Frau in ihrem viel zu kurzen Sommerkleid auf dem Grunde des Waldmannsweihers noch an Harris Augen, so wie er die ihren nicht vergessen kann? Erinnert sie sich an die letzten Berührungen seiner Hände, die so hart, so kalt gewesen sind? Klingen seine barschen Worte noch in ihren Ohren

Kann jetzt nichts mehr mit dir unternehmen, blöde Sau!

ist sie noch immer gekränkt? Schmeckt sie noch den seltsam delikaten Geschmack der Nougattrüffel zum Kaffee – bittersüß und scharf zugleich, »Chili«, hatte Angela gesagt, »die Schärfe kommt vom Chili« –, prickelt die Erinnerung auch jetzt noch auf ihren verbrannten Lippen?

Hier unten auf dem Grund feiern die grünschimmernden Erinnerungen eine ewige Hochzeit. Die Kutschpferde, längst befreit von Zaum und Deichsel, bäumen sich auf gelegentlich, schlagen wild mit den Hufen in die Höhe, wie sie es zuletzt getan, bevor sie vom Gewicht des Fuhrwerks und seiner Passagiere erst langsam, dann immer rascher hinabgezogen wurden, tiefer und tiefer, vorbei an den letzten Baumwurzeln, vorbei an den staunenden Fischen, vorbei auch an den wogenden Spitzen der Schlingpflanzen und noch tiefer hinab bis auf den schwarzen Grund. Die Hochzeitskutsche mitsamt der eben noch fröhlich singenden Gesellschaft hatte sich gerade mit einem Ächzen auf die Seite gelegt, als sie vom Gewicht der Pferde zerdrückt wurde.

Hierher hatte es auch die Frau im Sommerkleid gezogen und mit ihr den älteren Herrn im grauen Wintermantel, als Zeichen ihrer neuen Gemeinschaft jeder ein Bündel Brikett an den Fußgelenken. Aber sie wollen nicht weiterfeiern zwischen all den grünen Erinnerungen von Menschen und Pferden einer längst versunkenen Zeit. Sie zieht es hinauf ans blaue Winterlicht, zurück, zurück in ihre eigene Gegenwart.

So ist das Gesetz der Bewegung, einmal in Schwung geraten kommt sie nicht eher zur Ruhe, als bis auch die letzte Kugel den letzten Dominostein angestoßen, den letzten Hebel umgelegt hat. Jetzt sind noch viele Kugeln am Rollen, und eine davon wird in Form eines digitalen Fotos nur sechzehn Stunden später auf dem Computermonitor der Fürther Nachrichten von einem Redakteur angesehen, dem es fast den Magen umdreht, bevor er zum Telefonhörer greift und die Nummer der Mordbereitschaft wählt.

»Nein«, wird Kriminalhauptkommisar Siegfried Gloßner sagen, »das Foto auf gar keinen Fall!«, und er wird den Redakteur an den Erkennungsdienst vermitteln. Nur eine knappe Stunde später wird die Meldung über die Toten im Waldmannsweiher geschrieben sein.

Kein Mensch erwartet sich mehr etwas von diesem Novembertag, und was er inszeniert, ehe er in der Dämmerung vergeht, wirkt, als wolle er sich aus Verzweiflung über seine trübe Existenz mit einem großen Finale aus der Welt verabschieden. Zunächst setzt er ein blaues Signal, das er an den Häusern der Weiherstraße vorbeizucken lässt. Eine Polizeistreife. Sie bleibt stehen, dort am Straßenknick, wo man hinuntergeht in den Rednitzgrund und zum Waldmannsweiher. Ein Polizist und eine Polizistin steigen aus dem Wagen, gehen zum Weiher, nicht zu schnell und nicht zu langsam; ein Mann in Trainingsanzug und Kapuzensweatshirt erwartet sie schon. Deutet, spricht. Die Polizistin lässt einen Taschenlampenstrahl über den Weiher wandern, der Strahl fasst etwas und bleibt stehen. Der Polizist geht zum Wagen zurück, und jetzt bekommt das blaue Licht, das um sich greift, eine weit reichende Magnetkraft, holt Menschen nicht nur aus den Häusern der Weiherstraße, Denglerstraße, Badstraße, weitere Autos treffen ein, noch mehr Polizei, Absperrungen werden gezogen, dann: Feuerwehr. Was für ein schauriges Volksfest, das der Tag an seinem Lebensende veranstaltet, wie ein Versager benimmt er sich, der es mit einem Amoklauf den Strebern so richtig zeigen will, diesen sonnigen Julitagen, die sich so mühelos bei allen beliebt machen können! Jetzt lässt er Geisterbahn spielen, zwei als Taucher Kostümierte gleiten ins Wasser und ringen mit dem Weiher um zwei Tote und alle, alle wollen sehen, wer gewinnt, alle wollen sehen, wie das aussieht, wenn einer tot ist, denn solange man atmet und das warme Blut in sich spürt, kann man sich nicht vorstellen, wie das ist, wenn einem der Atem stillsteht und das Blut kalt und dick ist, das ist so unmöglich wie: sich im Hochsommer den Winter vorstellen, und was man sich nicht vorstellen kann, das will man sehen, unbedingt. Die Krähe da oben wundert sich, was die Menschen für ein Aufhebens machen um zwei Tote, und der Tag, der noch einmal zurückschaut auf sein Leben, ist nun doch ganz zufrieden mit sich, wenigstens im Tod konnte er sich noch in die Erinnerungen der Menschen eingraben, und einem hat er sogar eine Trophäe geschenkt: dem Mann im Trainingsanzug, der heimlich und verbotenerweise mit seinem Handy fotografiert hat, aber soll man sich da nicht ein bisschen rächen, wenn man Leichen entdeckt und die Polizei verständigt hat und als Dankeschön zu den Schaulustigen gedrängt wird, sobald die Personalien aufgenommen sind?

Gregor parkt den Wagen, stellt den Motor ab. Sergej beäugt misstrauisch das Mietshaus am Rand von Zerzabelshof, ein düsterer Genossenschaftsbau aus den Dreißiger Jahren.

»Musst du aufpassen«, sagt er, als sie die Straße überqueren. »Darfst du nicht zu tief einatmen.«

Wie zum Beweis steht eine halbe Minute später eine korpulente Mittfünfzigerin im geblümten Hauskleid vor ihnen, die ihre Kunden mit einem gewaltigen Niesanfall begrüßt.

»Kommer S' ner rei! Ich hobb bloß grad a weng a Gribbm!«

Auch in diesem Haushalt werden sie keinen Diaprojektor vorfinden, der sich über Ebay für vierhundert Euro versteigern lässt, das ist sicher.

»Mir hommnern fei scho ausbaggd!«

Der Projektor steht auf dem Küchentisch, bewacht von einem Frührentner mit Bierflasche.

»Für an Zwanzger könner S' nern miednehmer!«

Gregor erkundigt sich nach der Marke.

»Rewüh! Vo der Gwelle! Funktioniert no eimwambfrei!«

»Ja, eigentlich ... also, wir suchen eine ganz bestimmte Marke ...«

Was für eine Geschäftsidee. Sergej hat seine Qualitäten, gewiss, aber Diaprojektoren von Leica oder Kindermann, die Favoriten in den Ebay-Angeboten, sind offensichtlich nicht weit verbreitet. Wären sonst wohl auch nicht so teuer. Das war die letzte Adresse, und damit ist der Samstag endgültig beim Teufel.

»Dann machmer hald fuchzenn Euro!«

»Nein, wissen Sie, wir sind Sammler. Und da fehlen uns noch ein paar ganz bestimmte Geräte ...«

Man merkt, die fünfzehn Euro hätten die Haushaltskasse des Paares deutlich aufgebessert.

Trotzdem entscheidet Gregor unbarmherzig, dass er das Geld genauso nötig hat.

»Also, dann ...«

Nichts wie raus hier. In solchen Situationen könnte er sein Leben hassen. Menschen gegenüberstehen, die man nicht kennt, als jemand, der man nicht ist.

»Zehn Euro!«, ruft der Mann noch, aber da sind sie schon auf dem Rückzug. Das scheint Gregor symptomatisch für sein derzeitiges Leben, keine Eroberungen, nur Rückzüge. Sergej wirkt unberührt von der fehlgeschlagenen Projektorjagd, räsoniert nur über das Panoptikum des menschlichen Daseins, das ihnen vorgeführt wurde, während Gregor den

Citroën über regenglänzende Straßen zurück in die Südstadt steuert.

»Haben keine Pläne im Leben, nichts. Aufstehen, auf Klo gehen, Fernseher, Bier, und sonst? Gibt nichts.«

Gregor schweigt, denkt nur *bin ich besser? habe ich andere Pläne, als irgendwie an Geld ranzukommen? Wird Zeit, dass die Leiche irgendwo auftaucht und dass sie eine Prämie aussetzen für sachdienliche Hinweise.*

Es sind genau diese Fahrten, für die Kommissar Gloßner – und das würde jeder an seiner Stelle – seinen Beruf hasst. Während die anderen zu Haus bei ihren Familien sind, basteln, in die Sauna oder joggen gehen, fährt er zu einer Frau, deren Mann verschwunden ist, um ihr eine Uhr unter die Nase zu halten, die man einem Toten abgenommen hat. *Schauen Sie sich die Uhr einmal an, kommt sie Ihnen bekannt vor?*, wird er fragen und dabei ganz genau die Regungen der Zeugin beobachten. Beginnen ihre Hände zu zittern, bilden sich Schweißtröpfchen zwischen Nase und Oberlippe, wird sie schreien, weinen, um sich schlagen?

Nichts von alledem. Magda Winter ist, wie man so sagt, sehr gefasst. Sie schaut erst den Kommissar an, dann die Uhr, dann die falsche Perserbrücke zwischen dem Sofa und dem Fernseher – beige und blau ist die, mit ein bisschen Rot zwischendrin, wo hatten sie die noch gleich her?

»Frau Winter, kennen Sie diese Uhr?«

Es ist nicht leicht, sich vom Muster eines Perserteppichs zu lösen. Die Ornamente entführen in eine andere Welt, in eine Vergangenheit, in die Erinnerungen. Einmal waren sie doch auf Gran Canaria, pauschal, all inclusive. Und der nette Oberkellner aus Marokko, wie hieß er noch einmal, wo kam er her? Von Bäumen hatte er erzählt, die von Paradiesäpfeln leuchten im Herbst, Rot und Gold, aber sehr viel Rot ...

»Frau Winter?«

Magda Winter streicht über das schwarze Lederarmband der Uhr, wie sie über den zartbepelzten Rücken eines Goldhamsters streichen würde. Sie kennt die Uhr nicht, ist irgendeine Uhr, sie hat auch nie auf die Uhr geachtet. Uhren kommen und gehen, so wie die Zeiten kommen und gehen.

»Frau Winter, kennen Sie diese Uhr? Ist es die Uhr Ihres Mannes?«

Die Uhr könnte jedem gehören, ist eine Uhr wie alle anderen auch, eine Uhr mit einem schwarzen Armband.

»Das Armband war zu eng.«

»Was meinen Sie damit?«

»Es hat gedrückt, weil das Gelenk geschwollen war. Dann drückt das Armband, wenn das Gelenk schwillt, verstehen Sie?«

Widerwillig nimmt Gloßner die Uhr – wie er ihn hasst, seinen Beruf! Er weiß, was er gleich sehen wird: ein selbstgemachtes Loch im Lederarmband, an der Rückseite wird man noch eine kleine Erhebung spüren, vielleicht von einem Dosenmilchöffner, der von einer Hand geführt wurde, die nie wieder etwas führen wird.

Verdammt, die Milch ist sauer! Paula steht in der Notküche ihres Ladens und schüttet den verhunzten Tee in den Ausguss. Die ganze Woche scheint von einem massiven Teeproblem durchzogen zu sein: schon am Montag ohne Earl Grey in die ekelhafte Welt hinaus, und heute, am einzigen Tag der Woche, an dem es zu ihrem Ritual gehört, English Breakfast Tea mit Kandiszucker und Milch zu trinken, ist die verdammte Milch sauer!

Paula mag einigen Menschen launenhaft oder gar zickig vorkommen, wankelmütig sowieso – das würde sogar sie selbst von sich behaupten – aber wenn es um Tee geht, ist sie mehr als konsequent: Ein Tag ohne Tee ist kein Tag, und ein Sonntag ohne English Breakfast Tea *mit Milch!* ist kein Sonntag. Wieder ins Bett geht auch nicht – Gary wartet auf sein Kostüm.

Ob die Beyerlein oben noch eine Milch hat? Sie könnte raufgehen und fragen – und einen Haufen Fragen zu beantworten haben.

Hast du dich schon um den Detektiv gekümmert, Paula? Und, Madla, was machst du heut am Sonntag denn überhaupt im Geschäft? Magst reinkommen, magst was essen?

Raufgehen oder nicht raufgehen? Immer diese Entscheidungen, als ob das Leben sich einen Spaß daraus machen würde, einem ständig Fragen in den Weg zu werfen.

Eine Zigarettenlänge weiter ist Paula bereit zu gehen, fest entschlossen, sich in kein Gespräch verwickeln zu lassen, erst recht in keines, das mit der vermissten Engler zu tun hat. Milch schnappen und ansonsten einen gestressten Eindruck vorschützen (wobei, muss gar nicht vorgeschützt werden, schließlich hat sie mit dem Kostüm tatsächlich noch jede Menge Arbeit) – genau das ist Paulas Plan, als sie die Treppe in den zweiten Stock hochsteigt und bei Frau Beyerlein klingelt.

Klack-klack-klack – wie so ein kleiner Gedanke, der Teil eines guten Plans zu sein scheint, einen anderen Plan durcheinander bringen kann! Gerade noch hatte sich die Beyerlein in dem sicheren Gefühl gewiegt, alles für die Frau Engler getan zu haben, was sie tun konnte, »Paula wird's schon richten«, und, »wenn das Madla gute Beziehungen zu einem Detektivbüro hat«, hatte sie gestern noch zur Dorn gesagt, »dann hat die Sache auch Hand und Fuß.« Jetzt ist sie sich plötzlich gar nicht mehr so sicher, ganz nervös hat die Paula gewirkt und bleich um die Nase, wahrscheinlich hat sie einfach zu viel zu tun, da kann sie sich nicht auch noch um so was kümmern.

Und wie Paula zwei Stockwerke tiefer endlich ihren English Breakfast Tea mit Kandis und Milch trinkt und sich an Garys Kostüm macht, telefoniert Frau Beyerlein mit der Dorn in der Austraße, und beide beschließen, nun doch einmal die Polizei anzurufen. »Aber erst morgen, gell. Am Sonntag weiß man nie, ob man den Richtigen erwischt.«

Magda Winter hatte der Identifizierung zugestimmt. Was sie nicht wusste, ist, dass es Häckel gibt. Die Wenigsten wissen von der Existenz eines Häckel und erst recht nicht davon, dass sich die unerklärten Toten mit ihm am Westfriedhof verabreden, und ihre letzte Party immer eine Häckelparty ist.

Siegfried Gloßner gehört zu den Wenigen, die wissen, was eine Häckelparty ist, aber er hat keine Lust darauf, schon gar nicht an einem Sonntagvormittag. Über die Erlanger Straße sind sie gefahren, man kann das schwedische Möbelgeschäft sehen, in dem er vor vielen Jahren einmal sein Bücherregal gekauft hat. Die Brettergartenstraße scheint ausgestorben heute – wo sind die Menschen hin in ihren Autos, die sich wochentags immer an der gleichen Stelle stauen, da, wo die Ampel noch einmal kurz »Halt!« schreit, bevor es in die Senke der Toten geht? *Grablichter* steht auf dem Schild am Automaten, und Magda Winter macht ein kleines Geräusch, so wie ein verstopfter Abfluss gluckert, kurz bevor er all das wieder nach oben würgt, was nicht abfließen konnte. Als er den Motor abstellt, denkt Gloßner heute wohl schon zum fünfzigsten Mal daran, seinen Job an den Nagel zu hängen.

Edgar Häckel ist gut gelaunt wie immer und begrüßt den Kommisar wie einen alten Kumpel mit einem Schlag auf den Rücken, die Party kann beginnen.

»Und Sie sind Frau Magda Winter?« Magda ist grünlich bleich wie das Neonlicht in dem weißgefliesten Gang der Pathologie. »Na, dann wollen wir mal loslegen. Immer geradeaus, immer der Nase nach!«

Hier auf dem Westfriedhof war sie schon einmal, damals, als der Mann von der Erika beerdigt wurde, die Spenglerin hatte dem Horst eine schwarze Krawatte geliehen. Anschließend sind sie noch in der kleine Wirtschaft gegenüber gegangen zum Leichenschmaus – Leichenschmaus, was für ein schreckliches Wort! Der Horst hat es auch noch nie gemocht und lang mit dem Herrn Pfarrer darüber diskutiert, ob es nicht ein besseres gäbe. Er hatte dann auch einen Vorschlag gemacht, was war das gleich noch einmal? Und dann schneiden sie die Toten auch noch auf hier?

»Frau Winter, gibt es irgendetwas, an dem Sie Ihren Mann sofort wiedererkennen würden? Eine Narbe vielleicht, oder ein Muttermal?«

Magda starrt auf den weißen Stoffberg auf dem metallenen Tisch, tastet mit den Augen die Konturen ab und gluckst noch einmal wie vorhin, nur lauter. Natürlich würde sie ihn wiedererkennen, als ob man einen Mann nicht wiedererkennen würde, mit dem man 46 Jahre verheiratet ist. Da kennt man den Mann manchmal besser, als man sich selbst kennt.

»Frau Winter, es ist wirklich nur zu Ihrem Besten, wenn Sie uns sagen, ob es irgendeine Kleinigkeit gibt, an der Sie Ihren Mann ohne Zweifel identifizieren können.«

Wie viele Nächte hat sie neben dem Horst gelegen, ist mit ihm eingeschlafen, mit ihm aufgewacht. Als er krank war, hat sie ihm Hühnerbrühe gekocht und ans Bett gebracht, das Fieber gemessen, seinen Kopf gestreichelt und die Hand.

»Der Horst war bei den Fallschirmjägern.«

Häckel kennt die Geschichten seiner Toten, und so wie ein echter Literaturliebhaber schlägt er die richtige Stelle auf, entblößt den Arm, entblößt die alte Tätowierung.

Als Magda Winter sie sieht, gluckst sie ein letztes Mal sehr laut, dann fließt der Abfluss über.

Ein Wasserfall pladdert von der Dachrinne, direkt vor dem Werkstatttor, und erst jetzt wird Gregor allmählich bewusst, dass er schon vor Tagen aus der Welt gespült wurde; ausgerechnet das Überschwemmungsopfer, das bei ihm Asyl gefunden hat, verhilft ihm zu der Erkenntnis. Sören ist ihm normalerweise als Freund, Zechkumpan und technischer Assistent immer willkommen, aber an diesem verregneten Sonntag in der Werkstatt fühlt sich jedes Gespräch mit ihm an wie ein kratzender, klammer Rollkragenpullover. Nichts mehr geht Gregor so richtig was an, außer dem, was immerzu durch seinen Kopf spukt, und das kann er mit niemandem teilen. Soll er vielleicht sagen: »Ach, übrigens, hab ich dir noch gar nicht erzählt, letzten Montag auf dem Heimweg, da hing plötzlich eine Leiche von der Brücke, du weißt schon, ein Stück geradeaus nach dem Schuster&Walther, und ich fahr in die nächste Parkbucht rein, lauf zurück, und da war's keine Leiche mehr, sondern eine Schaufensterpuppe« – ? Vielleicht würde Sören darauf eine Anekdote aus Schweden in den Sechzigern erzählen, was die Trinker damals für Halluzinationen hatten, nachdem sie ihre monatlich vom Staat zugeteilten Alkoholrationen abgeholt und konsumiert hatten, oder er würde fragen: »Und du bist nicht bei der Polizei gewesen?«, worauf die äußerst komplizierte Geschichte mit Paula folgen müsste, die so kompliziert auch wieder nicht ist, doch ist in Gregors Kopf alles, was mit Frauen zu tun hat, an die Worte »äußerst kompliziert« gebunden. Er fühlt sich dringend asylbedürftig, braucht Zuflucht vor sich selbst, vor Sörens Konversationsversuchen und vor seiner Werkstatt, die ihm heute kein Refugium ist, und so kommt es, dass er eine Stunde später mit Sören im Filmhauskino sitzt, die haben immer gute Retrospektiven, aber ob es ausgerechnet die *Macbeth*-Verfilmung sein musste, dessen ist sich Gregor nicht so sicher, als die Wortkaskaden der wahnsinnigen Lady von der Leinwand auf ihn hinunterstürzen.

Wie der Häckel so dasteht in seinem karierten Flanellhemd und die Augen zusammenkneift beim Erzählen, und wie er dann mit den Armen durch die Luft rudert und auf den Fußspitzen wippt, begeistert wie ein Lausbub, der von seinem letzten gelungenen Streich berichtet – Gloßner bekommt Kopfschmerzen davon. So ist es jedes Mal, wenn die zwei Männer zusammentreffen – Häckel referiert, Gloßner kriegt Kopfschmerzen. Dabei hatte er den Tag sowieso schon abgeschrieben, erst am Morgen die Winter mitsamt der Identifizierung der Wasserleiche, die mal ihr Mann war, dann die stummschreiende Rückfahrt nach Fürth und jetzt das kalte Neongrün mitsamt einem mehr als anstrengenden, nach Schweiß riechenden Pathologen mittendrin.

Nun darf man natürlich nicht vergessen, dass einer wie der Häckel einen sehr einsamen Job hat – die meisten Menschen, mit denen er tagaus, tagein zu tun hat, sind tot, und nicht wenige von ihnen bieten einen überaus unerfreulichen Anblick. Da ist es kein Wunder, wenn so jemand die Gelegenheit beim Schopf packt, mal wieder mit einem noch Lebenden zu plaudern. Auch muss man als Pathologe von Haus aus sowohl über einen ausgeprägten wissenschaftlichen Spieltrieb verfügen als auch über die Fähigkeit, ihn im entscheidenden Augenblick zu demonstrieren, in allen Facetten und in vollem Umfang.

Gerade ist er bei dem Teil seiner Ausführungen angelangt, wo der überaus interessante Zusammenhang zwischen Aconitum-Alkaloiden und den verschiedenen Natrium-plus-Kanälen erörtert wird.

»Faszinierend in diesem Zusammenhang auch die spannungsabhängigen präsynaptischen Endknöpfchen nahe den Calciumkanälen, die schließlich die Diffusion der Vesikel zur präsynaptischen Membran erst möglich machen. So, und jetzt noch die Freisetzung der Transmitter in den synaptischen Spalt ...«

»Herrgott noch einmal – Häckel!«, Gloßner kramt in seiner Sakkotasche nach einer Aspirin, »Sie brauchen mir nicht die gesamte Chemie runterzubeten. Woran ist die Frau gestorben?«

Nun wäre Häckel nicht Häckel, wenn er sich aus der einmal ergriffenen Referierlaune so einfach herausreißen und sein Opfer kampflos ziehen ließe. Nein, Edgar Häckel ist noch lange nicht fertig, das schöne alte Spiel zwischen dem Kommisar und ihm hat gerade erst begonnen.

»Ein Schlückchen könnte ich jetzt vertragen zur Feier des Tages, wie steht's mit Ihnen?«

Gloßner nickt widerwillig – er kennt die Rituale seit Jahren und weiß, dass er da jetzt durch muss. Der billige Brandy schmeckt, als wäre er aus sämtlichen Gerüchen der Gerichtsmedizin destilliert worden. Nur schnell runter damit.

»Also, was ist jetzt mit der Frau? Und bitte, verschonen Sie mich mit Ihrem Chemikerlatein!«

»Genau genommen ist die Dame gleich mehrfach gestorben.« Häckel zündet sich eine Filterlose an und schenkt nach. »Oder sagen wir etwas präziser: Sie hätte an allen drei offensichtlichen Ursachen sterben können, das heißt sowohl ertrinken, wie ersticken, als auch erfrieren. Tatsächlich gestorben ist sie aber nur an den letzten beiden und das geschah mehr oder weniger gleichzeitig, wenn man so will.«

»Sie ist also nicht ertrunken?«, stellt Gloßner die von ihm an dieser Stelle erwartete Frage.

»Nein, sie war bereits tot, als man sie in den Weiher geworfen hat, und das schon ein paar Tage. Sie war auch nicht mit der Plastiktüte erstickt worden, als man sie nach ihrem Tod angezündet hat – nein, auf *diese* Weise hat man sie eindeutig nicht gequält!«

Gloßner weiß aus jahrelanger Erfahrung, dass es falsch wäre, jetzt die Geduld zu verlieren, aufzuspringen und dem verdammten Totendoktor die Informationen aus dem Kopf zu brüllen. Stattdessen steckt er sich nun auch eine Zigarette an, schaut den aufsteigenden Rauchkringeln nach und gibt sich dabei so unbeteiligt wie nur möglich.

»Sie sagten gequält?«

Wäre Edgar Häckel nicht ein begnadeter Pathologe, er wäre der leuchtende Stern einer jeden Theatertruppe. Und da dies für Edgar so sicher ist wie der Tod, stellt er sich in Pose, stiert den Kommissar mit seinem finstersten Mephistoblick dämonisch an und grollt aus teuflischer Kehle, jedes »r« genüsslich rollend:

»Langsam, leise kommt die Kälte, frrrisst sich von den Füßen bis zum Herrrzen hoch, das vorrr Schrrrecken rrrast und pocht, bis du meinst, es müsst zerrrrsprringen! Gierrrig grrreift der Würrrgling nach dem Leben dir, und schrrreien, schrrreien möchtest du – indes VERRRGEBENS!«

Einiges an Sonderbarkeiten hat Gloßner nun schon mitgemacht im Laufe seiner Dienstzeit – vor allem auch mit Dr.

Häckel. Aber ein sich wüst die Haare raufender Pathologe im Holzfällerhemd auf dem Schreibtisch stehend im simulierten Todeskampf überschreitet das Maß des Erträglichen.

»Häckel, verdammt noch mal, kommen Sie auf der Stelle da runter und sagen Sie mir, wie diese Frau ums Leben gekommen ist!«

»Also gut: Aconitum napellus«, Häckels Nase wirkt deutlich spitzer als gerade noch. »Ist ganz leicht mit dem Gas-Chromatographen nachweisbar, natürlich nur mit angeschlossenem Massenspektrometer.«

»Klartext – bitte!«

Häckel zieht mit trotziger Langsamkeit einen handbeschriebenen Zettel aus der Hemdtasche: »Fuchswurz, Giftkraut, Ziegentod, Teufelswurz, Würgling – gemeinhin besser bekannt unter dem Namen Blauer Eisenhut! Hauptbestandteil Aconitin, eines der tödlichsten Pflanzengifte überhaupt, die tödliche Dosis für einen Erwachsenen liegt bei fünf bis zehn Milligramm – unsere gute Frau Kokelkopf hatte eine vielfache Dosis davon intus.«

»Sie ist vergiftet worden?«

»Nicht nur das, sie wurde bei Minustemperaturen mehr als leicht bekleidet kopfüber mithilfe der Handschellen, die sich noch an ihren Füßen befanden, aufgehängt. Die starken Verletzungen der Fußgelenke sprechen eine deutliche Sprache. Man kann nur für sie hoffen, dass ihr Herz diese Tortur nicht allzu lang mitgemacht hat und dass das klassische Taubheitsgefühl bei Eisenhutvergiftungen in diesem Falle für sie gearbeitet hat. Ein leichter Tod war es aber in keinem Falle, ich habe selten so etwas Grausames gesehen.«

Bevor Häckel noch einmal nachschenkt, steht Gloßner auf und verschwindet Richtung Tür, im Rahmen dreht er sich noch einmal um: »Was treibt einen Menschen, so etwas zu tun?«

Dabei kennt er die Antwort, die Häckel ihm gibt:

»Hass, mein Lieber, grenzenloser, alles verzehrender Hass!«

Liebe – hat sie jemals geliebt? Es gab einmal eine Zeit, da war die Luft so weich wie Wasser, man konnte sie trinken, man konnte sich an ihr berauschen. Und Liebe? Ja, es gab einmal Liebe, und die Liebe war wie die Sonne – man wollte ihr immerzu das Gesicht entgegenrecken, spüren, wie ihre hellen Strahlen auf den Wangen kitzeln, wie ihr helles Licht selbst durch die geschlossenen Lider dringt und wärmt und dich zum Leuchten bringt, als wärest du selbst eine Sonne und die Welt drehte sich immer nur um dich. »Careless«, sagen die Amis dazu – careless, das ist viel mehr als sorglos, das ist leicht, schwebend wie die Wolken in einem luftigblauen Sommerhimmel, in dem Schmetterlinge schaukeln.

Love, oh love, oh careless love!

Aber dann das Aufwachen, dieses erste und wahrhafte Aufwachen in die Nacht hinein, die von jetzt an dein Tag sein wird und nie mehr aufhört, Tag zu sein, weil sich selbst die Sonne weigert, noch einmal in dein Gesicht zu sehen, deine geschundenen Wangen, deine zerschlagenen Knochen zu bescheinen.

Die Pergamenthand kratzt – er hat Hunger – will trinken vielleicht – will will will! – in Ruhe lassen soll er sie!

– oh Lord, oh see what careless love has done!

Gloßner sitzt telefonisch unerreichbar im Café, starrt auf Papier, raucht, starrt vor sich hin, trinkt Kaffee, raucht, starrt, liest, kritzelt, denkt. Denkt? Vielleicht nur: wartet, wie früher, in der Schule, beim Deutschaufsatz, bis zum Zeitpunkt, an dem er endlich beginnen konnte zu schreiben, weil die Idee plötzlich da war, ohne dass er gewusst hätte wie und woher. »Bitte noch einen Kaffee!« Es ist der dritte. Gloßner memoriert: Der Kopf der Toten weist schwere Brandverletzungen auf. Reste einer zerschmolzenen Plastiktüte. Als die Leichenstarre eintrat, saß das Opfer auf einem Stuhl. Quetschungen an den Fußgelenken – prämortal. Gepunktetes Sommerkleid! Als man sie in den Waldmannsweiher warf, war sie bereits mehrere Tage tot. Sexueller Missbrauch: Nein. Identität? Noch nicht bekannt. Gloßner zündet sich schon wieder eine Zigarette an, die Kaffeetasse ist leer, gehen will er nicht, noch nicht, nur, das Ende des Regens braucht er nicht abzuwarten, das monotone Rauschen bestätigt den Wetterbericht, der ein nasses Wochenende voraussagte; trotzdem fühlt sich Gloßner ausgedörrt wie bei dreißig Grad Hitze und bestellt eine Saftschorle, »wie? – egal. Apfel. Nein, Kirsch. Irgendwas!«, schreibt untereinander: Luft (ersticken!), Feuer (verbrennen!), Wasser (ertränken!), auch wenn er weiß, dass das Letzte genau genommen nicht stimmt, als man sie ins Wasser warf, war sie schon tot, aber vielleicht hat es ja doch etwas zu sagen, dass man sie nicht vergraben, sondern versenkt hat, kein Teilchen darf man ausschließen, solange man keine Ahnung hat, wie das fertige Puzzlebild aussehen soll.

... und, merkwürdig, dies hätten Gedanken von Paula (die zur selben Zeit im *Café Lila* sitzt, raucht, starrt, kritzelt, denkt) sein können, wenn sie gewusst hätte, was Kommissar Gloßner weiß. Man kann sich ausmalen, wie sie beide, Paula und der Kommissar, elektrisiert aufgesprungen und in den Regen hinausgerannt wären – sie auf dem schnellsten Weg zum Kühlhaus, wo die Leiche liegt, er auf dem schnellsten Weg zur Bahnbrücke, wo die Leiche hing –, wenn jeder von ihnen in den Kopf des anderen hätte hineinschauen können, und auf keinen Fall darf man darüber nachdenken, wie die Welt wäre, wenn immer die richtigen Köpfe ihr Wissen zusammenwerfen könnten, oder darüber, wie oft die falschen Köpfe zusammenkommen, oder wie aussichtslos es ist, dass die richtigen Köpfe zusammenkommen, entweder weil sie nichts voneinander wissen oder weil sie nichts voneinander wissen *wollen*, für Paula wäre der Weg zum anderen Kopf einfach, aber sie denkt gar nicht daran, ihre Beobachtungen noch einmal einer Polizeidienststelle mitzuteilen, und erst recht nicht daran, das Schild *Spy-Eye – your detective* wieder von ihrer Wohnungstür zu entfernen, soll Gregor ruhig blöd grinsen, wenn er überhaupt jemals wieder vor ihrer Tür ..., und bei diesem Gedanken und auch noch mit dem verregneten Samstagabend und verregneten Sonntag in der allernächsten Zukunft fühlt Paula sich elementar auf sich selbst zurückgeworfen. Gregor fehlt es eindeutig an gewissen detektivischen Fähigkeiten, als da wären rasche Auffassungsgabe, Kombinationsvermögen, elementare Neugier und dergleichen mehr. Komisch, wieso hat sie sich eigentlich an seiner Seite in diesem dünnblechigen Vehikel mit dem hell surrenden Motor, das einen Geruch nach französischer Scheune in sich bewahrt hat, so seltsam *aufgehoben* gefühlt? Stop, lass dich da bloß nicht hineinfallen, Paula, du kommst auch allein zurecht.

Es ist nicht so, dass Edgar Häckel grundsätzlich etwas gegen Menschen hätte. Er mag sie nur lieber, wenn sie tot sind – »tote Menschen sind die besseren Geschichtenerzähler«. Ja, es sind die Geschichten der Toten, die Häckel um so vieles interessanter erscheinen als das Geplapper der Lebenden. *Plapper, plapper, plapper* – ohne Punkt und Komma, ohne Poesie, ohne Dramaturgie morsen sie ihre erbärmlichen kleinen Lebenszeichen vor sich hin, dass es eine wahre Schande ist.

Tote hingegen sind beredt in ihrem sinnlichen Schweigen, sie erzählen dir alles, wenn du es nur verstehst zuzuhören. Einige fassen sich kurz, andere halten es mit Proust und begeben sich auf die lange Suche nach der verlorenen Zeit, und er, Dr. Edgar Häckel, hört ihnen allen zu, stunden-, manchmal tagelang.

Die Geschichte des alten Mannes war knapp, deutlich, eindeutig – eine gut gemachte Kurzgeschichte, der man problemlos folgen kann und deren Thema »Tod durch Ertrinken« vielleicht eine Spur zu simpel gewesen wäre, wenn es vorher nicht diesen Schlag auf den Kopf gegeben hätte. Der Schlag trifft –

ein jäher Schmerz, schneller Schwindel. Der Boden ist hart, scharf sind die Eiskanten, der Ellbogen schmerzt noch in der Erinnerung, so wie das rechte Jochbein. Der Dämmerschlaf ist kurz und schwarz, doch nicht so schwarz wie die nasse Kälte des Sees – »Es geht schnell, nicht wahr, mein Guter? Wenn man sich erst einmal überwunden hat und es den Fischen gleich tut, die nach Wasser schnappen statt nach Luft.« Häckel wendet sich seiner speziellen Freundin zu, lächelt dabei wie ein Liebhaber bei seinem ersten Rendezvous. Spezielle Freunde sind solche, die viel zu erzählen haben, die spannend erzählen können, die Bögen spinnen und Fragen aufwerfen, die einen in Einbahnstraßen locken und in Sackgassen, die Fallstricke spannen und ihre Zuhörer zu fesseln verstehen. Darin ist sie eine Meisterin – die Tote aus dem Weiher. Gesperrt hatte sie sich am Anfang, trotzig weigerte sie sich, die Haltung aufzugeben, die sie eingenommen hatte auf dem Stuhl. Jedes winzige Detail musste man ihr mühsam entlocken: »Warum dieses Kleid? Es ist ein Sommerkleid und viel zu klein. Es spannt an deinen Schultern, schnürt den Brustkorb ein und wärmt kein bisschen – warum hast du es angezogen?«

Schweigen.

Es waren die Kratzspuren und die blauen Flecken an beiden Oberarmen, die Häckel verrieten, dass dieses Kleid nicht freiwillig angezogen wurde. »Komm, sag mir, wer es dir angezogen hat!« Sie schweigt. Sie will ihn zappeln lassen. Gezeigt hat sie ihm Kleberreste auf Oberschenkel und Kleid – *was soll das?* –, erzählt hat sie von Feuer und von einem Schlag, von einem dumpfen Gegenstand, vielleicht auch von einer Faust, die sie ins Gesicht getroffen hat, als der Rest ihres Körpers schon begann, sich zu versteifen.

»Wer schlägt eine tote Frau?«

Häckel raucht und denkt und wartet, bis sie weiterredet und ihm alles zeigt, was sie gesehen hat und doch nicht mehr sehen konnte. »Wenn es Hass war, der dich vergiftet hat, war es auch Hass, der dich geschlagen hat?« Draußen, vor dem vergitterten

Kasemattenfenster der unterirdischen Totenvest, hockt eine Ratte, schwarz wie ein Scherenschnitt, und starrt auf den Mann im weißgefliesten Untersuchungsraum, der bleitrunken zurückstarrt, als blicke er durch sie hindurch. »Weißt du es?«, denkt es in seinem Kopf. »War es der gleiche Hass?«

Die Ratte richtet sich auf und stößt einen schrillen Pfiff in die Dunkelheit, bevor sie darin verschwindet.

Nein, nicht Hass, kein Hass – die Schwestern Ohnmacht und Verzweiflung sind's gewesen!

Die Bilder in Harris Kopf sind immer die gleichen: Augen, Augen und Feuer – grünes Feuer brennt in einem See; und Fische kommen – viele Fische. Die Fische beißen Stücke aus Armen und Beinen und Wangen heraus – überall Löcher, und in den Löchern wachsen Muscheln und gelbes Seegras, aus dem Blasen emporsteigen an die Oberfläche, und die Blasen wiegen sich eine Weile auf den Wellen, bevor sie zerplatzen – es stinkt nach geschmolzenem Plastik und verschmorter Haut, nach verbranntem Haar. »Harri!« ruft die Stimme, »Harri, was werden wir heute noch anfangen?«

Aber was hätte er denn noch mit ihr anfangen sollen, was denn?

Warum lässt sie ihn nicht endlich in Ruhe? Und was will der alte Mann noch von ihm? – wär er halt nicht vorbei gekommen mit seinem fetten Köter, gerade in diesem Augenblick! Wär er doch daheimgeblieben, hätt' sich ein Bier eingeschenkt, hätt' er eine Tablette genommen, wenn er nicht schlafen kann, der alte Depp! anstatt ihm jetzt diese Träume zu schicken!

Lange kann Harri die Augen nicht geschlossen halten – dabei würde er so gern schlafen, endlich wieder einmal schlafen. Wie lange liegt er nun schon da und starrt an die graue Zimmerdecke über sich? Eine Stunde, einen Tag?

Wo kommt die Fliege her im Winter? Wie mag eine Fliege sich fühlen, die im Winter über die rissige Decke einer

Gartenlaube spaziert? Spaziert sie über ein Fußballfeld? Denkt sie vielleicht an einen Tanzwettbewerb?

Einmal hat Harri im Fernsehen so einen Wettbewerb gesehen – schön sahen sie aus, die Frauen in ihren gefiederten Kleidern. »Komm, tanz mit mir!«, hatte Angela gesagt, und die ganze Nacht hatten sie in ihrem Wohnzimmer getanzt – er am Anfang noch ungelenk und schüchtern, dann immer mutiger und irgendwann voller Begeisterung. Tanzen, Musik – wie anders ist das als das Getrampel und das Schreien der Schweine auf der Rampe!

Wie groß so eine Zimmerdecke ist, wie weit – nur einmal vom Ofenrohr unterbrochen –, man kann ewig lang darauf herumkrabbeln, ohne wo anzustoßen, muss nur ein wenig auf die Risse im Putz achtgeben. »Ja, es muss schön sein, eine Fliege zu sein! Laufen, immer nur laufen und fliegen, wenn ich will.«

Die große, schwarze Fliege mit den gläsernen Flügeln beginnt einen Tango zu tanzen. Sechs feine Beine bewegen sich im Takt einer fernen Melodie – vor, zurück und Drehung, Drehung, Drehung – nach rechts, Verbeugung, Schritt, Schritt, Schritt. Ah, wie schön sie schillert im Licht der Kronleuchter, ihr Kleid aus grüner Seide! dreh, dreh, dreh! schnell vorwärts – Galopp! und eins, zwei, drei – und dreee-hen und flieee-gen! Und – wie schön Angela ausgesehen hatte an diesem Abend, wie wenn die Haut und das Fleisch und die Knochen gar keine Bedeutung hätten und nur die Freude Kleider für Menschen schneidern könnte, selbst für die Gestorbenen.

Und wie sie schillert an der grauen Decke, und wie sie die Decke zum Leuchten bringt – schön, so schön! Und: Ja, er hätte einmal mehr putzen können, auch die alten Spinnweben an der Decke hätte er wegputzen können! – damals, als er noch gewollt hat, dass Leben Leben ist und der Tod nichts darin zu suchen hat. Und jetzt – mitten im Tango hat sich die Fliege verfangen in dem Netz und zappelt gleich neben der vertrockneten Haut der alten Spinne, die sich sicher gefreut hätte über den fetten Happen, würde sie noch leben – hätte sie nicht schon im letzten Sommer aufgehört zu sein.

Das Haus, in dem Paula lebt, steht seit 1904. Es hat ganz entfernt etwas vom Ersten Weltkrieg mitbekommen, hat Freuden- und Verzweiflungsschreie in seinen Wänden gespeichert, Liebe, Zorn, Sorge und Langeweile. Es hat den zweiten großen Krieg heil überstanden, und das war knapp – es gibt nicht viele Häuser in dieser Gegend, die das von sich behaupten können –, jetzt muss es mit den Ufos leben.

Zumindest behauptet das Frau Grauer aus dem zweiten Stock. Frau Grauer kennt das Haus seit über vierzig Jahren. »Es war einmal ein gutes Haus«, sagt sie, wenn man ihr im Treppenhaus begegnet, »aber jetzt ist es bös geworden.«

Paula hat keine Lust auf eine Unterhaltung, als sie ihre Tür im vierten Stock ins Schloss fallen lässt, um in die *Tollkirsche* zu gehen – weiter an dem verrückten Kostüm schneidern, für das sie vielleicht irgendwann auch mal Geld sehen wird. Seitdem sie aufgestanden ist – nein, seit Freitagabend – wünscht sie sich eine Tunnelwelt, besser gesagt, einen Tunnel nur für sich allein. Durch den würde sie in ihren Laden gehen, ohne gesehen zu werde. Im Tunnel würde sie zum Supermarkt am Eck huschen, um Wein, Käse, Milch und Zigaretten zu kaufen und sich dann ungesehen wieder in ihre Höhle zu verkriechen. Nur keine Menschen sehen, nur nicht sprechen müssen, schon gar nicht heute, schon gar nicht am Montagmorgen.

Aber da hat die Grauer sie auch schon in den Fängen – wie jedes Mal.

»Die haben mir heute Nacht wieder die Gardinen abgeschnitten, können Sie sich das vorstellen, bei drei Sicherheitsschlössern?« Obwohl Paula die Schlösser schon mehr als ein Dutzend Mal gesehen hat, muss sie sie noch einmal in Augenschein nehmen.

»Das ist doch nicht möglich!«

»Doch, das ist möglich. In diesem Haus ist allerhand möglich. Meine Kleider haben´s fei auch enger g'näht, und wissen S' was ...«, sie zieht Paula ganz nah an sich heran,

»die kochen, wenn i schlaf, mit mei'm G'schirr!«

Paula kennt die Geschichten, weiß nie, wie sie sich verhalten soll, mag ihre Launenhaftigkeit nicht, die sie mal zuhören und auf die alte verwirrte Frau eingehen, ein ander Mal ungeduldig das Weite suchen lässt.

»Frau Grauer, es tut mir leid, ich muss dringend ins Geschäft, sonst steht der Kunde vor der Tür, und das bei dem Wetter!«

Die halbe Treppe liegt schon zwischen ihr und der Nachbarin, da zieht die Alte einen Trumpf aus dem Ärmel, von dem sie nicht einmal weiß, wie sehr er stechen wird.

»Mein aldes Tupfenkleid ham's etzad einer Toten in Fürth oozoong, die verdammten Ufos!«

»Was für ein Kleid?!«

Paula macht auf dem Absatz kehrt und steht Sekunden später mit der Montagsausgabe der *Nürnberger Nachrichten* in Frau Grauers spärlich beleuchtetem Flur. Nur wenige Augenblicke später stürzt sie mit dem herausgerissenen Lokalteil in der Hand aus dem Haus, aber sie geht nicht zur *Tollkirsche,* sondern rennt in die entgegengesetzte Richtung.

In der offenen Wohnungstür steht Frau Grauer und kann es nicht fassen: »Jetzt ist die Rüss doch auch noch eine von denen worn!«

Die Regenwolken haben sich verzogen, doch in der Werkstatt ist die Stimmung noch immer verhangen, daran ändert auch das dudelnde Kofferradio nichts, und als Paula die Tür öffnet, trifft sie auf einen Gregor, der verbissen schnaufend einen Kotflügel abbaut. »Sie haben die Leiche gefunden!«, ruft sie, im selben Augenblick nimmt sie im Hintergrund einen gedrungenen Mann wahr, melancholischer Blick hinter dicken

Brillengläsern, der gerade Rost von Felgen schleift, und wie ein Echo plappert das Radio »... Leiche gefunden. Es handelt sich um eine noch unidentifizierte weibliche Person von etwa«, *klick*, aus, »Und?«, fragt Gregor, steht da mit den Händen in den Overalltaschen, das ist kein »Und, wie geht's?«, kein »Und? was willst *du* denn hier?«, irgendwas zwischendrin, undefinierbar. Paula spürt instinktiv, sie hat die geheiligte Stätte einer Männerwelt betreten, und vor einem Fremden etwas von Leichen herumposaunen wollte sie natürlich auch nicht, also sagt sie: »Vielleicht können wir zusammen einen Kaffee trinken gehen?«, lässt dazu das Meer in ihren grünen Augen rauschen, und da erzählt Gregor (also sogar einen Angestellten hat er, hätte sie nicht gedacht) dem verfroren wirkenden Mann in der Lederjacke irgendwas von *Rahmen schweißen* und *ich komm gleich wieder*. Kaum sind sie draußen auf dem Kopernikusplatz und auf dem Weg zur Pizzeria an der Ecke – das mit dem Kaffee ist ein Zugeständnis, Paula will sich auf schnellstem Weg zu einer ganz bestimmten Adresse in der Nordstadt begeben –, sagt sie: »Ich weiß, wer die Tote ist und wo sie gewohnt hat«, hoch gepokert, eine Vermutung, was entgegnet Gregor? »Und woher weißt du, wo meine Werkstatt ist?«, derselbe Gregor, der das ganze Wochenende darunter gelitten hat, nicht mehr in der gleichen Welt zu leben wie die anderen, die nicht gesehen haben, was er gesehen hat.

»Ich hab bei einem deiner Nachbarn geklingelt – zufällig bei genau dem, der schon ein paarmal bei dir in der Werkstatt war. Ölwechsel oder was weiß ich. Und sorry wegen der Kerze, war nicht so gemeint.« Paula kramt in ihrer Handtasche nach Zigaretten, hält Gregor die Packung hin, er greift zu, aber die versöhnliche Geste scheint ihn nicht sonderlich zu beeindrucken. Der Kellner bringt zwei Cappuccino, und Paula fängt an mit dem Kleid, das in der Zeitung stand, und mit der Beyerlein – »Was für ein Kleid? und wer ist die Beyerlein?« – und ihrer verschollenen mobilen Altenpflegerin – »hat wahrscheinlich Grippe« –, die sich genau seit jenem Montag nicht mehr hat blicken lassen – »Und warum hat die keiner als vermisst gemeldet?« – »Weiß ich doch nicht – vielleicht alleinstehend, wenig Freunde, Familie weit weg. Aber eins weiß ich: wenn sie es ist, müssen wir uns beeilen, weil heute garantiert einer von ihren Kunden bei der Polizei anrufen wird.« – »Aber dann«, Gregor drückt bedächtig die Zigarette aus und nimmt einen Schluck Cappuccino, »ist ja alles gut – ich meine: Dann kümmert sich ja jemand drum.«

Paula fragt sich, warum ein Großteil der klassischen Abenteuer- und Kriminalliteratur von Männern geschrieben wurde, offensichtlich aus Kompensation der eigenen Handlungsträgheit, da klingelt in einer von Gregors Overalltaschen ein Mobiltelefon, und einer der ersten Sätze, die er hineinspricht, ist: »Ich komme sofort!« – bitte? Und jetzt steht er auf, legt eine Handvoll Münzen auf den Tisch und sagt: »Die Kürbistante. Ich muss los.«

Tatsächlich geht bei der Kripo Nürnberg ein Anruf ein, und zwar nur wenige Sekunden, nachdem Gregor von einer gewissen Kürbistante angerufen wurde. Ein Segen, dass die Reichweite der menschlichen Sinnesorgane so beschränkt ist; Paula würde wahnsinnig, wenn sie mitbekäme, dass ausgerechnet Sophie Beyerlein gerade mit einem Polizeibeamten telefoniert, um Regina Engler als vermisst zu melden. Paula hatte ihr strengstes Stillschweigen verordnet, und *keine Sorge* und *ich kümmer mich* und *ich mach das schon, Frau Beyerlein*. Garantiert hätte sie sich vor Wut die Ohren zugehalten und dazu noch einen Urschrei ausgestoßen, damit sie auch garantiert nicht hören kann, wie ihrer eben erst gegründeten Detektei der erste Fall davonschwimmt, und hätte dadurch nicht mitbekommen, was für ein Glück sie hat, dass es ihre Beyerlein ist, die da eben mit der Polizei telefoniert. *Denn jemand anders hätte womöglich klipp und klar gesagt, die Vermisste könnte eine gewisse Regina Engler sein, Adresse hab ich schon rausgesucht, Nürnberg,*

Schonhoverstraße 49, fahren Sie doch einmal dort vorbei, während Frau Beyerlein schon mit dem bloßen Vorgang des Telefonierens auf Kriegsfuß steht, diese kleinen Zahlen auf den Tasten, und dann versteht man das Quaken aus dem Hörer immer so schlecht, und vor allem: Damit so ein wildfremder Mensch am anderen Ende der Leitung auch wirklich versteht, was man meint, muss man sehr weit ausholen.

So dauert es noch eine kleine Weile, bis sich eines zum anderen fügt, und es braucht erst den gewissen Gedankenblitz eines Nürnberger Polizeiobermeisters, der A mit B kombiniert und sich denkt, hier wird eine Frau vermisst, dort hat man eine Frau gefunden, eine tote Frau, womöglich ist es ein und dieselbe, und der daraufhin zum Telefon greift, um die Kollegen in Fürth zu informieren.

Harri wiederum hält sich jetzt gerade wirklich die Ohren zu, mitten in der Frühstückspause, nur dass Harri das nicht aus Wut macht, die Kollegen: *Was ist denn los, Harri?*, er: *Dauernd diese furchtbaren Verbrechen, das geht jetzt schon tagelang, dauernd diese furchtbaren Verbrechen in der Zeitung und im Radio, das macht einen doch ganz krank macht einen das,* klingt nach Nervenzusammenbruch, und Harri sieht auch ganz danach aus. Dass Harri einen Schlag hat, das war sowieso immer klar, aber so wie jetzt hat den Harri noch keiner von den Kollegen erlebt, das sieht nicht so aus, als ob sich das mit einem Sechsämter beheben ließe. Ratlos schauen sie ihren Harri an, und das Angestarrtwerden kann er nicht vertragen, weil er spürt *bloß weg von hier* und gleichzeitig fragt es in ihm *wohin weg.* Vor dem Alleinsein in der Laube hat er mindestens genauso viel Angst wie vor seinen Kollegen, die immer noch nicht wissen, ob sie ihren Harri erst mal heimschicken oder lieber gleich die Sanitäter holen sollen, und in seinem Kopf klingt der Satz *Harri, wir dürfen uns eine Weile nicht sehen.* Die Stimme, die ihn ausspricht, ist sein Gesetz, aber auch sie hat Nachrichten gehört und die Zeitung gelesen, die ihr eine Nachbarin jeden Morgen auf den Fußabstreifer legt, *wenn Harri jetzt bloß nicht durchdreht*, denkt sie seit Stunden, und deswegen greift sie jetzt zum Hörer, und in Harris Gürteltasche dudelt kurz danach der Radetzkymarsch.

Immerhin hat der Anruf der Kürbistante Gregor in Bewegung versetzt, und immerhin fahren sie in die richtige Richtung, nämlich nordwärts, und als sie an der Brunswick-Bowlingbahn vorbeifahren, die Stelle, wo Gregor eigentlich geradeaus weiterfahren will, nämlich über Ziegelstein nach Buchenbühl und auf die kleine Waldstraße nach Kalchreuth, Paula aber unbedingt links abbiegen will, hat sie wenigstens erfahren, wer die Kürbistante ist und wie und warum, nämlich eine Arztwitwe mit Hokkaidodrillingen und einer Citroën DS, ein Schmuckstück in vert printemps von 1957, in dem sie ihre Hunde in der Natur spazierenfährt, und da die ersten DS-Serien außerordentlich störungsanfällig sind, ist Gregor ihr persönlicher Pannenhelfer, wofür er auch entsprechend vergütet wird und weswegen er jetzt unmöglich nach links abbiegen kann.

»Und wenn deine Kürbistante das nächste Opfer von dem Wahnsinnigen ist?«

Gregor fährt geradeaus.

»Pass auf. Wir erledigen das« – wobei »das« für Paula notfalls ein Einbruch ist – »in zehn Minuten. Ruf deine Kürbistante an und sag ihr, dass du im Stau stehst, es dauert ein wenig länger. Und wenn es nichts Verdächtiges gibt, dann lass ich dich ein für allemal in deiner faden Werkstatt verschimmeln!«

Da wendet Gregor den Wagen, ohne allerdings preiszugeben, ob er Paulas Worte für eine Drohung oder Verheißung hält, und kurz darauf stehen sie, ein paar Häuserblöcke weiter, vor einer Haustür und klingeln bei Engler.

Frau Beyerlein unterdessen telefoniert inzwischen mit Kriminalobermeister Sternecker, *dass Sie sich selber herbemühen wollen, das ist aber nett von Ihnen,* und verspricht ihm einen Kaffee in ihrer leider gar nicht aufgeräumten Wohnung.

Niemand öffnet. Sternecker wechselt einen Blick mit Gloßner, klingelt noch einmal bei Engler, dann daneben bei Klee, und kurz darauf stehen die Polizisten einer Frau gegenüber, die außerordentlich erstaunt darüber ist, dass zum zweiten Mal am selben Tag nach ihrer Nachbarin gefragt wird, die »sonst nie« Besuch bekommen hat, immer allein gewesen, nein, kontrolliert hat sie natürlich nicht, aber sowas bekommt man ja einfach mit, wenn man Tür an Tür lebt, und jetzt auch noch Kriminalpolizei! Der Frau Engler wird doch nichts zugestoßen sein, gerade wo ihre Nichte aus Hamburg sie besuchen wollte? Ein wenig gewundert habe sie sich ja schon, weil die Frau Engler ja eigentlich am Sonntag wieder hätte zurück sein wollen von ihrer Kur, oder ob es nicht doch schon der Donnerstag hätte sein sollen? »Aber wissen S', vielleicht is ja aa so schee gwesen, dass no a boar Dooch drooghängt hat«, verdient hätte sie sich's ja, die gute Frau, immer nur Arbeit und immer nur für die anderen und kein bisschen Freud für sich.

»Also war erst heute jemand da und hat nach Frau Engler gefragt?«, unterbricht Gloßner den Schwall, und: »aha, die Nichte. Haben Sie sie gekannt?« Nein, aber sie hat doch gesagt, dass sie die Nichte ist, »und dann?« – sind sie kurz rüber, damit sie ihr eine Nachricht hinterlassen kann, »was heißt ›kurz rüber‹? In die Wohnung von Frau Engler?« – ja, sie hat den Schlüssel, den hat Frau Engler ihr gegeben, »falls einmal etwas sein sollte«, und die Nichte war bestimmt die Nichte und hat wirklich nur einen Brief hinterlassen auf dem Küchentisch, da war sie dabei. »Würden Sie uns bitte die Wohnung von Frau Engler aufsperren?« Sie betreten das kleine Reich eines einsamen Menschen, aufgeräumt bis zur Leblosigkeit. Wer Ordnung hält, hat bloß was zu verbergen, pflegt Gloßner zu kontern, wenn ein Kollege über das Chaos auf seinem Schreibtisch lästert, und er findet, dass da durchaus etwas dran ist. »Ihre Nachbarin ist«, ja, »ist«, noch weiß man nicht, ob ... »Ihre Nachbarin ist Altenpflegerin von Beruf?«, fragt Gloßner jetzt und begutachtet dabei Paulas Botschaft, »Liebe Tante Regina! Bin gerade in Nürnberg auf der Messe, ich melde mich heute Abend. Bis später, Deine Silke«, legt den Zettel wieder auf den Tisch zurück. »Altenpflegerin nicht direkt – sie hat alte Menschen betreut, von früh bis spät, jeden Tag, aufgeopfert hat sie sich«, und nach aufopfern sieht die Wohnung auch aus, denkt Gloßner. Keine zwanghafte Ordnung, eine klösterliche Ordnung. Andere hätten vielleicht ihr eigenes Zuhause verkommen lassen nach einem Arbeitstag in anderer Leute Wohnungen, andererseits, hat sie sich überhaupt lang genug in ihrer Wohnung aufgehalten, um dort ein Mindestmaß an Unordnung anzurichten? Keine Zeitschriften, kein Fernseher, kein Computer. Ein Bücherregal im Schlafzimmer, östliche Weisheiten, Karma, Wiedergeburt. »Aber was ist denn nur geschehen?«, fragt die Klee, nun doch etwas besorgt.

»Es sieht so aus, als ob Frau Engler verschwunden ist. Ob ihr etwas zugestoßen ist, wissen wir noch nicht, eventuell stellt sich alles als Irrtum heraus, wir werden das auf jeden Fall überprüfen.«

»Mistvieh! Hau ab!«

Harri bückt sich, klaubt einen Stein auf und schleudert ihn nach der Krähe, die auf dem Dachfirst saß, wie um den Heimkehrenden zu begrüßen. Sie flattert auf, dreht am rostroten Himmel eine Schleife über der Kolonie *Gärtnerglück gegr. 1921* und verschwindet schließlich in Richtung Müllverbrennung. Ist immer dieselbe, die bei Harri vorbeischaut, gut, dass er das nicht merkt, reicht schon so zum Abergläubischwerden, Harri tastet nach der Tablettenpackung in seiner Jackentasche. Jetzt kommt er wieder ins Lot.

Sag, dass du einen Todesfall in der Familie hattest! Eine Tante – deine Lieblingstante ist gestorben!

Hat ihm der Arzt auch geglaubt, Gott sei Dank haben sie ihn zu einem Arzt geschickt, nicht zu einer Ärztin. Frauen lügt ein Mann nicht so leicht an, und Harri schon zehnmal nicht, der war von klein auf den Frauen ausgeliefert. Das kann man als Kind nicht wissen, dass man meistens denjenigen ausgeliefert ist, die selbst Ausgelieferte sind, im schlimmsten Fall an sich selbst, und vor allem, als Kind glaubt man ja, dass die Menschen, an die man durch Geburt geraten ist, normale Menschen sind, und bis man merkt, dass die eigenen Eltern und Großeltern alles andere als normale Menschen waren, hat man seine Deformierungen längst schon an die eigenen Kinder weitergegeben, die ihrerseits geglaubt haben, ihre Eltern seien normal, und immer so fort. Genau genommen hat es mit dem Ausgeliefertsein für Harri schon angefangen, bevor er auf der Welt war, noch ungeboren im Leib seiner manisch-depressiven Mutter, die Harri, da war er noch nicht drei, an seine Großmutter gab, um kurz darauf vor sich selbst in den Tod zu fliehen. Bei der Großmutter musste immer alles sauber und in Ordnung sein, immer alle Teppichfransen parallel ausgerichtet, und lieber einmal zu viel geputzt als dem Harri was vorgelesen; die Lehrerin: mit dem Lineal auf die Finger, wenn ein Kind nicht mit der schönen Hand schrieb, und: Toilettenbesuch nur in der Pause, wer dazwischen musste, kam mit nasser Hose nach Hause; und die frommen Schwestern, später, im Heim: mächtige Portalfiguren in Harris Leben allesamt, und immer fanden sie etwas zu korrigieren an ihm, nie war er richtig, so wie er war.

Vegetative Dystonie, das kann Harri kaum herausbuchstabieren, deutet nur darauf und fragt, ob das jetzt was Schlimmes ist, was er hat, »nein«, sagt der Arzt und schaut ihn freundlich an, »Sie sind einfach nervlich überreizt, aber mit Ruhe wird das wieder. Bis Freitag bleiben Sie zuhause und gehen jetzt gleich in die Apotheke mit dem Rezept, und Sie nehmen dreimal täglich eine von den Tabletten, früh, mittags und abends nach dem Essen. In einer Woche sehen wir uns wieder.«

Du warst es doch gar nicht! Du hast mir nur geholfen, das war alles!

Die Pillen tun gut, die machen ein Gefühl, als ob man gerade so etwas vollbracht hätte wie, jemanden aus einem brennenden Haus retten, oder einen Bankräuber überwältigen, und man wird von der ganzen Welt geliebt und darf müde und zufrieden sein, glücklich müde.

Aber dass die Krähe eine Viertelstunde später, da sitzt Harri vor dem Fernseher, wieder auf seinem Gartengrundstück landet, diesmal auf dem Schuppendach, das kann kein gutes Omen sein, und wirklich reißt es Harri immer wieder hoch aus dem Schlaf, den er so dringend nötig hätte, im aufgeräumten Schuppen schabt irgendwas, und Harri lauscht und liegt wie steifgefroren.

Keine Angst, Harri, nur eine Ratte.

Aber welcher Mensch versteht die Krähensprache?

Kommissar Gloßner sehnt sich nach einer Zigarette, und fegten draußen nicht orkanartige Böen durch die Straßen, würde er sich auf den kleinen Küchenbalkon stellen. Außer Aschenbechern gibt es noch einige andere Dinge, die er in der Wohnung von Regina Engler nicht vorgefunden hat, nämlich eine Kundenkartei, einen Terminkalender oder ein Adressbuch. Gloßner sieht auf seine Uhr, es ist dreiviertel neun. Sternecker hat sich schon vor Stunden auf den Weg gemacht, einige Gebrauchsgegenstände, Haarbürste, Zahnbürste, zwei nicht gespülte Gläser ins Labor zu bringen, Gloßner ist allein in der Wohnung geblieben, den Anruf der Nichte abzuwarten und überhaupt zu warten, manchmal lösen sich Fälle durch die Kunst, zur richtigen Zeit am richtigen Ort zu sein und zu warten, dass bestimmte Menschen bestimmte Dinge tun.

Nun mag man denken: Wie ruhig der Gloßner so dasitzt in der Wohnung der Engler und all die Spuren des vermissten Lebens sammelt, und derweil kommen die harten Fakten, die erkennungsdienstlichen Spuren wie aus der Luft heraus quasi wie ein weißes Vögelchen auf ihn zugeflogen. Mit einem gesungenen »Hallo« setzen sie sich dem Kommisar auf den Schoß, und er betrachtet sie wie der stolze Vater seinen Nachwuchs, reimt Fakt um Fakt zusammen, kämmt den einen oder anderen Scheitel glatt, rückt ein paar Federn, und schon ist der Fall gelöst.

Ja, so könnte es sein, und schön einfach wäre es außerdem – nur, so ist es nicht. Stattdessen ärgerlich, denn schon wieder einmal muss der Gloßner auf den Häckel warten, und den Häckel – das muss man jetzt auch einmal ebenso klar wie deutlich sagen – mag er nicht, nicht einmal die Vorstellung an die Häckel'sche Erscheinung und den Häckel'schen Geruch. Aber verbissen ist er, das muss selbst Gloßner dem Pathologen zugutehalten. Wenn Häckel seine gelben Zähne erst einmal in einen Fall geschlagen hat, lässt er nicht mehr los. Und er ist findig; wenn es eine Spur gibt, und sei sie noch so winzig, Häckel entdeckt sie, vergrößert sie, macht sie sichtbar.

Als Sternecker vor ein paar Stunden mit Gläsern und Bürsten in Häckels neonweißem Reich eingetrudelt war, hatte der sofort die Witterung aufgenommen. Gut, die DNA-Analyse macht er nicht selbst – »zu neumodisch, kein Handwerk, keine Kunst und immer noch zu langsam!« –, um die graubraunen Haare sollen sich andere kümmern. Er ist ein Meister des Fingerabdrucks, des Stempels, der »Briefmarke«.

»Ihr hattet hoffentlich Handschuhe an! Nicht, dass ich erst euren ganzen Müll auf den Beweisgegenständen aussortieren muss.«

Die Gläser sind am interessantesten, man greift sie mit mindestens drei Fingern – Daumen, Zeige-, Mittelfinger –, manchmal kommt auch der Ringfinger dazu, der dann meistens leicht, vor allem Frauen setzen den Ringfinger oft nur ganz zart auf – wunderbar. Ja, das ist einer der Gründe, warum Edgar Häckel die lebenden und die toten Frauen lieben könnte, dieser herrlich leichte Abdruck ihrer Ringfinger. Da ist nichts durch zu viel Druck entstellt, da zeichnen sich Rillen, Falten und Spiralen in ihrer ganzen Einzigartigkeit und Schönheit ab – winzige Kunstwerke, die Ornamente des Lebens.

Bis Punkt 21 Uhr will Gloßner noch bleiben. Hat bis dahin die Nichte nicht angerufen, dann, so hat er beschlossen, ist sie keine Nichte gewesen, sondern jemand ganz anderes, was den Fall nicht eben einfacher macht. In diesem Augenblick klingeln kurz nacheinander Gloßners Mobiltelefon und das Telefon von Regina Engler, und »Gloßner, einen Moment!« spricht er in das eine, »Hier bei Engler!« in das andere. »Die Frau Engler is gwieß ned selber doo?«, fragt eine dünne Greisenstimme, Gloßner bedauert, Frau Engler sei akut erkrankt, bittet um Namen und Telefonnummer, damit man ihn zurückrufen könne – »aber des waß doch die Frau Engler!« –, bekommt endlich doch Namen (»Graf! Wie der Baron!«) und Telefonnummer, »und sagen S' der Frau Engler recht gute Besserung!«, am anderen Telefon: Häckel, und was der ihm zu sagen hat, ist Gloßner bereits klar, denn die Wohnung, in der er sich in den vergangenen Stunden aufgehalten hat, machte den Eindruck, als hätte sie sich von ihrer Bewohnerin schon verabschiedet. Keine Fotos auf der Kommode, keine Bilder an den Wänden, nicht einmal eine Blumenvase.

»Können wir die Tote aus dem Weiher identifizieren? Ist es Regina Engler?«

Wie barsch der Gloßner manchmal sein kann, wie grauenhaft sachlich, nein, Kunstverstand hat er nicht, keinen Funken davon. Weiß nicht, wie viel Feingefühl man als Künstler braucht, um den Fingerabdruck einer Wasserleiche zu nehmen, weiß nichts von den Tricks, mit denen man der schrumpeligen Waschhaut ihre Ornamente entlockt. Es gibt drei Methoden, eine anspruchsvoller als die andere, nichts für Stümper, nichts für Ungeduldige.

»Häckel, ich bitte Sie! Seit Stunden hocke ich hier in dieser Gruft und kann nicht einmal rauchen. Können Sie sich nur ein einziges Mal knapp halten? Ein klitzekleines Ja oder Nein würde mir fürs erste vollkommen genügen.«

Das Schweigen am anderen Ende der Leitung spricht eine deutliche Sprache, und deshalb bleibt Gloßner noch weitere zehn Minuten in Regina Englers Büßerzelle gefangen.

»Aha, also die Paraffinmethode, so so! Doch, ja, ich weiß, da braucht man eine sehr ruhige Hand, um die Nadel der Spritze unter die Haut zu ... ja, natürlich, immer nah am Gelenk des ersten Fingerglieds, also die Beuge, und dann langsam – okay, extrem langsam – ja, Häckel, sicher, sicher, die Hartessigmethode wäre hier auch möglich gewesen ... genau, weil es so brutal ist, wenn man den ganzen Finger abschneiden muss, hat wirklich schon genug mitgemacht, die arme Frau. Aber Häckel, ist Ihre Tote jetzt meine Regina Engler? Aha, acht Merkmale stimmen überein, das ist so gut wie ein Ja. Häckel, ich danke Ihnen.«

Noch bevor Gloßner die Wohnung verlässt, zündet er sich endlich eine Zigarette an und vergisst nicht, die Botschaft der Nichte an sich zu nehmen.

»Ja, Gottverdammt! – natürlich trage ich Handschuhe!«

Als er aus dem Haus tritt, bläst ein eisiger Wind das 9-Uhr-Läuten über die Dächer der Stadt.

Gregor wohnt seit über zehn Jahren in der Nähe der Christuskirche, länger, als er es bei seinem Einzug in die großzügige, aber sanierungsbedürftige, kohlebeheizte und damit unschlagbar günstige Altbauwohnung vorgehabt hatte, und das 9-Uhr-Läuten war in der Zeit vor seiner Selbständigkeit stets ein entscheidender Markstein im Tagesablauf gewesen. Die Botschaften hat Gregor noch immer im Ohr; in den Nachtschichtwochen: *Es wird Zeit, dass du dich umziehst und dich auf den Weg in die Fabrik machst,* in den Frühschichtwochen: *Schau, dass du rechtzeitig ins Bett gehst, sonst kommst du morgen um halb fünf nicht raus,* und nun läuten ihm die Glocken Abend für Abend sein früheres Leben in die Ohren. Gregor räumt das Geschirr vom Küchentisch auf die überfüllte Ablage neben dem Spülbecken, Sören entkorkt die zweite Flasche Rotwein und wirkt dabei zu Gregors Beunruhigung so, als lebte er schon seit mindestens einem Jahr mit ihm in Wohngemeinschaft. Sören wird sich nicht von selbst verabschieden, das wird ihm in diesem Moment klar, er wird nicht aus eigener Kraft in die wassergeschädigte Souterrainwohnung zurückkehren, und damit steht ihrer Freundschaft noch eine harte Probe bevor, allerdings, heute Abend hat das Thema »Weiber« Vorrang, Gregor wurde an diesem Tag, findet er, weiblicherseits eindeutig missbraucht. Warum hat Paula sich von ihm in die Schonhoverstraße chauffieren lassen? Doch wohl deswegen, weil sie sich allein gar nicht hingetraut hätte, und wenn diese Klatschtante von Nachbarin ihr nicht die Story von der Nichte abgekauft und vor allem: ihnen nicht auch noch die Wohnung aufgesperrt hätte, dann hätte Paula ihn, Gregor, auch noch skrupellos als Einbruchswerkzeug benutzt (»Autos kriegst du doch auch auf, oder?«), da nützt ihnen die ganze Emanzipation nichts, ohne einen Mann im Rücken sind sie alle aufgeschmissen. Außerdem ist er es gewesen, der die Nachbarin im entscheidenden Moment abgelenkt hat, damit Paula den Terminkalender in ihrer Handtasche verschwinden lassen konnte, da wäre es wohl doch angebracht gewesen, ihn an der kriminalistischen Auswertung des Objekts teilhaben zu lassen, und immerhin anständig, ihn zur Kürbistante zu begleiten. Aber kaum sind sie aus dem Haus gewesen, hat sie sich nach einem Blick auf die Uhr vertschüsst, *herrje! ich hab ja gleich einen Termin bei der Fußpflege!* Was für ein durchsichtiges Manöver, und weg war sie, verschluckt von der nächsten U-Bahn-Station. Auch Theobald, einer der Hokkaidodrillinge, war wie vom Erdboden verschluckt, als Gregor schließlich bei der verzweifelten Frau Dr. Kammerstein alias Kürbistante ankam, und konnte erst nach einem längeren Querfeldeinparcours über regengetränkte Wiesen und morastige Waldpfade wieder aufgespürt werden – und das ihm, Gregor, dem leidenschaftlichen Hundehasser. Immerhin, mit der Kürbistante ist er quitt, indem er das simple Auswechseln der Zündspule zu einer nachmittagfüllenden Inszenierung gestaltete, die er sich entsprechend vergüten ließ, doch die Rechnung mit Paula ist noch offen. So erzählt er Sören, oder will er erzählen, wenn es einen gibt, mit dem er über Weiber reden kann, dann unbedingt den alten Schweden, der im Laufe seiner 65 Lebensjahre schon in die unglaublichsten Verstrickungen geraten ist, aber er kann das Heute nicht erzählen, ohne zurückzukehren zur Heimfahrt im Schnee in der Nacht von Thalbergs Geburtstagsfeier, und Gregor redet sich über sein Grauen hinweg, *sie* bildet sich ein, sie hätte eine Leiche gesehen, aber man weiß ja, wieviel Frauen vertragen, er weiß nicht mehr genau, die Schaufensterpuppe kann auch unglaublich gut zurechtgemacht worden sein. Eine Leiche! Wer hängt eine Leiche an einer Bahnbrücke auf, ein Mörder lässt seine Leiche *verschwinden*, und deswegen *kann* die Leiche keine Leiche gewesen sein, aber seit knapp einer Woche hat er diese Miss Marple auf dem Hals, die sich einbildet, sie könne über ihn als Mr. Stringer verfügen, wie es ihr passt, und das, schließt er, wird er ihr jetzt auch gleich sagen, steht vom Küchentisch auf und geht zum Telefon.

– Anrufbeantworter.

Das dunkelbraune Notizbüchlein mit Adressenverzeichnis und auswechselbarem Kalendarium ist zum Senkblei geworden in Paulas Händen, die nicht loslassen konnten, Tag um Tag und Woche um Woche umgewendet haben. Sie ist vorwärts und rückwärts durch ein erstarrtes Leben gereist, ist in der kleinen Wohnung in der Schonhoverstraße an einem Herbstabend am Küchenfenster gestanden, hat auf den Hof hinausgesehen und die Hände an einer Tasse Tee gewärmt, ist frühmorgens aus dem Haus und zur U-Bahn-Station gegangen; und als Paula noch Paula war, hat sie die fremden Namen und Adressen aus dem Register als Nadeln auf den Stadtplan gesteckt, hat sich in ein Netz aus Namen und Tagen und Uhrzeiten fallen lassen, bis nichts mehr ihr fremd war, nicht das Knarzen der Treppenstufen und die Schilder *Frisch gewachst*, nicht die Dackel und Nymphensittiche und Perserkatzen, die ihre Aufgabe, letzte Lebensgefährten eines alten Menschen zu sein, als Ahnung im Blick trugen, nicht die aufgeschlagenen Rätselzeitschriften und angebrochenen Medikamentschachteln; als Paula noch Paula war, wollte sie sich nur auf den Kai hinauswagen, wo Regina Englers Spur sich verliert, und dann kam der Sonntag, von Paulas eigenen Händen aufgeblättert, das Ende der Welt, über das ist sie hinausgestürzt, das Ende der Welt verlockt mit einer freudeverheißenden Botschaft, *Einladung bei A* ist im Kalender vermerkt, danach gibt es keine sorgfältigen Häkchen mehr hinter eingetragenen Namen und Terminen, das vergangene Leben verdämmert an einer Küste, zu der es keinen Weg zurück gibt, gefährlich sind die Strömungen, fern und fremd ein Klingelton wie eine Warnung, wieder und wieder, aber da unten gibt es keine Telefone, ein Telefon, was ist das?

Noch einer wandert zur gleichen Zeit genau wie Paula in der Vergangenheit herum, taucht ein in die Tagnacht zwischen Sonntag und Montag, aber er spürt kein Senkblei in seinen Händen – er spürt es um seinen Hals, und das Schwanken unter seinen bleiernen Gliedern kommt von den Wellen eines schwarzen Weihers, auf dessen Grund zwei Menschen warten.

Auch er hatte gewartet in der Dunkelheit, Stunde um Stunde. Ihr Sprechen hatte er durch die Schlafzimmertür hindurch gehört und die Musik – es war »ihre« Musik, und Angela hatte »ihre« Musik dieser Anderen vorgespielt! – und gelacht haben sie, so wie ganz junge Frauen lachen. Harri hat das gepunktete Kleid auf seinem Schoß gestreichelt, »wenn es soweit ist, gibst du es mir«, hatte sie ihm eingeschärft. Wie lange dauert es noch? Wann kommt sie endlich, um es zu Ende zu bringen?

Den Wecker auf ihrem Nachttisch hatte er angestarrt, als ob er durch das Hinstarren die Zeiger nach vorn hätt' schieben können. Aus dem Zimmer am Ende des Flurs kamen leise Geräusche, grad so, als wenn dort ein kleines Tier an der Tapete kratzt. Immer wieder hat er es kratzen hören aus dem Zimmer – dann Pause – dann wieder kratzen. Mäuse vielleicht, oder gar eine Ratte? Er weiß es. Will es nicht wissen. War zuviel Essen, zuviel Getränk für eine Frau allein, was er bringen musste, all die Jahre.

Zwischen all dem Lauschen und Warten ist ihm aus düsterem Himmel eine Art Blitz ins Hirn gefahren – so etwas kommt vor, wenn man im Dunkeln lange allein sitzt und Angst hat, und die ganze Spannung im Körper – und mit dem Blitz kam das große Warum? mit all seinen Nebenfragen. Warum sitze ich hier und warte? Worauf warte ich? Warum laufe ich nicht weg, zurück zu meinem alten Leben? – war kein gutes Leben, war aber ruhig. Warum also laufe ich nicht – noch kann ich laufen, noch höre ich ihre Stimmen!

Wieder kratzt *die Ratte* hinter der Wand an der Tapete.

Harri kennt das Zimmer nicht, ist immer abgesperrt. »War einmal das Arbeitszimmer von meinem Mann. Jetzt ist nur noch altes Zeug drin«, hatte Angela gesagt, »die Geister der Vergangenheit«, und dass sie es nicht fertigbrächte, die Geister zu sehen. Aber irgendwann, wenn der richtige Zeitpunkt gekommen wäre, würden sie gemeinsam das ganze Gerümpel auf den Sperrmüll geben.

Gefangen ist er, gefangen wie die Ratte hinter der Wand. Er kann ja nicht zurück in sein altes Leben – sein altes Leben gibt es nicht mehr, ist verlorengegangen irgendwann im letzten Frühling, als diese Frau aufgetaucht war bei Angela. Seitdem war seine Angela nicht mehr die gleiche wie vorher. Ganz hölzern ist sie geworden, und ihre Augen – als ob sie ein Fieber hätte. Aber heute hatte sie ihm versprochen, dass alles wieder gut würde. »Harri, mein Liebling, alles wird genauso wie vorher – nein, es wird besser! Fortgehen werden wir von hier, ja, gemeinsam fortgehen, irgendwohin, wo es immer warm ist und wir nie wieder frieren müssen. Wir müssen nur diese eine Sache noch erledigen. Diese eine Sache, Harri!«

Hatte sie wirklich geglaubt, der Sonne noch einmal ins Gesicht sehen zu können? Dass alles gut werden würde? Die Rache ist nicht süß. Die Rache schmeckt bitter. Ja, Harri, mein kleiner Harri, wir werden fortgehen. Es hat mich nicht leichter gemacht, sie auszulöschen, nur bitterer, schwärzer, und jetzt bist auch du schwarz geworden. Du großes, schweres Kind. Ja, Harri, wir werden fortgehen – gemeinsam.

Nach Mitternacht, eben hat Gregor den Rest der dritten Flasche auf die beiden Gläser verteilt, klingelt das Telefon. Die Frau, die ihn zurückruft, klingt wie eine Ertrinkende. Er lässt Sören den Werkstattschlüssel zurück (»Ich hab die Kürbistante für morgen vormittag halb zwölf herbestellt, Hydrauliköl auswechseln und noch ein paar Kleinigkeiten, sperr du morgen schon mal die Werkstatt auf, falls ich zu spät bin!«), hastet, fahren kann er nicht mehr, zum Taxistand am Aufseßplatz und lässt sich zu Paulas Adresse chauffieren, sie öffnet die Wohnungstür, und Gregor wird zum umarmenden Gefäß, in das ein zerfließender Mensch sich hineingießt, »Kein Funken von Freude«, versteht er, und: »Man kann doch ein Leben nicht *abarbeiten und abbüßen*, man muss doch leben!«, und: »Der Sonntagabend, das muss für sie eine versprochene Erlösung gewesen sein. Vielleicht hat sich zum ersten Mal jemand für sie interessiert, nach Jahren, und zugleich war es ihr Verhängnis, sie ist zu jemandem gegangen, zu dem sie nicht hätte hingehen dürfen, wir müssen herausfinden, wer das war.«

Als Gregor auf die Uhr guckt, ist es halb vier und er hat gefühlte zehn Flaschen Wein und dazu noch einen ganzen Ozean intus. Es scheint zu einer neuen Regel in seinem Leben zu werden, dass ihn die Nächte um den Montag herum verschlingen, auf ihm herumkauen und ihn schließlich als einen anderen wieder ausspeien, als er vorher war. Was soll das? Was hat das verdammte Schicksal mit ihm vor? Warum hockt er nun schon wieder in der Küche dieser Verrückten und hat sogar noch Mitleid mit ihr? Mit sich selbst sollte er Mitleid haben, schließlich ist er es, den man rufen und wegstoßen kann, der mal gebraucht, dann wieder ausgebootet wird, wie es der Laune gerade gefällt!

Paula hat geraucht und geredet, eine Stunde, noch eine Stunde – waren es Stunden, waren es Tage? – nein, es war viel mehr. Paula hat ein ganzes Leben erzählt, in das sie sich hatte fallen lassen wie in den eiskalten Atlantik (Kanada im Winter – Halifax vielleicht?), der sich zwischen dem braunen Kunstledereinband eines billigen Notizbuchs aufgetan hatte. Von Terminen hat sie erzählt und von Gedanken, von denen in winzigen Buchstaben sorgfältig und gewissenhaft vermerkten Spuren eines Menschen, dessen Körper spurlos verschwunden ist. Es waren die kleinen Erwähnungen, die zu Lettern und Sätzen geronnenen Gedanken, in die Paula gesprungen und darin vollkommen versunken war.

– War sie schon immer so dünn?

Immer wieder taucht dieses »A« dabei auf. Paula hat zwischen dem Adressregister und den einzelnen Termineinträgen verglichen.

»›A‹ scheint wichtig gewesen zu sein für die Engler. Sie schreibt immer nur ›A‹, und sie schreibt es oft.«

»Steht das für den Vor- oder für den Nachnamen?«

– Wie lebt sie so zwischen ihren Stoffen, zwischen ihren Träumen und den ganzen alten Klamotten? Wie fremd sie mir ist, wie vertraut sie sich anfühlt, wenn sie lacht!

»Keine Ahnung, warum ich dieses Gefühl habe, es liegt vielleicht an der Art, wie die Termine bei ›A‹ eingetragen sind – noch sorgfältiger als sonst sind sie geschrieben, fast offiziell, manchmal eingerahmt oder unterstrichen. Schau mal hier: *Montag, 26. September 17 Uhr bei A – Olivenbrot und rosa M besorgen*! Warum ist das unterstrichen, warum Olivenbrot? Und ob das ein Name ist – ›Rosa M.‹? Aber warum schreibt sie dann ›rosa‹ klein?«

Warum Olivenbrot? Gregor weiß nicht, worauf Paula hinaus will. Ja, Herrschaftzeiten, was soll schon an einem blöden Olivenbrot dran sein, und zu »rosa M« fallen ihm nur Weiberzigaretten ein, die er von der Kürbistante kennt. Müde ist er, müde und überschwemmt von einer Frau, die er nicht kennt, und einer anderen, die er überhaupt nicht kennenlernen will. Frauen, verdammte Frauen! Sein ganzes Leben lang kauen die nun schon auf ihm herum und spucken ihn aus, wenn ihnen gerade danach ist.

»Gregor? Hallo! ›A‹ muss eine Frau sein, schau, was ich noch gefunden habe!«

Im Gegensatz zu Paula hat Gregor aber keine Lust, auf den Kai hinaus zu wanken, fühlt sich eher so, als trüge er den verfluchten Kai mitsamt all seiner Balken und Bohlen auf dem Buckel.

»Gregor?«

Wie sie es geschafft hatte, ihn auf das Sofa zu transportieren, weiß er nicht mehr. Das Letzte, woran er sich erinnern kann, ist ein langanhaltender Niesreiz, der ihn immer dann überkommt, wenn sehr viel Staub im Raum ist, die Sonne scheint oder er an eine ganz bestimmte Sache zwischen einem Mann und einer Frau denkt, an die er nie wieder denken wollte.

Wie war das doch gleich mit den Lawinenhunden – sie retten, sie suchen, sie schnüffeln sich die Nasen blutig an scharfen Eiskanten und spitzen Steinen, die vom Schnee mitgerissen, abgerissen, abgebrochen zu Rasierklingen werden – wie war das noch einmal mit diesen Hunden?

Dumm, plump, ein guter Hund, ein treuer Freund – Harri, der Lawinenhund, liebt auch noch die Verschütteten, die lebendig Begrabenen. Liebt die Engel auch nach ihrem Fall.

Viel zu früh an diesem Morgen ist Harri wach geworden und weiß nicht, wohin mit sich in dieser Welt, die nichts Vertrautes mehr hat, nichts, woran man sich festhalten oder wärmen könnte. War es sechs Uhr, als er ihre Nummer zum ersten Mal – war es das erste Mal? – gewählt hatte?

Die Uhr ist so laut. Das Ticken tut weh im Kopf, dringt selbst durch den zähen Nebel hindurch, genau wie die Kälte. Die Kälte tut nicht nur im Kopf weh, sie schmerzt überall – beißt und zerrt an der Seele wie eine Hyäne am toten Fleisch. Zerrt und reißt wie ein hungriger Wolf an dem armen gelben Lawinenhund. Woran erinnert sich der Hund durch all die Gedanken und Erinnerungen, durch all die Bilder hindurch? Die Bilder sind am schlimmsten, selbst durch den dichten Nebel verfolgen sie ihn – ihre Augen, der schwarze Kopf mit den verkohlten Lippen –, lacht sie noch immer, lacht sie ihn aus?

Was geschieht, wenn man einen schweren, gelben Lawinenhund betäubt? Träumt er von Schnee und Eiskanten und spitzen Steinen, die ihm die Nase aufreißen, oder träumt er sich fort, weit fort?

Ich laufe über die Heide. Meine Pfoten sind warm und weich, Wollgras unter meinen Ballen. Ich laufe und laufe, rieche am Nebel, schnüffle an der kaltklaren Luft. Ganz leicht bin ich, so leicht, wie ich einmal gewesen bin, als ich noch ein Gedanke war.

Harri ist so weit gelaufen an diesem Morgen, wollte fort, nur fort von ihr. Aber die Bilder stecken in seinem Kopf fest, wohin er auch geht, er nimmt sie mit. Die Schwabacher hoch und wieder runter, die Kohlenhof und über den Plärrer in die Rothenburger. Vorbei am Planetarium –

Sitzt du auf einem Stern und schaust mir zu, wie ich mich durch den Nebel beiße? LASS MICH! LASS MICH DOCH ENDLICH!

Die Bilder bleiben, die Augen starren ihm aus jedem Schaufenster entgegen, schwarze Lippen grinsen böse.

Ja, lauf nur, Harri, armer Hund, guter Hund, lauf um deinen Frieden!

Und weiter läuft er, bis rüber in die Austraße, in der *Zentralhalle* brennt schon Licht (oder brennt es noch immer?). Harri stürzt rein, stolpert über die Schwelle, torkelt, schwankt: »Na, Harri, heute nicht in der Eve? Blass bist, hast dir was aufschnappt, oder war's spät gestern?«

Was aufgeschnappt? Was eingefangen? Was wissen denn die!

Hastig kippt er ein Bier, Schaum tropft ihm in den Kragen, der rote Schatten im Eck neben der Tür sieht's und kichert. »Lass ihn, Angie, dem Harri geht's heut net gut!«

Angie, Angie, Angela! – in Harris Kopf schiebt sich ein anderes Frauengesicht, nicht schwarz, nicht rot, sondern weiß, bleich wie der eiskalte Nebel, in dem er gefangen ist.

»Muss gehen«, hört er sich sagen, kramt in der Hosentasche nach einem Zwickel, »muss jetzt gehen, muss weiter!«, aber es könnte auch ein anderer gewesen sein, der das gesagt hat sehr weit weg. »Lass stecken, Harri, geht aufs Haus.«

Aufs Haus, aufs Haus – nur vorbei an den Häusern, hinter deren Fenster die Geister lauern und kichern. Vorwärts durch den Schneeregen, durch den Nebel, durch die verdammte Watte im Kopf. Wie ein verkehrt herum gehaltener Magnet fühlt er sich – gleich und gleich stößt sich ab, rutscht an sich vorbei, kann sich nicht mehr berühren und möchte doch so gern.

Und so rutscht der Harri noch einmal über die Rothenburger, dann durch die Knauer, biegt in die Hessestraße ein, genau dort, wo sich die Gesunden ihren ersten Vollkornimbiss holen, taumelt weiter, sieht ihr Haus und will, will so gern ...

Harri, wir dürfen uns nicht sehen, verstehst du! DU DARFST NICHT ZU MIR KOMMEN!

Jetzt heult der Hund ein Klagen in die kalte Luft, und das Klagen verwandelt sich in ein Dampfwolke, der er nachrennt, kaum dass er die Hand gebändigt hatte, die auf den Klingelknopf drücken wollte, die doch nur auf den Knopf drücken wollte ...

Böser Harri, böser Hund!

Und rein in die vereisten Wildrosendornen, die ihm die Jacke zerreißen, und quer über den Bahndamm.

»Hey Mann, bleib stehen! – bist du lebensmüde?«

Über Schwellen stolpern. Stolperschwellen, Stolpersteine, und schon wieder bohrt sie ihm ihre Augen in den Rücken – *wie das brennt, wie das brennt!*

Weiter, immer weiter den alten Schienenstrang entlang, auf dem ihm einmal eine Kaninchenfamilie begegnet war in einer warmen Vollmondnacht – damals in einem anderen Leben, das vorher war. Jetzt ist nur noch nachher, immer nur nachher. Immer nur den Schritten nach, immer weiter über die Kreuzung, die Ampeln sind rot, aber rot kann er nicht mehr sehen. Ein Hupen ein Krachen wie von sehr, sehr weit und schnell die Treppe hinauf, nur nicht umdrehen, immer nach vorn und den Kiesweg entlang dem Atem nach, der kalt und bleich ist, wie ihr Gesicht. Der Schlüssel, wo ist der Schlüssel, denken »nicht denken!« – hinter der Regentonne? Die klammen Finger tasten im Schneematsch, ein spitzer Stein ritzt die ungeduldige Haut, die Tür schreit, als sie aufgerissen wird. Drinnen ist es dunkel, dunkel, still, gut.

Ruhig, Harri – guter Hund!

»Frau Engler war also nicht nur Ihre Nachbarin, sondern auch Ihre Vermieterin. Gehörte ihr das ganze Haus?«

Auf diese Frage von Kommissar Gloßner bekommt Frau Klee einen »Aber-ich-dachte-immer-die-Polizei-weiß-alles«-Blick, und sie sagt, »ja, die Frau Engler war unsere Hausfrau.«

»Seit wann?«

Da muss sich Frau Klee erst einmal darauf besinnen, wann denn die alte Frau Stör gestorben ist, »die Tante von Frau Engler«, es folgt eine ausführliche Krankengeschichte, »bis zum Schluss hat sie ihre Tante gepflegt«, und dann habe Frau Engler das Haus geerbt. Aber wann genau das gewesen sei? Es müssen mindestens sechs, sieben Jahre sein, denn als die Frau Stör starb, das war im Sommer, und das war der Sommer vor dem Jahr, in dem ihr Mann in Rente gegangen ist, also 1998, oder doch schon ein Jahr vorher?

»Gut, das lässt sich auch aus den Dokumenten nachvollziehen.«

Gloßner macht sich eine Notiz.

»Aber merkwürdig ist doch – sie war Hausbesitzerin. Also hatte sie Geld. Und war jeden Tag von früh bis spät unterwegs, um alte und gebrechliche Menschen zu betreuen.«

Ja, sagt Frau Klee, das sei schon merkwürdig, und am Anfang mache man sich auch so seine Gedanken. Ob das vielleicht die Tante in ihrem Testament verlangt hat. Oder mit Religion was zu tun hat. Aber irgendwann hört man auf, darüber nachzudenken, weil's eben einfach so ist, wie es ist.

»Bekam Frau Engler Besuch? Oder kam sie ab und zu in Begleitung nach Hause?«

Also, wenn sie jemanden mitgebracht hätte, dann hätte man ja bestimmt einmal etwas gehört, Stimmen vor der Tür oder Stimmen aus der Wohnung, man lebte ja gewissermaßen Wand an Wand, aber da war nie was, natürlich, man achtet nicht unentwegt auf die Nachbarn, aber gerade weil es immer so ruhig war nebenan, wäre es ihr bestimmt aufgefallen, wenn.

»Also eine alleinstehende, zurückgezogene Frau. Haben Sie sich nie Sorgen um sie gemacht?«

»Sorgen? Nein. Also, nicht direkt.«

»Warum nicht?«

»Weil sie – also, sie hat nicht gerade fröhlich gewirkt, nicht so wie früher, aber da war sie ja auch noch jung, die Regina. Aber direkt traurig ist sie auch nicht gewesen, sie ist schon zurechtgekommen mit sich und dem Leben.«

»Moment einmal, Sie kannten Frau Engler also schon als junge Frau?« Gloßners linker Daumen beginnen zu jucken – das tut er immer dann, wenn etwas Interessantes in der Luft liegt.

»Na, direkt kennen kann man nicht sagen, das war dann doch eine zu kurze Zeit, ich glaub', nicht einmal ein Jahr hat sie damals bei ihrer Tante gewohnt – wegen dem Studium, wissen Sie – die Regina hatte ja angefangen zu studieren in Erlangen drüben, irgendwas mit Sprachen, glaub ich. Und da waren schon gelegentlich so Leute im Haus, Sie wissen schon, die jungen Männer haben ausgeschaut wie Madla mit den langen Haaren! Und die Madla erst – Röcke haben die angezogen, Röcke! so was hätt unsereins nicht einmal als Nierenwärmer getragen, weil die dafür zu kurz g'wesen wären.«

»Wissen Sie noch, wann das gewesen ist?«

»Also, von der Jahreszahl her weiß ich das nicht mehr so genau – an die dreißig Jahre dürftens aber schon sein. Das war, wartens einmal – ja, genau! Das war in dem Jahr, als sie drüben in Gostenhof angefangen hatten mit der Stadtautobahn, weil in dem Jahr hat mein Mann so viele Karnickelschäden reparieren müssen, weil die Viecher kreuz und quer über die Straßen gesprungen sind, bis rauf nach Leonhard und weiter, und die Leut wollten ausweichen und schon hats gekracht. Den Sportwagen von der Frau Stör hatte es auch erwischt und er hat ganz schön was ausbeulen müssen, und dann hat es noch einmal gedauert, bis der Lack aus Italien gekommen ist. Da hat er geflucht, der Karl, ja, das weiß ich noch genau, das ist ihm an die Ehre gegangen, dass eine Kundin so lang auf ihr Auto warten muss – und wenn es dann auch noch die eigene Hausfrau ist.«

Gloßner kratzt sich den Daumen mit dem Kugelschreiber, nachdem er die Stichpunkte notiert hat. Er wird einiges zu recherchieren haben.

»Ist Frau Engler, also die ältere Frau Engler, ab und zu ausgegangen? Ins Theater, zu Freunden?«

Weiß Frau Klee ehrlich gesagt nicht, aber vorstellen kann sie sich das nicht, dazu war sie einfach nicht der Typ.

»Warum nicht der Typ?«

Weil – das könne sie sich einfach nicht vorstellen, Frau Engler und gesellig mit Freunden, und am Anfang habe man auch versucht, sie einzuladen, auch wegen der alten Zeiten. Einmal, das war an Silvester. Da sei sie auch gekommen, »aber sie war einfach so – still. Als ob sie sich unter Menschen gar nicht mehr so richtig wohlfühlt. Dabei immer freundlich. Ein bisschen vielleicht wie eine – ja, wie eine Nonne. Ist schon seltsam, wie Menschen sich verändern können mit den Jahren.«

»Aber an dem Tag, an dem sie starb, war sie offensichtlich auf einer Feier.«

Frau Engler auf einer Feier? Die Klee glaubt es nicht.

»Vielleicht nicht direkt eine Feier. Vielleicht nur ein Beisammensein zu zweit. Vielleicht mit einem Mann. Wir wissen nur, dass sie kurz vor ihrem Tod ein üppiges Menü zu sich genommen hat«, sagt Gloßner, fügt nicht hinzu »bei dem sie vergiftet wurde«, wechselt stattdessen das Thema und fragt, einer spontanen Eingebung folgend: »Würden Sie sich zutrauen, mithilfe eines Fachmanns im Präsidium ein Phantombild der Nichte aus Hamburg und ihres Begleiters zu erstellen?«

Als Gregor erwacht, spürt er kurz nacheinander: erstens, einen weiblichen Leib neben sich, zweitens, Kopfschmerzen, und wäre sein Kopf klar, würde sich eine Reihe von Gedanken in ihm aufbauen, all die unangenehmen Verbindungen betreffend, in denen ihn das Weibliche seit mindestens, sagen wir, zwei Wochen in signifikanter Häufung heimsucht, und diese Reihe würde beim heutigen Termin mit Frau Dr. Kammerstein enden und ein jähes Hochfahren und Aufdieuhrsehen bewirken, und nun wird er tatsächlich wach, denn die Frau, die eben noch neben ihm auf dem Sofa gelegen war, steht nun in einem bunten Kimono vor ihm, eine Kaffeeduft verströmende Tasse in der einen Hand, einen kleinen Löffel in der anderen, und schlägt aus beiden Gegenständen einen zarten Weckton.

»Ich möchte mit dir ans Wasser gehen«, sagt Paula.

Egal wohin, nur diese verstörende Nacht wieder abschütteln, Gregor trinkt den Kaffee schwarz, nach dem homöopathischen Grundsatz, dass Schwärze nur mit Schwärze geheilt werden kann, man muss sich wappnen, die Welt da draußen ist für Menschen eingerichtet, die nüchtern sind und abgestumpft, die zweckgerichtet über asphaltierte Bahnen rollen, von Lichtzeichen gesteuert über markierte Fußgängerüberwege gehen, sich von betonierten Abgründen verschlingen lassen. Im Rausch kann man sich vormachen, dass es noch eine andere Welt gibt, im Rausch kann man die multifunktionale Realität zu einem vorübergehenden geschmacklosen Scherz erklären, was aber vorübergeht, ist der Rausch, der den Menschen mit überempfindlichen Sinnen in die Welt entlässt.

Noch, direkt vor der Haustür, gibt sie sich harmlos in Gestalt einer verkehrsberuhigten Zone, die größtmögliche Idylle der Gegenwart, von Dichtern unbesungen, aber wohin man sich auch wendet, ist in absehbarer Entfernung eine mehrspurige Demarkationslinie zu überwinden, auf der jeder Mensch sich nach dem Grundsatz verhält: Die einzige Möglichkeit, Autos zu ertragen, besteht darin, selbst in einem zu sitzen; nur Paula kennt noch eine andere – sie wechselt die Zeiten wie eines ihrer Kostüme.

»Aus diesen Häusern«, sie zeigt auf eine Zeile Altbauten, die scheinbar der Brandung trotzen, aber statt Würde Resignation ausstrahlen, »aus diesen Häusern hat man einmal auf den Alten Kanal gesehen. Ein Gewässer, mitten in der Stadt. Enten und Gänse. Ab und zu ist ein Fuhrwerk vorbeigefahren, oder eine Pferdebahn. Komm, wir gehen spazieren am Alten Kanal!«

Sie klettern hinab in die Senke des ehemaligen Kanalbetts, das an dieser Stelle, zwischen Bahndamm und Busbahnhof, eingeklemmt zwischen den Fahrbahnen der Stadtautobahn, als wuchernde Gestrüppzone erhalten geblieben ist, für die kein Landschaftsarchitekt und kein Tiefbauingenieur eine Verwendung gefunden hat, und es ist noch kein halbes Menschenleben her, da gab es die Stadtautobahn noch nicht. In den Köpfen der Planer existierte sie schon, aber für die Kinder war es ein riesiger Abenteuerspielplatz. Tut das denn keinem weh, hier entlangzufahren, schreit Gregor (und man weiß nicht, ob er schreit, weil er den Lärm überschreien muss), als sie die Schwabacher Straße unterqueren, weiß denn keiner mehr, was hier einmal war, ist denn kein Einziger dabei, der durch sein Kindheitsparadies fährt, ist denn er der Einzige, der hier aufgewachsen und von hier nie weggekommen ist, wie die Häuser, die einmal an einem Ufer standen und nicht fliehen können und verdammt sind, alles zu ertragen, was um sie geschieht? Auch die Kolonie *Gärtnerglück gegr. 1921* muss einmal bessere Zeiten gesehen haben am Ufer des Alten Kanals, wie auch der, der jetzt das quietschende Tor öffnet, ein massiger Mann mit schwerfälligen Bewegungen, und langsam geht er, als ob er nachdenken müsste wohin, ob überhaupt, und wie geht das mit einem Fuß vor den anderen, wenn der Boden so weit weg ist von den Füßen, darfst ja nicht, darfst nicht

»Wie der vor sich hinkichert, der spinnt!«

versinken im Reich der Ratten, unter dem Pflaster wimmeln Millionen und lauern, dass du auf eine Fuge trittst, ins Hosenbein werden sie dir schlüpfen, ihre Zähne in dein Herz bohren, einen ihrer Brüder hast du erschlagen, mach dich leicht, Harri, mach dich ganz leicht, dass sie deinen Tritt nicht hören, die dürfen nicht wissen, wohin du gehst!

»Verfolgen, den? Der geht zur Heilsarmee, ist eh klar.«

Ganz vorsichtig weiter Schritt vor Schritt und immer auf die Fugen achten, auf nichts anderes achten, nicht denken, nichts fragen, nur gehen, Schritt vor Schritt, vor allem keine Angst haben – sie können die Angst riechen, die Angst macht sie ganz wild, fröhlich muss man sein, das vertreibt die Angst, vertreibt die Ratten – lach Harri, sing Harri!

»Der geht, als wär er besoffen, torkelt ja richtig – und schau, er geht nicht zur Heilsarmee!«

Sie hat ihm auch vorgesungen, ja, sie hat manchmal gesungen im Auto, dieses englische Lied hat sie gesungen, immer, wenn es ihr besser gegangen ist. Im Sommer sind sie nachts mit heruntergelassenen Fenstern gefahren – *we had joy, we had fun, we had seasons in the sun* –, die Autos, so viele Autos, warum sind hier so viele Autos? Sie wollen nicht, dass er zu ihr gehen kann, die Autos und die Ratten, überall Autos und Ratten, sie alle wollen ihn von ihr fernhalten. *Ihr werdet mich nicht aufhalten, verdammte Biester!*

»Ach du Scheiße, was macht der denn, will der sich zusammenfahren lassen?«

Aus dem Weg sollen sie ihm gehen, er hat keine Angst mehr vor ihnen, nur noch ein paar Schritte und dann die Treppe hoch bis zu ihrer Wohnungstür, und dann soll sie ihm vorsingen oder sie werden die alten Schallplatten hören, genau wie früher.

Gell, Angela, wir werden Musik hören!

Kurz nachdem Paula und Gregor sich voneinander verabschiedet hatten – und ja, sie hatten sich umarmt, und sie hatte sich gut und richtig angefühlt, diese kleine Wärme mitten in der eiswindigen Hessestraße –, war Paula noch einmal zurück zu der Haustür, hinter der der taumelnde Riese verschwunden war, hatte sich die Namensschilder mit »A« notiert: K. Andreopolus, A. Slonyevskyy, A. Heß – drei Mal »A«. Wie viele Vor- und Nachnamen, die mit einem A beginnen, mag es in dieser Stadt wohl geben, fragt sie sich – tausend, zehntausend? Und was hat sie eigentlich in der Hand? – nichts außer einer Verbindungslinie und einem vagen Gefühl: der Weg von der Brücke, an der die tote Frau hing, hin zur Kolonie, in der ein debiler Riese haust, und per Vogelflug zurück. Wenn man die Luftlinie nur ein bisschen verlängert, landet man wie die Krähe auf dem Haus in der Hessestraße. Bist aber kein Vogel, Paula, kannst nicht fliegen. Bist bloß ein armer Mensch, der sich über die frostige Erde schleppt und dabei noch schwere Gedanken wälzt, die ihm im Kopf rumoren.

Paulas heller Kunstpelzmantel lässt sie zwar aussehen wie einen sehr dünnen Eisbären, ist aber eindeutig nicht polartauglich. Und als sie klappernd vor Kälte und mit rotglühenden Ohren endlich in ihrem Laden ankommt, braucht der vereiste

Körper erst einmal einen heißen Tee mit Rum – nur dass der verdammte Rum auch schon wieder ausgegangen ist.

Gregor hat die Wette »Heilsarmee« also verloren und schuldet Paula eine Flasche exquisiten Rotwein. Für die dringend heilsbedürftige Gestalt, die vor ihnen das rundum betonierte dreispurige Niemandsland unter den Bahnbrücken durchwankte, wäre es bestimmt besser gewesen, Gregor hätte die Wette gewonnen, doch der seltsame Schrebergärtner wandte sich an der Grenze zur Gostenhofer Zivilisation nicht nach halbrechts zur Heilsarmee und auch nicht nach ganz rechts zu Don Felipe, sondern nach links und verschwand nach einer halsbrecherischen Straßenüberquerung in einem Hauseingang.

Was Gregor nicht weiß: Paula hatte noch an der Haustür blitzschnell die zwei Beschlüsse gefasst, a) im Haus eine Vernehmung etwaiger Zeugen durchzuführen und b) Gregor von ihrem Vorhaben erst später in Kenntnis zu setzen – man darf diesen Mann nicht überfordern, der ihr schon wieder Vorhaltungen gemacht hat, wegen ihrer Detektei könne er bald seine Werkstatt zusperren, und nach einem Blick auf die Uhr seufzend konstatierte, dass er jetzt, über eine Stunde nach dem vereinbarten Termin, seine Kundin wohl nicht mehr in der Werkstatt antreffen würde. Und weil Gregor gedankenverstrickt

wie oft er in den vergangenen Tagen den Weg von Gostenhof in die Südstadt und auch noch zu Fuß zurückgelegt hat

dieses weibliche Chamäleon mit seinem blitzschnellen Changieren zwischen angriffslustig und schutzbedürftig

wenn das Detektivspiel anfängt, ihn seine Kunden zu kosten, kommt er ohne Nachtschichtjob nicht über den Winter

in seinem Nostalgikerreich ankommt, ist er umso überraschter, die verwitwete Frau Dr. Kammerstein in einer angeregten Plauderei mit Sören vorzufinden. Unwillkürlich lässt Gregor seine Blicke nach einer geöffneten Sektflasche schweifen.

»Wie konnten Sie mir Ihren charmanten Angestellten nur so lange vorenthalten, Herr Herrmann?«

Charmant im Sinne eines Kavaliers alter Schule ist Sören nicht, eher besitzt er den unverbrauchten Charme eines Michel aus Lönneberga, der nur äußerlich die sechzig überschritten hat; damit ist er ein seltenes und exotisches Exemplar unter den Männern seiner Generation und weckt in Frauen nicht nur den Sammlerinneninstinkt. Seine Biographie besteht, wenn man von seinem Flanieren durch die verschiedensten Berufe absieht, im Wesentlichen aus dem Kreislauf des Eingesammeltwerdens und, nach Wochen oder Jahren, der Flucht vor seiner Sammlerin, wenn er an ihrer Leidenschaft zu ersticken droht, und nicht nur einmal im Leben ist Sören mit einem eilends gepackten Koffer in der Hand in ein Taxi eingestiegen, ohne dem Chauffeur eine andere Zieladresse als »das nächste billige Hotel« nennen zu können, wo meist schon neue unverhoffte Bekanntschaften auf ihn warteten. Gregor gibt der sich anbahnenden neuen Beziehung etwa einen Monat, und auch das nur unter der Voraussetzung, dass Frau Dr. Kammerstein niemals auf die Idee kommt, Sören allein mit den drei Hokkaidos in die Welt hinauszuschicken.

Ja, die Wege überschneiden sich, wenn sie sich überschneiden sollen, nur, wenn man dringend darauf wartet, weil einem die Eingebung fehlt oder eine zündende Idee, dann überschneidet sich nichts. Nehmen wir einmal an, Siegfried Gloßner hätte, wie seit kurzem üblich, mit Sternecker und ein paar anderen Kollegen gemeinsam in Fürth zu Mittag gegessen. Man hätte sich gegen eins zum Mittagessen getroffen und bei Sauerbraten oder Frühlingsrolle über den seltsamen Fall geredet, der so überhaupt keinen Sinn zu ergeben scheint. Man hätte Ermittlungsergebnisse und Informationen austauschen oder endlich den längst überfälligen Einführungsabend im

Schneidersgärtla planen können – die ultimative Feuerprobe, ob ein Nürnberger Kriminaler auch für den Dienst in Fürth taugt. Man hätte sicher auch ein bisschen herumgeflachst, wie es üblich ist unter Kollegen.

»Und, Herr Gloßner, wann treffen Sie sich wieder mit Ihrem Lieblingspathologen? Angerufen hat er schon zwei Mal, bestimmt hat Dr. Häckel Sehnsucht nach Ihnen!« Gloßner hätte irgendetwas geknurrt und wäre mit dem Mobiltelefon nach draußen verschwunden, um Häckel anzurufen. Ja, wäre Kommissar Gloßner nicht sein Magen in die Quere gekommen, nachdem er die Klee verhört hatte, alles wäre anders gekommen und die Sache mit der Tasche wäre nicht einmal passiert.

So aber beschließt er, in der Gostenhofer Hauptstraße, schräg gegenüber vom Marktkauf, einen Spezial-Döner zu essen und aufs Mittagessen mit den neuen Kollegen zu verzichten – wenn Gloßners Magen Appetit auf Döner hat, lässt man ihn besser nicht warten. Und weil er dann eh schon in der Gegend ist, kann er Angela Heß auch gleich befragen, obwohl die laut Liste eigentlich noch nicht an der Reihe ist, sondern der Zeuge Graf in Eberhardshof.

Die Liste hatten sie bereits kurz nach Dienstbeginn auf dem Schreibtisch, und in diesem Falle muss man wohl sagen, dass die moderne Technik auch gewisse Vorteile hat. So ein Telefon ist beinahe so gut wie ein Fingerabdruck. Wen immer du auch anrufst, die Spuren werden aufgezeichnet. Nichts leichter für einen Rechner, als aus einer Nummer einen Menschen zu machen, oder umgekehrt, ganz wie man es sehen will. Und so kommt es, dass Gloßner und Sternecker und alle anderen Kollegen nun ganz genau wissen, wann Regina Engler mit wem telefoniert hat und wie lang – so geht das. Und so kommt es auch, dass Gloßner weder Paula und Gregor noch dem verzweifelten Harri begegnet, als er nach seinem Imbiss vor Angelas Tür in der Hessestraße steht, weil die ersten beiden noch im alten Kanalbett von der Vergangenheit träumen und der andere auf seinem braunen Cordsofa liegt und lauscht, wie die Minuten tropfen.

»Gloßner, Kripo Fürth. Darf ich für einen Moment reinkommen?«

Im Flur ist es schummrig, lediglich durch die Eisglasscheiben der Zimmertüren fällt ein wenig Licht wie schmutzige Milch auf den dunklen Holzboden. Die Frau humpelt mit dem Stock voran in ein Wohnzimmer, das wie erstarrt wirkt, eingeschlafen und vergessen in einer Zeit, die längst vergangen ist. Tapeten aus den Siebzigern, Pop-Art-Ornamente in Orange, Braun und etwas, das einmal Weiß gewesen sein muss, genau wie die Schleiflackmöbel. Regale vollgestopft mit Büchern, dazwischen Fotos in vergilbten Plexiglasrahmen, lachende Menschen mit langen Haaren, mit Gitarren, Kinder beim Baden, Hunde, Katzen und immer wieder eine bildschöne junge Frau Arm in Arm mit einem bärtigen Mann, der eine verblüffende Ähnlichkeit mit John Lennon hat. Dazwischen ein paar offenbar neuere Aufnahmen.

»Hübsch, ein ganzes Blumenmeer. Ist das hier, auf Ihrem Balkon?«

Gloßner deutet auf ein Foto.

»Weshalb sind Sie zu mir gekommen?«

»Nur eine Routinebefragung.«

Manchmal ist es besser, sich ganz genau in den Räumen von Zeugen oder potentiellen Verdächtigen umzuschauen, die Räume erzählen oft mehr als die Menschen. Manchmal will man den Menschen aber auch gar nicht ins Gesicht schauen, selbst wenn es nur schlecht beleuchtet ist. Wenn alle »Patienten« der Engler so beieinander sind, wird dieser Fall eine Fahrt mit der Geisterbahn.

»Wir wissen, dass Sie in Kontakt mit Regina Engler standen. Können Sie mir bitte sagen, wann Sie sie zum letzten Mal gesehen haben?«

Die Frau schaut ihm nun voll ins Gesicht und Gloßner kommt es vor, als starre ihm eine Urzeitechse aus bizarrem Lederhautpanzer entgegen.

»Frau Engler? Ja, die ist ab und zu vorbeigekommen, nicht regelmäßig, immer wenn sie Zeit gehabt hat. Zuletzt – warten Sie – es ist schon eine ganze Weile her, bestimmt zwei Wochen, ja, morgen sind es zwei Wochen. Ist was passiert?«

»Warum ist sie so ruhig«, denkt Gloßner und gleich danach, »wenn du an ihrer Stelle wärst, wärest du auch ruhig, gibt nichts mehr, über das du dich aufregen willst – oder kannst.«

»Frau Engler ist tot. Kannten Sie sie gut, können Sie mir etwas über ihren Bekanntenkreis sagen, hatte sie Freunde, Verwandte?«

Der Echsenmund lächelt kurz und bitter und erzählt dann fast das Gleiche, was Gloßner sich kurze Zeit zuvor bereits bei der Zeugin Klee notiert hatte.

Keine Reaktion auf den Tod ihrer Bekannten, seltsam.

Beim Abschied fällt Gloßners Blick auf eine Kleinigkeit, die so gar nicht zu der Unbeweglichkeit der gesamten Situation passen will.

»Sie wollen verreisen?«

»Nein, ich war wieder einmal zu einer dieser sinnlosen Reha-Kuren und bin noch nicht dazu gekommen, meine Tasche wieder auszupacken.«

Das Handy klingelt. Zwei Mal hat Häckel es schon im Präsidium versucht, jetzt muss er Gloßner endlich an die Strippe kriegen.

»Sie sollten vorbeikommen, ich hab da was ganz Interessantes für Sie.«

Tatsächlich hatte Edgar Häckel sich die letzten zwei Tage sehr intensiv mit seiner »besonderen Freundin« beschäftigt, und obwohl sie sich lange geziert hatte, konnte er ihr schließlich doch noch ein paar Details zu ihrer nunmehr abgeschlossenen

Geschichte entlocken. Genauer gesagt hatte ihm eine andere Frau dabei geholfen, eine, die auf ihrem Spezialgebiet mit ähnlichen Fähigkeiten aufwarten kann wie Häckel auf seinem. Sabine Hartung wird von ihren Kollegen nur die Squaw genannt, was aber nicht nur an ihren dunklen Haaren und den kantigen Gesichtszügen liegt, sondern an ihrer ausgeprägten Begabung, auch dort noch Spuren zu entdecken, wo für jeden anderen nichts mehr zu entdecken ist. Gestern hatte Häckel ihr rein aus Routine das Kleid der Toten aus dem Weiher geschickt, und bereits heute morgen hatte sie sich bei ihm gemeldet. Was sie ihm erst per Telefon mitteilte und später auch noch schriftlich bestätigte, würde ganz nach Gloßners Geschmack sein, die Spuren, die die Squaw gefunden hatte, deuteten jedenfalls auf einen möglichen Ritualmord hin – warum sonst sollte sich jemand die Mühe machen, eine Frau gegen ihren Willen in ein viel zu enges Kleid zu zwängen. Ein Kleid zudem, das dem Design nach gut und gern seine 30 Jahre auf dem Buckel hat – tatsächlich aber eine Replica ist.

Häckel hatte die Squaw nicht gefragt, wie sie das herausgefunden hatte, mit ziemlicher Sicherheit wäre es ein ellenlanger Vortrag über Textilanalyse, Materialverarbeitung und Modemarken geworden, und darauf hatte er nun wirklich keine Lust, zumal immer noch eine andere Frau auf ihn wartete. Stattdessen hatte er in Gloßners Büro angerufen, dort zunächst aber nur eine Nachricht für den Kommissar hinterlassen können. Als Gloßner endlich in Häckels Reich auftaucht, beginnt es draußen schon wieder dunkel zu werden.

»Häckel, es muss etwas wirklich Gutes sein, weshalb Sie mich jetzt noch in ihre Gruft gelockt haben. Ich hab den ganzen Tag schon mit Menschen verbracht, die mehr tot als lebendig sind. Es steht mir bis hier!«

Gloßner lässt sich in einen Drehstuhl fallen und kramt in der Manteltasche nach der Zigarettenschachtel, während Häckel automatisch eine Brandyflasche aus dem unteren Fach seines Schreibtisches zieht.

»Nein, Häckel, ich bin müde, durchgefroren und außerdem tun meine Füße höllisch weh. Können Sie verstehen, dass es auch Menschen gibt, die gern einmal Feierabend machen möchten – schon mal was von Badewanne und Sofa gehört?«

»Zuerst das Kleid oder zuerst das Gift, was ist Ihnen lieber?« Ungerührt füllt Häckel zwei Gläser randvoll mit Brandy und grinst Gloßner aus listigen Schlitzaugen an.

Draußen vor dem vergitterten Souterrainfenster raschelt etwas in den welken Blattgerippen vom vergangenen Herbst. Nur für einen Moment sind der gedrungene Leib und der lange nackte Schwanz zu erkennen.

»Sie haben Ungeziefer vor Ihrem Fenster.«

»Kein Ungeziefer, wir sind alte Freunde. Wie steht es jetzt: Kleid oder Gift, was wollen Sie zuerst?«

Widerwillig greift Gloßner zum Glas. »Also gut, Häckel, dann eben zuerst das verdammte Gift.«

Leicht, so leicht fühlt er sich an. So leicht, dass er nicht einmal die scharfen Eiskristalle spürt, die ihm der Wind auf die Haut peitscht. Der Himmel, am Mittag noch ganz licht und seltsam hellblau, ist von einer dichten Wolkenschicht bedeckt, die von Osten herangetrieben ist. Aber das macht nichts, alles ist leicht, so leicht, und fliegen möchte er.

Sie hatte nicht mit ihm geschimpft, war ganz lieb gewesen, hatte ihm sogar eine heiße Schokolade gekocht, mit richtiger Schokolade! und ein paar Rühreier gebraten mit Ketchup, so wie er sie gern ißt. Und versprochen hatte sie, dass alles wieder gut wird, und dass sie morgen einen Ausflug machen werden – »Keine Dienstfahrt, Harri, einen richtigen Ausflug werden wir machen, und später bestelle ich chinesisches Essen und Wein, und wir werden Musik hören dabei. Wir werden es uns so richtig gutgehen lassen.« Nur einen ganz kleinen Gefallen solle er ihr noch tun – die Reisetasche der bösen Frau müsse er verschwinden lassen, eingraben oder verbrennen –

»kannst auch ein paar Steine reintun und dann in den Kanal schmeißen, Hauptsache sie ist weg!« Wenn die Tasche weg ist, ist alles wieder gut. Mit der Tasche kann man auch die schlimmen Träume und Gedanken versenken ins ewige Vergessen. Und morgen ist dann ein Feiertag, mit Ausflug und Musik und mit chinesischem Essen – und danach wird er seinen Glückskuchen aufbrechen.

Krähe, lass mich endlich sehn

Treffpunkt Mittwoch nachmittag *Tollkirsche*, so haben sie es am Vorabend vereinbart, weil dort Rollen genug bereitstehen, man muss nur hineinschlüpfen, nur, in welcher Rolle führt man Zeugenvernehmungen durch? »Lass *du* dir doch mal was einfallen«, hatte Paula erwidert, offensichtlich von ihrer Doppelexistenz als Detektivin und Designerin überlastet, und das, findet Gregor, ist schon wieder typisch für diese Weiber, die sich allein nichts trauen und auch noch erwarten, dass man ihnen die Planung abnimmt. Als er an diesem stürmischen Morgen die Werkstatt verlässt, hat er noch immer keine Idee, vielleicht sollte er zuerst einmal das Frühstück nachholen (ja, auch er hat genug zu tun), und also schlägt er den Weg zur Metzgerei am Aufseßplatz ein, und wie er gerade an nichts denkt außer daran, ob er nicht nur eine, sondern zwei Leberkässemmeln besorgen soll, also eine für jetzt und eine für später, wer weiß, was heute noch auf ihn zukommt, wird er von einer Erleuchtung getroffen, die ihm prompt eine weibliche Attacke einbringt, so abrupt ist er stehengeblieben; ein Kinderwagen erwischt ihn ungebremst von hinten und katapultiert ihn auf Quelle und Ziel seiner Eingebung zu, eine ältere Dame, die vor Schreck ihre Reiseführer zum Paradies fallen lässt. Der Wind bläst eine Handvoll froher Botschaften durch die Fußgängerzone, Gregor hinterher, und am Ende seiner erfolgreichen Jagd bekommt er eine Dankeshymne in die Ohren gesungen und außerdem je ein Exemplar *Erwachet!* und *Der Wachtturm* überreicht. Es wäre schade, wenn ein so netter junger Mann den Weg ins ewige irdische Paradies nicht fände, das Jehova verheißen hat, die Dame drückt ihm die Hand, er würde ihr eine große Freude machen, wenn sie ihn bei ihren Brüdern und Schwestern im Königreichssaal begrüßen dürfte, vielleicht schon morgen abend? Gregor verabschiedet sich eilig, unbedingt muss er noch einmal in seine Wohnung, um die seit drei Tagen fällige Rasur nachzuholen.

Als Schwester Rüss und Bruder Herrmann, sie mit Haarknoten, er mit frisch gezogenem Seitenscheitel, von der *Tollkirsche* kommend die Moschee in der Hessestraße passieren und also schon fast am Ziel sind, sind sie sich noch immer in wesentlichen Fragen ihres Vorgehens uneinig; Paula plädiert dafür, das Missionswerk gleich im obersten Stockwerk zu beginnen, denn nur von oben habe man freien Blick auf die Bahngleise (und wie um Paula recht zu geben, schwingt sich in eben diesem Augenblick eine Krähe von einem Dachfirst in den Himmel), »vorausgesetzt«, so Gregor, »man ist um 4 Uhr morgens mit einem Nachtsichtfernglas am Fenster gestanden, um zehn Tage später einer Privatdetektivin seine Beobachtungen mitteilen zu können«, und überhaupt, was heißt Zeugenvernehmung! Hat Paula so wörtlich gar nicht gemeint, will nur drei bestimmte Hausbewohner in Augenschein nehmen, will wissen, zu wem der verstörte Schrebergärtner gegangen ist und ob es Reginas »A« sein könnte, und wenn Paula wüsste, was die Krähe gesehen hat, nämlich, dass am Vorabend schon ein Neugieriger im Haus war, der zielstrebig den obersten Klingelknopf rechts mit dem Namen »A. Heß« gedrückt hatte, gäbe sie jetzt nicht Gregor nach, der darauf besteht, im Erdgeschoss anzufangen und keine Partei auszulassen, man müsse sich schließlich einüben, und außerdem sei er an systematisches Arbeiten gewöhnt. Schon drückt er auf den untersten Klingelknopf links, Paulas Gesicht wird aschgrau wie ihr hochgeschlossenes Tweedkostüm, als der Türöffner geht und Gregor entschlossen den Hausflur betritt, es fällt ihr schon schwer genug hinzunehmen, dass jederzeit ein wildfremder Mensch in ihren Laden hereinschneien kann, aber zum zweiten Mal innerhalb von zwei Tagen bei fremden Menschen zu klingeln, übersteigt ihre persönlichen Grenzen ganz entschieden. Gregor fragt einen kaugummikauenden Jüngling, der wie ein Westentaschen-James-Dean an der Tür lehnt, ob er sein Leben liebe – Antwort: »Hrrrrng!« und Schulterzucken – »Ja? Wäre es dann nicht wunderbar, wenn dieses Leben ewig dauern könnte und dabei ganz ohne Krankheit und Sorgen wäre?« Gregor hat offenbar, während sie sich umzog, die Traktate mit Gewinn gelesen. Nach dem dritten »Hrrrrng!« zieht sich der Unbekehrbare wieder in seine Privatsphäre zurück, als Zeuge uninteressant, befindet Paula, deren Erstarrung sich allmählich wieder löst. In der Wohnung gegenüber bleibt es auf ihr Klingeln still, Jehova sei Dank, in der ersten Etage deuten sie ein gutes Dutzend Schuhpaare vor beiden Türen als Signal, dass die Bewohner fest im islamischen Glauben verwurzelt sind und keine Bekehrung wünschen, in der zweiten Etage bekommen sie links von einer schwerhörigen Rentnerin Bonbons geschenkt sowie zwei Euro Spende für die Heilsarmee, rechts von einem bulligen Glatzkopf, mutmaßlich Diskothekentürsteher, einen Sturzflug bis in den Keller angedroht, in der dritten Etage links steht ihnen ein verschrumpeltes Männlein gegenüber, das aufmerksam Gregors Verkündung vom irdischen Paradies lauscht, dabei immer wieder Paula mustert, die ihr Unbehagen mit einem treuherzigen Lächeln in Schach hält, und dann fallen Worte, unter denen Gregor erschauert: »Kommen Sie, kommen Sie doch herein«, sagt das Männlein mit sanftem slawischen Singen in der Stimme, offensichtlich erfreut über die unverhoffte Abwechslung, und eine Minute später sitzen Paula und Gregor auf einem hellblauen plüschigen Wohnzimmersofa.

»Möchten Sie eine Tasse Tee?«

»Sehr gern!«, erwidert Paula, was in Gregor, der noch immer nach Fluchtmöglichkeiten sinnt, eine mittelschwere Panikattacke auslöst, sein Gesicht formt stumme Vorwürfe und Hilfeschreie, nervös blättert er sich durch die Traktate der Wachtturmgesellschaft.

»Erzählen Sie!«

Viel zu schnell ist Herr Slonyevskyy mit dem Tee aus der Küche zurück.

Und Gregor erzählt mit Schweißperlen auf der Stirn von der Endzeit, die im Jahre 1914 angebrochen ist, mit Kriegen, Seuchen und Naturkatastrophen, genau wie in der Bibel geweissagt; von den tausend Jahren, in denen Satan auf die Erde losgelassen; und dabei schleift es über ihren Köpfen, morsches Bein, träges Holz. Aber, predigt Gregor, wer sich zum rechten Glauben bekenne, dazu sei es nie zu spät, habe die Aussicht, zur Schar der Auserwählten zu gehören, denen ein neues Leben im Paradies geschenkt wird; »eine wundervolle Aussicht!«, sekundiert Paula mit leuchtender Stimme, erhebt sich vom Sofa und schreitet zum Fenster, »Südseite!«, flötet sie entzückt, als ihr Blick auf die wuchernde Infrastruktur fällt, »da haben Sie viel Sonne!«, man sieht das Parkhaus, das Stellwerk, die Bahnbrücken, das gesamte Bahngelände, für einen Modelleisenbahner bestimmt eine Augenweide, »Sonne!«, echot der Alte müde, Paula wendet sich wieder vom Fenster ab, »Täubchen, was ist das, Sonne?«, bedächtig faltet er sein Leben vor ihnen auf, in dem er von Anbeginn betrogen wurde, im Krieg um die Kindheit betrogen, in einem sibirischen Sägewerk um die Jugend betrogen, wieder stöhnt die Zimmerdecke unter langsamen, pochenden Schritten, und jetzt, in Deutschland, resümiert der Alte, müsste man jung noch einmal sein, um zu machen einen neuen Anfang, aber jetzt, das Leben ist vorbei, Stichwort für Gregor, sich zu erheben und Herrn Slonyevskyy zur nächsten Zusammenkunft in den Königreichssaal einzuladen, wo die frohe Botschaft vom neuen Leben verkündet wird.

»Wo ist das, Königreichssaal?«

»Gleich hier in der Nähe, in der – also fast um die Ecke – ich kann mir bloß den Straßennamen nie merken – Schwester Paula, wie heißt denn die Straße gleich wieder?«

»Wissen Sie was? Wir holen Sie einfach ab!«, strahlt Paula, der Versammlungsort sei zwar wirklich nicht weit, allerdings nicht leicht zu finden, in einem Rückgebäude, »und was meinen Sie? Ob auch Ihr Nachbar« – sie deutet nach oben – »sich freuen würde, vom wahren Glauben zu erfahren?«

»Ist nicht Nachbar, ist Nachbarin«, sagt der Alte. »Läuft nicht gut, immer hat Stock. Und schläft nie. Höre ich am Tag und höre ich in der Nacht.«

»Ich kann's nicht mehr hören! Verdammt!«

Damit tut Gloßner dem stummen beschriebenen Papier, das vor ihm auf dem Schreibtisch liegt, ordentlich zu einer Mappe gebündelt, und dem er jetzt auch noch einen Faustschlag versetzt, bitter unrecht.

»Diese herzensgute Frau, immer so freundlich, immer für die anderen da – Herrgott! Das klingt ja alles, als wäre sie als ihr eigener Nachruf herumgelaufen!«

Der Kreis der Nachbarn und der Alten, die von der Engler betreut wurden, bringe sie wohl tatsächlich nicht weiter, räumt Sternecker ein, obwohl man ja noch nicht sicher sein könne, dass man alle Personen, die mit ihr in Kontakt standen, aufgetrieben habe, und er erinnert an die Nichte, deren Phantombild, wie auch das ihres Begleiters, soeben in Zusammenarbeit mit der Zeugin Klee angefertigt wird.

Die Liste der Telefonnummern, die von Regina Englers Anschluss in den zurückliegenden Monaten angewählt worden waren, ergab einen Kreis alter Menschen, über die ganze Stadt verteilt, die auf unterschiedlichste Weise die kostenlosen karitativen Dienste (»Neddermal zu Weihnachten hadds fei a Geld nehmer wolln!«) von Frau Engler in Anspruch genommen hatten. Krankenpflege, Wohnungsputz, Besorgungen, Papierkrieg mit Ämtern, Frau Engler war da (»Ich hab oft gsagt zu mein Moo, die Fraa Engler, die is unser Schutzengel!«). Als ausgeschlossen konnte gelten, dass die Engler ihren Dienst an den Alten dazu missbraucht hatte, an deren etwaiges Vermögen heranzukommen. Sie besaß erstens ganz offensichtlich selber genug, spendete zweitens beachtliche Beträge an SOS-Kinderdörfer, den Deutschen Paritätischen Wohlfahrtsverband, das Rote Kreuz et cetera, und drittens wurde die Frage, ob Frau Engler sich jemals für die Sparkonten ihrer Kundschaft interessiert hätte, von allen Zeugen entrüstet zurückgewiesen. Zwei Damen bekundeten sogar verschämt, Frau Engler habe »a weng kholfm«, wenn es mit der kleinen Rente hinten und vorne nicht mehr gelangt hätte, und von einer Rückzahlung der kleinen Darlehen nichts wissen wollen.

»Aber Sie sagen ja selber immer: Wer ordentlich ist, hat was zu verbergen.«

»Und das ist gemeinhin gut in der Vergangenheit verborgen.« Außerdem werde er den Eindruck nicht los, dass da ein Büßerleben geführt wurde.

»Naja, dann hätten ja alle ehrenamtlichen Helfer Leichen im Keller.«

»Weiß man's? – Außerdem, ein normales Ehrenamt ist mit einem Vormittag oder Nachmittag pro Woche bei irgendeiner Organisation erledigt. Die Engler war ja nirgendwo Mitglied – die war ja ihr eigenes Institut und täglich im Dienst.«

»Täglich im Dienst sind die von der Heilsarmee auch.«

»Und die Wohnung? Fanden Sie nicht auch, dass sie die Atmosphäre einer Klosterzelle hatte?«

»Die von der Heilsarmee wohnen auch nicht anders.«

»Aber wir sind uns schon noch darüber einig, dass wir uns um die Vergangenheit von der Engler kümmern müssen?« fragt Gloßner halb gereizt, halb ironisch.

»Durchaus. Aber ...«

– aber blickt man von dem Zeitpunkt zurück, an dem sich Regina Engler wieder in Nürnberg ansiedelte, wird man von der kleinen, ummauerten Insel dieser unscheinbaren Existenz hinausgetrieben auf das Meer – Ratte, nimm mich mit auf dein Floß! Krähe, nimm mich auf deine Flügel!, – wird an die Strände ferner Kontinente geworfen, und erst nach Jahrzehnten dem Zeitstrom entgegen erreicht man den Punkt, an dem die junge Fremdsprachenstudentin sich vom einen Tag auf den anderen aus ihren Verankerungen riss, um ein rastloses Leben in der Fremde zu beginnen.

»¡Hola! ¿Qué tal?«

Don Felipe, der offenbar schon eine ganze Weile damit beschäftigt war, sich durch das spanische Fernsehprogramm zu zappen, begrüßt seine beiden Gäste mit einem breiten Lächeln, und man weiß nicht genau, ob es die Freude ist, Paula und Gregor zu sehen, oder die Freude, überhaupt irgend jemanden in seiner Bar zu sehen.

»Jedes Mal andere Verkleidung, ¡caramba carajo! Letzte Mal als Klempner, heute wie die Mormonen, nächste Mal«, Felipe zwinkert heftig, »Arzt und Krankenschwester.«

Paula kontert mit einer Miene, strenger als Haarknoten und Tweedkostüm.

»Wir sind mitten in den Proben für ein Theaterstück. Seit heute früh arbeiten wir schon. ¿Hay unas tapas?«

»Claro que si. Hay chorizo, albóndigas, pimientos rellenos, gambas con ajillo ...«

»Von allem. ¡Y también dos copas!«

Don Felipe tischt auf, Don Felipe bringt Teller und Gläser, Tapas und Wein. Als hätte sie eine Leinwand in ihrem Kopf, schaut Paula sich noch einmal die verstörende Szene an, die sie soeben ein paar Häuser weiter erlebt haben.

»Klingeln Sie lieber bei Heß, wenn Sie ein gutes Werk tun wollen«, rät ihnen die Nachbarin.

»Das haben wir schon, aber anscheinend ist sie nicht zuhause.«

»Frau Heß ist immer zuhause. Sie müssen nur fest klopfen.«

Geht zur Tür, klopft.

»Frau Heß?«

Ein Geräusch, sehr fern.

»Frau Heß, da ist Besuch für Sie.«

Nickt Gregor und Paula zu, geht in ihre Wohnung zurück, schließt die Tür.

Langsame Schritte.

»Sie kann nicht einmal aus dem Haus gehen, nicht einmal die hundert Meter zu Felipes Bar. Unerreichbar die einfachsten Dinge. Ja, sie könnte gehen. Bestimmt hat sie genug Kraft, zu gehen. Aber auch genug Kraft, sich der Welt so zu zeigen?«

»Ja?«

Augen wie erloschene Sonnen, in die das Licht hineinstürzt.

Unmöglich, den ersten Satz zu sprechen, Gregor kann die Frau nicht fragen, ob sie das Leben liebt, zieht seine Requisiten aus der Tasche, bringt kein Wort von einer frohen Botschaft über die Lippen,

Ob es der Blick gewesen ist? Nein, Paula kann Gregor nicht erklären, was sie dazu gebracht hat.

»Das war nicht ich. Jemand anders hat gefragt.«

und er hört Paula sagen, »wissen Sie nicht, wo meine Mutter ist? Sie waren doch Ihre beste Freundin. Sie hat mir oft von Ihnen erzählt. Am Sonntag vor einer Woche war sie bei Ihnen, zum Abendessen.«

Stille.

Nirgendwo plärrt ein Radio, in keiner Wohnung schreit ein Kind, niemand geht die Treppen hinauf, niemand hinunter, keine Tür fällt ins Schloss, nur das Haus atmet leise kalte Winterluft durch alle Fugen.

»Wie heißt Ihre Mutter?«

»Engler. Regina Engler.«

»Frau Engler war nur beruflich bei mir. Aber sie kommt schon eine ganze Weile nicht mehr.«

Die Tür wird geschlossen.

Eine Treppenstufe knackt.

»Mein Gott, Gregor – dieses Gesicht!«

»Frau Engler, hätte sie sagen können, wirklich, Frau Engler? Ihr wird doch nichts zugestoßen sein?« Oder: »Sie sind ihre Tochter, freut mich, Sie kennenzulernen.«

»Sie ist allein. Menschenscheu. Behindert – entstellt.«

... schläft nie – höre ich am Tag und höre ich in der Nacht ...

Und plötzlich kippt Paula um, wird nicht ohnmächtig, fällt nicht vom Stuhl, kippt innerlich um, »lasst uns von unseren Inseln fliehen! Felipe, du musst mit uns kommen!«

Felipe wendet seinen Blick widerstrebend von der spanischen Sportschau ab und mustert mit hochgezogenen Augenbrauen die chica loca alemana.

»¿Qué?«

»Wir müssen hier raus! Unter Menschen! Deine Gäste haben deiner Bar einen Ruhetag verordnet. Deshalb musst du jetzt absperren und mit uns irgendwohin gehen – ins Kino! Wollen wir ins Kino?«

Paula ist temperamentvoll vom Barhocker gesprungen, und es mag die ungewohnte Kleidung sein, die ihr schauspielerische Grandezza verleiht; Gregor fühlt sich an die irrsinnige Lady Macbeth erinnert, bei deren Lichtspielgestalt er am Sonntag Zuflucht gesucht hatte. Felipe entkorkt seelenruhig noch eine Flasche Albariño und bemerkt zu Gregor: »Weißt was ich glaub? Unsere Freundin ist immer in eine Theaterprobe.«

»¡Madre Madonna!«, das Wort »Theaterprobe« wirkt auf Paula wie ein Stromschlag, »das Kostüm! Ich hab ja das Kostüm völlig vergessen!«, hastig schlüpft sie in ihren Mantel, erzählt dabei irgendwas von einem gewissen Gary und einem dringenden Auftrag, schnappt Handtasche, Zigaretten, Feuerzeug, und draußen ist sie.

»Interessante Frau«, kommentiert Felipe und füllt auch für sich ein Glas mit Weißwein, »aber leider, es loca de remate. Verrückt. Ist deine Freundin?«

Gregor schüttelt nur den Kopf, und um das Thema Frauen im Allgemeinen und Paula im Besonderen nicht weiter vertiefen zu müssen, fragt er: »Lebst du schon lange hier?«

»Hier? In Nürnberg? Nächste Frühjahr werden 29 Jahre. Das war andere Zeit, damals. Waren viele Spanier im Viertel. War alles lebendiger. Lokal war immer voll. Aber heute, so eine Lokal kannst nur noch machen nebenbei.«

»Wohnst du im Viertel?«

»Die ganze 29 Jahre leb ich schon drüben, in Eisenbahnersiedlung an den Rampen.«

»Dann sind wir fast Nachbarn gewesen. In der Gegend bin ich aufgewachsen. Wir sind an den Rampen entlanggeradelt zum trockengelegten Kanalbett, das war unser Spielplatz.«

»War bestimmt gut zu wohnen, bevor haben Stadtautobahn gebaut.«

Gregor fühlt sich plötzlich wie jung vergreist in dieser Welt, die alle paar Jahre umkippt wie ein überdüngtes Gewässer, in der das eigene Leben hinter einem zusammenfällt, von Presslufthämmern zu Staub zermahlen, als wäre es nie gewesen.

»Warum gehst du nicht zurück nach Spanien?«

»In Spanien ist nicht besser für mich. Wie ich jung war, hab ich Kaufmann gelernt in eine Spedition. Dann in Deutschland hab ich alles gemacht, Fabrik, Baustelle. Das geht, wenn jung bist. Aber jetzt, in Spanien zurück, was soll ich machen? Eine neue Beruf anfangen in mein Alter?«

Der Fernseher mischt sich mit einem Mal lautstark ins Gespräch ein, »¡Mira!«, Felipe zeigt auf den Bildschirm, wo zwei struppige, schlecht rasierte Männer in einem elenden Hinterhof aufeinander einreden, »eine alte Frau hat man tot gefunden, ist eine Woche in ihrem Bett gelegen. In eine kleine Stadt im Süden. Eine von die zwei ist ihr Sohn, eine ist ihr Nachbar«, erläutert Felipe, und Gregor registriert befremdet die hautnahe Berichterstattung des spanischen Privatfernsehens.

»Früher – unmöglich. Familie, Nachbarschaft, war bei die Spanier heilig.«

Draußen fährt der aberhundertste Schwarm Autos durch die Kohlenhofstraße, vom Rotlicht in eine Meute wütender Jagdhunde verwandelt, vom Grünlicht in die Stadt losgelassen.

Normalität ist eine gepflasterte Straße, doch es wachsen keine Blumen auf ihr.

»Die hätten nicht nur eine läppische Schaufensterpuppe mit einem Sprüchlein aufhängen sollen«, stellt Gregor fest. »Lieber gleich alles sprengen, die ganze Stadtautobahn, alles.«

Paula rennt in ihrem grauen Tweedkostüm durch das eisigkalte Gostenhof und fragt sich dabei mehrfach, wie englische Detektive englische Winter überleben. »Es muss am Golfstrom liegen«, denkt sie, »auf der Insel ist es auch im Winter noch einigermaßen erträglich – kommt der Golfstrom eigentlich an England vorbei?« Ja, das ist genau die Art von Gedanken, die der Mensch sich durch den Kopf peitscht, wenn er durch einen Eiswind hin zu einem Termin rennt, obwohl er eigentlich viel lieber etwas anderes täte – noch eine Weile in einer kleinen spanischen Bar sitzen und Wein trinken zum Beispiel, und dabei mit einem fast fremden und doch seltsam vertrauten Mann an einem Gedanken herumspinnen. Herumspinnen ist sowieso eine der besten menschlichen Tätigkeiten überhaupt, wenn man einmal davon absieht, dass man auch gar nichts tun könnte – aber wer schafft das schon?

Paula rennt also und versucht dabei, sich einen möglichst sachlichen Ton in den Körper zu atmen. So etwas ist hilfreich, wenn man mit einem amerikanischen Performancekünstler verabredet ist, andernfalls redet er dich innerhalb kürzester Zeit in Grund und Boden und du kannst zusehen, wie du dich wieder ausbuddelst. Und überhaupt: Warum kann sie nicht ein bisschen cooler sein, schließlich ist dies wieder einmal einer von den vielen »Oh-Mann-ich-schulde-dir-was-Jobs« von denen sie schon mehr als genug hatte. Also, geh langsam, Paula, es schadet überhaupt nichts, wenn Gary ein bisschen auf dich warten muss. Natürlich ist Gary noch nicht da, als Paula abgehetzt und durchgefroren in der *Tollkirsche* ankommt. Er hat das wesentlich bessere organische Timing und stolpert erst eine Viertelstunde später durch die Tür, als der Tee bereits fertig ist und nur noch darauf wartet, eingeschenkt zu werden – so ist das mit dem Timing und der Coolness.

Paula ist gelinde gesagt sauer und fühlt sich nun auch innerlich so, wie sich der nasskalte graue Tweed auf der Haut anfühlt. Garys Kostüm hatte bei der ersten Anprobe noch nicht richtig funktioniert, war an den Schultern zu eng gewesen, in den Beinen nicht eng genug – jetzt scheint es besser zu sitzen. Paula hat dem Tänzer in die zweite Haut hineingeholfen und die Klettverschlüsse an den verabredeten Stellen fixiert, so dass Gary jetzt aussieht wie eine abstrakte Lehmstatue, wie er vollkommen verschnürt mitten im Laden steht.

»Wir alle mussen uns erst aus unsere alte Haut befreien, before we can express – äh, ausdrucken – was wir sind in real, okay! Das ist ein difficult process – und tut weh, you see«, erklärt Gary sehr gedämpft durch den dicken Stoff hindurch.

Paula nickt und sieht zu, wie Gary beginnt, sich probeweise zu bewegen. Er dreht den Kopf unter der Kapuze hin und her, knickt mit dem Oberkörper nach vorn und zu den Seiten, windet sich in der engen zweiten Haut wie eine Schlange bei der Häutung. Dazu stöhnt und knurrt er, als leide er entsetzliche Schmerzen und wäre gleichzeitig wütend, wenn die Klettverschlüsse sich mit einen lauten *ratsch* öffnen, »wird noch über die interne microphone abgenomme und an die Computer verfremdet! Kannst du vorstellen?«

Nein, Paula kann es sich nicht vorstellen, was aber nicht an Garys künstlerischen Fähigkeiten liegt, sondern daran, dass sich gerade ein ganz anderes Bild vor ihr inneres Auge geschoben hat. Es ist ein Frauengesicht, das auf entsetzliche Weise entstellt ist, ausschaut, als wäre die Haut streifenweise abgezogen und vollkommen willkürlich wieder zusammengetzt worden, wobei weder auf den korrekten Sitz der Nase noch des linken Auges Rücksicht genommen wurde. Wie ein eingesperrtes Tier hatte es sie angestarrt aus seiner vernarbten ledrigen Höhle heraus, während das andere kühl und distanziert geblickt hatte bei der Versicherung, Frau Engler lediglich auf geschäftlicher Ebene gekannt zu haben. Wie sehr muss sich jemand wünschen, aus so einer Haut befreit zu werden, endlich wieder aus sich herausgehen zu können – überhaupt wieder herausgehen zu können! Noch bevor Gary die letzten Verschlüsse aufgerissen hat, fliegt der Ladenschlüssel auf den Teetisch. »Sperr bitte ab, wenn du gehst, und schmeiß den Schlüssel in den Briefkasten – ich muss dringend noch mal los!«

Immer wenn man allein ist, vergeht die Zeit zu langsam, denkt Harri in seiner Laube, obwohl er sich darin zum ersten Mal seit langer Zeit wieder so was wie heimisch fühlt. Das liegt auch an den Briketts, die im Kanonenofen leise knackend vor sich hinglühen. Gleich nachdem er gestern bei Angela gewesen war – *sie ist doch mein Engel, sie ist nicht böse, sie wird mich nicht von sich wegstoßen* –, ist er rüber in die *real*-Cafeteria, hat sich eine gegrillte Schweinshaxe bestellt und dazu ein Bier und dabei fast entspannt auf die Welt schauen können, in der übergroße Einkaufswagen von unzähligen Menschen hin- und hergeschoben werden, immer hin und her, hin und her – der komischer Ameisentanz des ganz normalen Lebens. Ganz heiter hatte ihn dieser Anblick gestimmt, so heiter, dass er sich sogar wieder zwei Bündel Briketts kaufen konnte, ohne gleich an die beiden Toten im Weiher denken zu müssen. Mit je einem Bündel unterm Arm ist er anschließend endlich auch mal wieder ins *Concordia*, sehen, ob die Welt dort auch wieder so ist, wie sie war, bevor sie über seinem Kopf zusammengestürzt ist. Ein ganz schönes Hallo war das, und der Rudi hat sogar eine Runde Hörnerwhisky spendiert, »Mensch, Harri, alte Wurschthaut, dass es dich doch noch gibt, ham uns fei schon Sorgen gemacht. Beim Doktor bist gewesen, hat der Dieter erzählt – aber jetzt – alles wieder senkrecht?« Und weil er sich tatsächlich genau so gefühlt hat wie Lazarus, der von den Toten auferstanden ist – zumindest haben das die frommen Schwestern damals im Heim steif und fest behauptet – hat Harri dann auch gleich noch Schnaps für alle bestellt und für sich ein Hefeweizen und gleich noch eins zur Reserve. Später auf dem Nachhauseweg hatte er sich immer noch ziemlich senkrecht gefühlt, sogar gesungen *we had joy, we had fun, hm hm hm hm in the sun ...*, obwohl seine Beine weich wie Gummi waren – »Harri, bist sicher, dass sich deine Pillen mit dem Schnaps vertragen?« – »morgen, morgen ist ein Feiertag!« Nur als er die beiden totgefahrenen Kaninchen auf der Rothenburger hat liegen sehen, ist er ganz kurz doch noch einmal traurig geworden. »Aber morgen wird gefeiert, ab morgen wird alles wieder gut.«

Und jetzt sitzt er wieder einmal auf seinem Sofa und hofft, dass die Zeit schneller vergeht, »nicht vor acht, Harri, auf gar keinen Fall vor acht – wir haben dann immer noch genug Zeit, um es uns gut gehen zu lassen.« Die Tasche hätte er verschwinden lassen sollen, versenken oder verbrennen – das könnte er jetzt noch tun, könnte die Kleider einfach in den Ofen stecken und die Ledertasche auf den Abfallhof gleich nebenan. Aber dann kommt er der anderen wieder so nah, will keine Kleider von einer Toten sehen, will sie nicht anfassen – nein, ein paar Steine rein und ab damit in den Kanal. Nur dazu muss er sich ein Auto leihen, zu Fuß ist es zu weit. Silbersee vielleicht, da kommt man mit dem Bus hin, und der ist im Winter auch nicht abgelassen. Genau, morgen Abend wird er mit dem Bus zum Silbersee fahren und die Tasche versenken, und wenn sie fragt, wird er sagen, dass er gestern schon draußen war beim See. Auch der Harri hat schließlich ein Recht auf Geheimnisse! Jetzt ist es sowieso zu spät dafür – bald wird er rübergehen zu ihr in die Hessestraße, bald.

Es war eine verrückte Eingebung, ein blitzschnelles Begreifen unter der Oberfläche von Bewusstsein und Vernunft, das Paula überfallen und noch einmal zurück in die Hessestraße getrieben hatte. Und manchmal muss man diesen Eingebungen folgen, die aus der tiefsten Tiefe des inneren Ozeans in einem aufsteigen, man darf nicht anfangen zu denken, nichts fragen, vor allem nicht nach dem Sinn. Man muss sich treiben lassen, schnell schwimmen, unter den schweren Brechern von Trägheit und Verstand hindurchtauchen und sich vor allem vor den scharfen Klippen der Wahrscheinlichkeit in Acht nehmen. Wenn du beginnst dich zu fragen, wie wahrscheinlich es ist, dass du noch einmal in die Wohnung dieser Frau kommst, bist du verloren, die Realität schnappt nach dir und du kannst mit nichts als einem peinlichen Zwicken im Bauch in die nächste Bar marschieren und dir den Frust runterspülen.

Paula ist wie eine Schlafwandlerin die Strecke bis zu Angelas Haustür gelaufen, hat nicht nach links oder rechts geschaut, hat die Nadelstiche des Eisregens nicht auf ihrer Haut gespürt, ist immer nur voran, voran gegen den Wind von außen und gegen die Zweifel von innen. Die Haustür war nicht eingeschnappt – ein gutes Zeichen, man bleibt im Fließen – die Treppe hoch, erster Stock, zweiter, dritter – da ist ihre Klingel, nicht zögern, nicht denken, nicht aus dem Fluss geraten, sonst unterbricht man ihn und zerschellt an den Klippen. Angela öffnet und Paula stürzt in den dunklen Flur und weiter, bis dorthin, wo sie das Wohnzimmer vermutet. Die Tür schnappt hinter ihr ins Schloss.

Ungefragt, als sei es vollkommen selbstverständlich, setzt sie sich an den ovalen Esstisch und wartet, bis Angela ebenso selbstverständlich ihr gegenüber Platz genommen hat. Sie schweigen, von den Bahngleisen gegenüber durchschneidet das Kreischen eines rangierenden Zuges die bleierne Stille.

»Ich wusste, dass Sie wiederkommen würden. Ich habe es in Ihren Augen gesehen.«

Es ist wie bei einem Bühnenauftritt, man darf keine Angst haben, man muss sich treiben lassen, vergessen, wer man ist, wer man sein *möchte,* man darf nur noch sein.

Der erste Ton ist vorgegeben, *sie* hat ihn vorgegeben, Paula muss reagieren und das sein, als das sie erscheinen möchte, so werden Lügen, Träume und Gespenster geboren, Kunstwesen schillernd und fragil wie Seifenblasen – gib acht, Paula, sonst zerplatzt die Blase!

»Ich weiß, dass Sie etwas über meine Mutter wissen und dass Sie sie besser gekannt haben. Warum erzählen Sie mir nichts von ihr?«

Das Gesicht auf der anderen Seite des Tisches bleibt unbewegt, nur die Augen schauen Paula auf seltsam durchdringende Weise an. Wieder das Kreischen des Zuges, es schmerzt in den Ohren und zerrt an den Nerven.

»Regina hatte keine Tochter. Sie wissen das genauso gut wie ich. Regina hatte niemanden. Was also wollen Sie von mir?«

Keine Angst, Paula! Tauch unter der schweren Brandung hindurch, lass dich nicht vom Sog der Wirklichkeit erfassen, schwimm, Paula, schwimm gegen die Zeit, schwimm gegen den Strom der Gegenwart.

Zwei Boten wurde geschickt zur Göttin der Unterwelt Ereshkigal, die den leblosen Leib ihrer Schwester Inanna gefangen hielt. Die finstere Göttin litt, klagte und schrie ob ihrer eignen Gnadenlosigkeit und wand sich wie in Schmerzen. Die Boten, Wesen aus Schmutz und Zauberei geformt, setzten sich zu der Göttin, klagten und litten mit ihr. Dies erweichte das Herz der Grausamen, und den geschundenen Leib der Schwester gab sie endlich frei.

»Was ist mit Ihrem Gesicht geschehen?«

Wie ein Schuss ist die Frage im Raum explodiert und scheint von den Wänden widerzuhallen. Ist es dunkler geworden? Die

Frau sagt nichts, hat sie ihr zugehört? Irgendwo raschelt es leise – Mäuse hinter den Tapetenleisten, vielleicht auch eine Ratte?

Auf dem Tisch stehen eine Karaffe mit Rotwein, zwei Gläser und eine Schale mit dunklen Schokotrüffeln.

»Wein?«

Mit allem hätte Paula gerechnet, nur nicht mit dieser Reaktion. Aber genau das ist es, das ist die Magie, die entsteht, wenn man aufhört, in der Realität zu denken.

Paula nickt und schaut zu, wie der Wein aus der Karaffe langsam in die beiden Gläser fließt, die nur auf diesen Moment gewartet zu haben scheinen.

»Mögen Sie Musik?«

Paula weiß nicht, was sie sagen soll, die Situation ist bizarr, längst nicht mehr von dieser Welt, aber wenn du dich einmal hinunter gewagt hast, zeig keine Angst, bleib offen, lass dich treiben auf dem dunklen Strom, sonst wirst du vom schwarzen Strudel verschluckt. Paula nickt zum zweiten Mal.

»Ich habe Musik auch immer geliebt. Aber es wäre besser, wenn es nicht so gewesen wäre. Hätte ich sie nicht geliebt – wie anders würde mein Leben aussehen. Würde *ich* aussehen!«

Wer nun denkt, die Paula Rüss ist eher eine von der hartgesottenen Sorte und schwer zu bremsen, wenn es ums Reden geht, hätte sie jetzt einmal sehen sollen. Ganz klein und mucksmäuschenstill hockt sie am Tisch und fällt immer mehr in sich zusammen, je länger die andere erzählt. Und wäre es nicht so schummrig in dem Museum von Wohnzimmer, man hätte sehen können, wie Paulas Augen nach und nach ganz wässrig geworden und jetzt kurz vorm Überlaufen sind. Sie hat die Zigaretten in der *Tollkirsche* liegen lassen, das ist dumm, denn Zigaretten sind gut gegen den Wasserdruck in den Augen und den Druck auf der Seele.

Angela raucht und trinkt, während sie sehr sachlich von dem Unfall erzählt, vom ersten Bardentreffen, das sie unbedingt miterleben wollte, vom schrecklichen Aufwachen nach der langen Nacht, von der Angst und der Einsamkeit erzählt und nicht einmal weiß, warum sie es ausgerechnet dieser Fremden erzählt – vielleicht, weil die eine Lügnerin ist, genau wie sie selbst, vielleicht, weil sie irgendetwas an sich hat, was sie daran erinnert, wie sie selbst einmal war, vor langer Zeit, vielleicht auch nur, weil die Zeit seit ein paar Tagen sowieso aufgehört hat zu existieren.

Paula will den Fluss nicht unterbrechen, will hören, will eintauchen. Aber rauchen will sie auch, und es ist für jeden Raucher nur zu verständlich, wenn jemand in der Situation dringend eine Zigarette rauchen möchte, um die flattrigen Nerven zu bändigen und das Überschwappen des inwendigen Ozeans zu verhindern.

»NEIN!«, unterbricht sich der Fluss, der jetzt wieder Angela ist und Paulas Hand über der Konfektschale eine Spur zu fest umklammert hält, »die sind alt, sie werden Ihnen nicht schmecken. Überhaupt, es ist spät, ich bin müde. Gehn Sie jetzt!«

Unter den Wellen durchtauchen, Paula! Stell dich den Wellen nicht in den Weg, versuche nicht stärker zu sein als sie. Die Wellen könnten dich auf harte Felsen werfen und zermalmen!

Paula rennt, immer noch in ihrem grauen Tweedkostüm, die gewundene Treppe hinunter – dritten Stock, zweiter, erster, Ausgang – raus, nur raus. Als sie die Haustür aufreißt, prallt sie beinahe gegen die massige Brust eines Riesen, der darüber fast mehr erschrickt als sie, aber zu langsam ist, um zupacken zu können.

Gloßner hatte bestimmt eine Stunde lang an seinem Küchentisch gesessen und versucht, sich zu entspannen. Er hatte sogar Musik aufgelegt, Rembetiko, die griechische Variante vom Blues, schwer und dunkel wie der Rotwein aus Samos. Was hatte er gestern noch zu Häckel gesagt? Es gibt auch

Menschen, die gern mal Feierabend machen möchten, Badewanne, Sofa, Fernsehgucken und dabei den verdammten Kopf abschalten. Seine Badewanne hängt voller Wäsche, müsste man erst zusammenlegen, reicht aber auch noch, das am Wochenende zu tun, oder der Putzfrau einen Zettel zu schreiben und einen Extrafünfer auf die Kommode im Flur zu legen. Die einzige Flasche Bier hatte er vor einer halben Stunde aus dem nun vollkommen leeren Kühlschrank genommen, und auf den Obstler, ein Geburtstagsgeschenk der Kollegen aus dem Präsidium, hatte er absolut keine Lust, schon gar nicht auf nüchternen Magen.

Unten auf der Brückenstraße sind nur noch wenige Autos unterwegs, wer nicht muss, setzt sich heute nicht mehr hinters Steuer, und über dem Johannisfriedhof liegt etwas wie Nebel, ist aber der feinperlige Eisregen, der schon vor ein paar Stunden begonnen hat, die ganze Stadt in eine riesige Rutschbahn zu verwandeln. Wenn man das verdammte Hirn schon nicht abschalten kann, dann sollte man dabei wenigstens etwas im Magen haben, ein Glas Wein kann auch nicht schaden.

Und so kommt es, dass Gloßner nun neben einem leergegessenen Teller, auf dem noch vor kurzem ein hervorragendes Stifado dampfte, bei seinem Stammgriechen in der Großweidenmühle sitzt und mit einem Glas Retsina in der Hand auf seinen Notizblock starrt. Punkt für Punkt hatten sie die Informationen zusammengetragen, sämtliche Zeugen der Liste aufgesucht – viele waren es nicht, aber genug, um das Team zwei Tage lang auf den Beinen zu halten. Aus Papieren, die sie in der Wohnung gefunden hatten – Studienbuch, Arbeitsverträge, Briefe –, und aus Meldedateien hatten sie den Lebenslauf von Regina Engler fragmentarisch rekonstruiert. Ein seltsames Leben hatte diese Frau, eines, das recht normal begann, genauso wie viele andere Leben in der gleichen Zeit auch – Grundschule, Gymnasium, Studienbeginn –, das dann aber eine abrupte Wende genommen und sie mit sich rund um den Globus geschleift hatte, und schließlich in einem Weiher mit Metallschellen an den Füßen und verbranntem Kopf enden ließ. Geboren und aufgewachsen in Hamburg. Keine Kinder, kein Ehemann, keine Geschwister, Eltern 1975 bei einem Flugzeugabsturz in Griechenland tödlich verunglückt. Einzige Verwandte Irene Stör, Tante mütterlicherseits, verstorben 1998 in Nürnberg, wohnhaft in der Schonhoverstraße in Schoppershof.

Regina Engler hatte das Mehrparteienhaus ihrer Tante geerbt, und laut der Informationen des Nachlassgerichts war es gar nicht so einfach gewesen, sie in Venezuela ausfindig zu machen, wo sie in einem Projekt zur Resozialisierung von entlassenen Strafgefangenen gearbeitet hatte. »*El Dorado*, ein selten dämlicher Name für einen Schwerverbrecherknast«, denkt Gloßner und trinkt einen großen Schluck von seinem Retsina. »Wenn sie so offensichtlich von Deutschland nichts mehr hat wissen wollen, sich jahrzehntelang in der Weltgeschichte herumtreibt, warum bleibt sie dann ausgerechnet in Nürnberg? Das Haus hätte sie verkaufen können – aber nein, sie ist geblieben!« Gloßner malt ein großes Fragezeichen neben die Notiz.

»Willsdu noch ein Retsina oder Ouzo?«

Panajotis hat den leeren Teller, die kleine Salatschüssel und die metallene Weinkaraffe auf dem Arm übereinander gestapelt und schaut den Kommissar fragend an.

»Was?«

»Wein oder Ouzo?«

»Wein«, murmelt Gloßner, »und bring mir noch einen Mocca, könnte was Längeres werden.«

Ist sie geblieben, weil sie sich verpflichtet gefühlt hat? Wollte sie einfach nur zur Ruhe kommen – aber so alt ist sie 1998 doch noch gar nicht gewesen, gerade einmal 43 Jahre. Aber was soll's, vielleicht war es ganz einfach nur der »fränkische Sog«, der hat schon ziemlich viele Leute erfasst, die eigentlich nicht vorhatten zu bleiben und irgendwann feststellen mussten, dass es einfacher ist, hierher zu kommen, als wieder wegzugehen. Am Anfang redet man sich noch ein, dass es nur für eine Weile ist und man demnächst abhaut, nach Berlin oder zurück nach Hamburg oder gleich ganz weg aus Deutschland, aber eh du dich versiehst, steckst du im Sog und kannst paddeln und dagegen anrudern wie du willst, du kommst nicht mehr raus. Gloßner verzieht das Gesicht zu einem schiefen Grinsen und prostet sich in der Fensterscheibe zu.

Aber die Engler war schon einmal rausgekommen, offenbar sehr schnell, fast überstürzt, wie es den Anschein hat. Recherchen an der Uni Erlangen ergaben, dass sie zum Wintersemester 1976 zwar eingeschrieben, aber nicht mehr erschienen war. Regina Englers Wege verliefen seitdem mehr oder weniger im Dunkeln, »weniger« nur deswegen, weil sich die Zeugin Klee noch an Gespräche mit Reginas Tante erinnern konnte, die erzählte, dass Regina mal in Indien, dann in Schwarzafrika, dann wieder in Südamerika und wo nicht sonst noch überall in der Weltgeschichte unterwegs war. Eine Handvoll Ansichtskarten, die ihr Frau Stör »vonwegen der exotischen Briefmarken« geschenkt hatte, war vorübergehend zu den Akten gewandert und liegt jetzt ausgebreitet auf der rotweiß karierten Tischdecke.

»Ganz schön rumgekommen, die Gute!«, denkt Gloßner und starrt in den Kaffeesatz seiner leeren Tasse, als könne er in dem schwarzen Schlamm am Grund Spuren dieser rätselhaften Frau entdecken. Und noch etwas ist merkwürdig: Über einen sehr engagierten Mitarbeiter des Einwohnermeldeamtes, der sich durch alte Meldedateien gewühlt hatte, und die AKDB, die Anstalt für kommunale Datenverarbeitung in Bayreuth, hatten sie herausgefunden, dass die Engler all die Jahre ihren Hauptwohnsitz in Schoppershof beibehalten hatte. Eine Weltreisende in Sachen Nächstenliebe mit festen Wurzeln in Nürnberg – das lässt sich auch nicht mehr mit dem »fränkischen Sog« erklären. Warum meldet sich jemand in einer Stadt an, immatrikuliert sich an der Uni, nur um ein knappes Jahr später für 22 Jahre zu verschwinden? Der Schock über den frühen Tod der Eltern kann es kaum gewesen sein, der Absturz lag zu diesem Zeitpunkt über ein Jahr zurück, und während der zwei Semester ihres Studiums hat sie extrem fleißig gearbeitet, das belegt ihr Studienbuch, das Sternecker unter ihren Papieren sichergestellt hatte. Und dann plötzlich der komplette Bruch mit dem früheren Leben. Was ist in den Semesterferien 1976 im Leben von Regina Engler vorgefallen? Was hat sie aus der Stadt getrieben und wie eine Wahnsinnige um den Erdball gehetzt? War es ein religiöses Erweckungserlebnis, war es Liebe oder war es so was wie eine Flucht? Gloßners Daumen beginnt wieder einmal zu jucken, aber für heute beschließt er es gut sein zu lassen.

»Panajotis, bring mir doch noch einen Ouzo und die Rechnung«, knurrt er laut in Richtung Tresen – und leise in sich hinein: »Muss schließlich auch mal Feierabend machen, sonst bin ich bald reif für eine von Häckels Kühlboxen.«

Nachdem Felipe ihn kurz nach acht in den Regen hinauskomplimentiert hat, steht Gregor vor der Wahl, entweder den Weg nach links einzuschlagen, also die Kohlenhofstraße entlang, oder die Bahnbrücken zu unterqueren und dann nach links, die Stadtautobahn entlang in die Südstadt zu gehen. Fahren will er nicht mehr, heute fühlt er sich nicht stark genug, im Ernstfall den Nüchternen zu spielen, und die Straße scheint sich gerade in eine Eispiste zu verwandeln; aber die Aussicht auf den Weg zu Fuß ist, gelinde gesagt, erschütternd. Zu ihr? Wieso denn schon wieder? Und, nebenbei: Ist sie denn in den vergangenen Tagen ein einziges Mal in der Südstadt gestrandet und musste zu Fuß nach Gostenhof zurück? Hier scheint eine einseitige Magnetkraft am Werk, die Gregor offensichtlich nicht zu seinen Gunsten umkehren kann, und Paulas brüsken Abschied hat er auch nicht ganz verwunden, irgendwie scheinen *ihre* Termine immer Vorrang zu haben, und *er* kann mit seiner Werkstatt schauen, wo er bleibt. Thalberg hat ihn am Sonntagabend vor beinah zwei Wochen gefragt, ob Gregor nicht wieder einmal etwas Ausgefallenes für ihn auftreiben könnte, ein DS Cabrio, der nächste Sommer kommt bestimmt, aber dazu müsste man Zeit haben, Zeit! Paula hat offenbar reichlich davon, konstatiert Gregor (der sich entschieden hat, nach rechts zu gehen), als er zu den dunklen Fenstern ihrer Wohnung hochblickt; sie wird ihr geschäftliches Treffen, wenn es denn eines war, zu einem Kneipenbummel erweitert haben. Schräg gegenüber von Paulas Haustür ist ein Ecklokal mit urwüchsig deutschem Namen, *Gaststätte Falkenstein*, laut Speise- und Getränkekarte fest in serbischer Hand; dort geht Gregor jetzt hinein und bezieht Beobachtungsposten am Fenster. Detektiv belauert Detektivin, er bestellt einen Kaffee plus einen Slivovitz und mustert mit Unbehagen sein Ebenbild in der Scheibe, äußerlich ist er noch immer der Zeugen-Jehovas-Bruder Herrmann. Beruhigend fremd das Stimmengewirr, kein Wort, das ihn angeht. Gregor spürt, wie er sich ganz langsam wieder einem Zustand annähert, den er seit geraumer Zeit vermisst: innere Ruhe, Gelassenheit. Nur ein Gedanke funkt dazwischen: Was macht Paula? Und warum denkt er: Was macht Paula? Eigentlich hat er sich gesagt: Ein Jahr Pause. Ein Jahr ohne Frauen, mindestens ein Jahr. Erst einmal wieder mit sich selber klarkommen. Und jetzt? Verlieben ist ausgeschlossen, allein dieses Wort, klingt wie »lieben aus Versehen«. Nie wieder, das steht fest. Aber Opfer der Frauen, da ist er sicher, wird man so oder so, ob verliebt oder nicht verliebt. Opfer! Das Gesicht der Frau. Gibt es zwischen Menschen andere Beziehungen als die zwischen Täter und Opfer? Nur dass nicht jedem Menschen das Opferdasein ins Gesicht geschrieben steht, noch viel weniger das des Täters. Gregors Blick schweift über die Fassaden. Wie freundlich von außen, erleuchtete Fenster in der Winternacht. In den Häusern: Täter und Opfer, überall. In Wohnungen eingesperrt. Und jetzt sieht Gregor Licht in Paulas Wohnzimmer. Hätte sie nicht auf dem Heimweg von der *Tollkirsche* direkt an der Kneipe, an seinem Fenster, vorbeikommen müssen? Gregor geht zur Theke, zahlt, überquert geduckt und in großen Sprüngen die Straße und drückt die Klingel »Rüss«, wartet, kein Türöffner summt. Er tritt ein paar Schritte zurück, blickt nach oben, er hat sich doch nicht geirrt? Da erlischt das Wohnzimmerlicht. Gregor geht um die Ecke, blickt nach oben, Küchenfenster ist dunkel. Klingelt noch einmal. Keine Reaktion. Jetzt könnte Gregor denken: Sie hat was mit diesem Gary und will ungestört bleiben. Denkt er auch. Und *wenn* es Gary ist? Wie lang kennt sie den? Gregor spürt ein Widerstreben dagegen, einfach zu gehen, klingelt beim Nachbarn, es summt, und Gott sei Dank, endlich wurde das Licht im Treppenhaus repariert.

»Entschuldigung«, sagt er zu einem schlanken jungen Mann, der ihn verwundert taxiert, »ich wollte eigentlich zu Rüss.«

»Das ist die Tür nebenan.«

»Ich weiß schon. Nur, es rührt sich nichts. Aber eben hat noch Licht gebrannt.«

Man kann den Nachbarn beinah denken hören *vielleicht will sie Sie nicht sehen*, aber er sagt es nicht, sagt nur vage »na ja ...«

»Ich mache mir Sorgen, verstehen Sie? Irgendetwas ist nicht in Ordnung.«

Gregor klopft heftig.

»Ich bin's!«

Die Tür geht auf. Paula, blass.

»Du? Du bist es? Und ich hab gedacht – ich hab gedacht, es wäre ... komm erst mal rein.«

Wie kam es dazu? Das fragt man sich nicht, wenn es passiert, das fragt man sich danach, nur, für einen gibt es in dieser Nacht kein Danach und kein Nachdenken über wie und warum und warum sperrt sie ihn jetzt auch noch aus! das ist Harri, der windet sich auf Angelas Balkon aber nicht der Krampf hindert ihn die Scheibe der Balkontür einzuschlagen Harri bewegt sich rückwärts abwärts fällt die Zeit hinunter

Ich sah mein ganzes Leben an mir vorüberziehen

Das ist der Anlauf den die Seele nimmt noch einmal ganz zurück und mit einem gewaltigen Sprung hinaus aus der Zeit

»... komm ...«

tut nicht weh tut nicht weh tut doch gar nicht weh

»... lass dich ...«

die tun das Gleiche wie du Harri zu den Sternen und in tausend3achtmilliooonenjahren wieder zurück neu geboren und besser als es war

wie sie sich anfühlt zerbrechlich zart ganz anders

Niemand weiß, wo sich die herumtreiben, die eben noch Mensch waren. Vielleicht schlagen sie jetzt erst wirklich die Augen auf und versuchen, sich an den Traum zu erinnern, der ihr Leben war so schnell vorüber und gar nicht mehr wahr

»Tanzen wir!«

Wenn der, der einmal Harri war, sie sehen könnte wie die ersten Menschen. *Tanzen sie für mich?*

»Du hast gedacht, der verrückte Schrebergärtner?«

»Ja. Als ich bei der Heß aus dem Haus ging, wollte er eben zur Tür rein. Erst hat er nur geglotzt. Dann ist er mir nach. Ich immer schneller, er immer schneller. Dann hab ich ihn bloß noch rufen hören, ich soll mich nicht wieder blicken lassen. Oder so ähnlich. Bin ins Haus rein und die Treppen hochgerannt. Dann hat's geklingelt, und ich dachte, er hat sich's anders überlegt und will raufkommen zu mir.«

»Wir sollten vielleicht doch zur Polizei gehen.«

»Nein. Nichts mehr. Ich kann nicht mehr.«

Beide liegen auf dem Teppich, sehen die Zimmerdecke an, rauchen. Nackt.

»Ich will von der ganzen Geschichte nichts mehr wissen. Das geht allmählich über meine Kraft.«

Harri auf Balkon starrt in Himmel

»Bei der Heß in der Wohnung, da war so ein merkwürdiges Geräusch.«

Lass sie erzählen, stell keine Fragen.

»Als ob im Nebenzimmer – noch jemand wäre ...«

und eine Krähe fliegt durch den Regen und trägt eine schwere Last

»Aber du hast immer noch nicht gesagt, warum du gekommen bist.«

»Inkonsequenz.«

»Eine sehr schöne Inkonsequenz. Ich verzeihe sie dir.«

»Eigentlich fliehe ich Frauen.«

»Ich weiß.«

»Und eigentlich ...«

»Ich weiß.«

»Gar nichts weißt du. Hexe.«

»Ist noch Wein da?«

»Hmmm ... die Flasche ist fast leer.«

»In der Küche ist noch eine.«

»O.k. Bei ›drei‹ konzentrieren wir uns ganz fest auf die Flasche. Eins ... zwei ...«

»Blödmann. Hol die Flasche!«

»Wie heißt das Zauberwort?«

»Pass bloß auf. Ich hab den Wein schon vom *plus* hierher getragen.«

»Du bist eine vorbildliche Hausfrau. Aber wollen wir nicht lieber ins Bett gehen?«

»Ein Glas noch. Der Tag ist noch nicht weggespült.«

»So einen Tag kann man nicht wegspülen.«

Wie lange hatte sie geglaubt, nicht mehr weinen zu können? Wie lange hatte sie sich trockener gefühlt als ein welkes Blatt im Herbst, das sogar die Erinnerung an den letzten Regen verdunstet hat? War es damals, als sie begriff, dass ihr neues Gesicht sie für immer zu einem Leben abseits der Menschen verurteilt hatte? Als sie weinend, schreiend und um sich schlagend gegen Wände gelaufen war und sich die kaum vernarbte Stirn wieder blutig geschlagen, die zertrümmerten Nasen- und Jochbeinknochen aufs Neue gebrochen hatte? Oder war es, als sie erleben musste, dass auch grenzenlose Liebe zu einem Gefängnis werden kann, wenn die beiden Liebenden nur noch durch Leid aneinander gebunden sind?

Wie sie sie hasst, diese Finger, die früher einmal zärtlich ihre Wirbelsäule entlanggefahren waren – *dein Rücken, dein schöner, starker Rücken* –, jetzt schorfig auf der Bettdecke entlang kratzen, an der Wand schaben zu hören, wenn er sich bemerkbar, auf sich aufmerksam machen will. Wie es sie ekelt vor seinem Röcheln, vor den Speichelfäden, die aus seinem bleichen Mund in den filzigen Bart tropfen, vor den nassen Bettlaken, dem widerlichen Gestank. Wie sie sich angekettet gefühlt hatte all die Jahre, angekettet an eine Liebe, die einmal großartig geleuchtet, dann nur noch wie ein endlos sterbender Span vor sich hin geschwelt hatte. Was für eine Folter, eine noch Lebende an einen verrottenden und doch nicht sterbenden Menschen zu fesseln – dieses Leben, dieses verdammte Leben!

Und der kleine Harri? Wie ein Kind hatte er sie angeguckt, wie ein junger Hund, der nicht begreifen kann, dass jedes Spiel einmal zu Ende gehen muss. Das Herz, das eigentlich nicht mehr brechen konnte, hatte es ihr noch mal gesprengt unter seinem Blick, diesem Blick durch die Glasscheibe der Balkontür hindurch. Jetzt hat er aufgehört zu schauen – die Dosis war hoch, fünf Trüffel mindestens hat er gegessen und sie hatte ihn bestärkt.

»Jetzt schläft er, der Kleine, und bald, bald werde auch ich schlafen,« denkt die weinende Krähe, die in ihrem früheren Leben einmal Angela gerufen wurde.

Die Lebenszeit zerfällt in zwei ungleiche Teile: den großen Teil, den man einfach vergisst, und den kleinen Teil der Erinnerungen, eine willkürliche Ansammlung von Minutenabschnitten, die im Nichts beginnen und im Nichts enden, wie zufällig im Gedächtnis hängengeblieben. *Einmal einen Käfer zu Tode gemartert und kurz danach gestürzt und die Knie blutig geschlagen Gott hat mir zugesehen und mich bestraft einmal mit meinem Vater Motorrad gefahren ein heißer Tag der vibrierende Haltegriff kitzelte meine Hände Kopfsteinpflaster Angst sie könnten von selbst loslassen einmal das war im französischen Jura nachts im Regen die Passstraße hinuntergelaufen* heißt einmal ist keinmal, dass alles nicht wahr ist, nie geschehen? Meistens ziehen die Augenblicke, die der Erinnerung später vortäuschen werden, sie seien unser Leben gewesen, ganz unauffällig vorüber, aber manchmal, das sind die merkwürdigsten, da weiß man: Das werde ich nie vergessen, und so geht es Gregor am Donnerstag morgen in Paulas Küche, *ist das eine Art umgekehrtes Déjà-vu?,* denkt er, während er weiß, dass er das nie vergessen wird *sie gießt Tee und Kaffee auf* und *ihr Seidenkimono* und *will der Tag je wach werden, der zum Fenster hereinstarrt, und wenn man es öffnen würde, käme er herein und verkröche sich im Bett, das noch warm* und *die Worte, die sie wechseln*

– warum bist du dir so sicher, dass

– ich bin überhaupt nicht sicher, aber

– aber du hast doch gesagt

– es war so ein merkwürdiges Gefühl, verstehst du

– natürlich verstehe ich. Ich verstehe nur immer noch nicht, dass du da allein hingegangen bist

und während er das sagt, muss er an den Titel eines Kriminalromans denken, den er vor Jahren gelesen hat, vor fünfzehn Jahren, zwanzig Jahren, lange her, *Bitte nix Polizei* hieß das Buch, *Bitte nix Polizei*, drei hilflose Worte, *Bitte nix Polizei.*

Und dabei ist das alles gar nicht wahr mit der Erinnerung, später wird der Augenblick verfälscht, wird angereichert mit dem, was man erst später weiß, *begleitest du mich zum Laden?* fragt Paula und wird erst später wissen, dass der Mann aus der Kolonie *Gärtnerglück* längst tot auf einem Balkon liegt. Wenn man immer gleich wüsste – aber was wäre dann die Gegenwart, nur noch ihre eigene Interpretation. Und jetzt klingelt das Telefon, auch das wird zur Erinnerung gehören: *Paula die den Tee umrührt* und *Tag der nicht beginnen will* und alle gesprochenen Worte wie Lebewesen im Raum und *plötzlich Telefon,* »Rüss!« und *Paulas Gesicht das gerinnt;* »oh nein!«, sagt sie jetzt, und: »das darf doch nicht wahr sein!«, und: »verdammt, verdammt, verdammt! Nein, Entschuldigung, Frau Beyerlein, ich mein's nicht so. Ja, ich bin gleich da.«

»Tranquillo, Mädel. Was ist denn los?«

Paulas Miene verkündet Katastrophe, größten anzunehmenden Unfall, und jetzt verliert sich dieses ganze Gefühl von wegen »umgekehrtes Déjà-vu«, jetzt geht die Reise durch die Gegenwart wieder ganz normal weiter. Zwar wird Gregor auch das, was folgt, nicht vergessen, aber ob oder ob nicht, das weiß er jetzt noch nicht, kein Gedanke mehr daran.

»Ich hab kein Hutgesicht!«

»Bitte! Setz den Hut auf! Und die Brille da!«

Gregor wirkt wie der unbedarfte Teilnehmer an einer Kaffeefahrt mit Rheumadeckenverkaufsveranstaltung und zehn frischen Landeiern inklusive.

Paula wiederum staffiert sich mit einer wollenen Mütze aus, offensichtlich ein Souvenir aus Jakutsk oder Kamtschatka, und wirft einen schrillbunten Poncho über – wahrscheinlich Lima, Second Hand. So ist das Leben als Detektiv, man wechselt von einer Maskerade in die andere.

»Wenn du mir nicht auf der Stelle erklärst, was los ist, kehre ich hier und jetzt um, und wenn dir an der nächsten Ecke der wahnsinnige Schrebergärtner entgegenkommt, soll er dir von mir aus an die Gurgel gehen.«

Sie biegen in die Mittlere Kanalstraße ein. Zweihundert Meter geradeaus steht eine alte Dame vor der *Tollkirsche* und fuchtelt mit einer zusammengerollten Zeitung Notsignale.

»Wir stehen in der Zeitung. Ich weiß nur noch nicht, als was.«

Kommissar Gloßner hat im selben Augenblick starke Zweifel an der Ähnlichkeit der Phantombilder. Einige der üblichen Anrufe sind bereits eingegangen – Zeitungsredaktionen haben ein ähnliches Problem mit Leserbriefen. Aber jetzt scheint es interessant zu werden.

»Moment, ich verbinde gleich!«, sagt die Sekretärin, Frau Pillenstein; dann zu Gloßner: »Ein Kollege Beck aus Nürnberg!«

Die Beyerlein hatte ihr ganz spezielles Gesicht aufgesetzt, dieses durchdringend fragende und streng musternde Gesicht, das sie sich während ihrer vielen Jahre als Leiterin der Personalabteilung im Eisenwarenhandel zugelegt hat. Ganz klein ist Paula geworden auf dem Sofa neben Gregor, dabei wäre die Situation durchaus komisch zu nennen, würde die Beyerlein nicht so streng gucken und andauernd mit der Zeitung vor ihnen herumwedeln. Gregor mit der Brille aus Fensterglas in einem braunen Kassengestellrahmen und dem kleinkarierten eingedellten Hut auf dem Kopf sieht aus wie eine verunglückte Groucho-Marx-Parodie, während Paula, quietschbunt gekleidet und mit wollener Mütze, an einen orientalischen Basar erinnert – einen orientalischen Basar, der gerade von einem Donnerwetter heimgesucht wird.

»Was hat das zu bedeuten und wer sind Sie überhaupt«, sie stößt die Zeitung in Gregors Richtung, »in was für eine Geschichte haben Sie die Paula da reingezogen?«

Bei wütenden Frontalangriffen, zumal wenn der Streich von weiblicher Hand erfolgt, kommt Gregors Versteinerungstaktik zum Tragen, blitzartig verwandelt sich der eben noch quicklebendige, wenn auch von den Erlebnissen der letzten Nacht leicht aufgeweichte Mann in eine Wand aus Schweigen und Vor-sich-hin-Stieren.

Hinter der Wand allerdings knirscht es bedenklich, und obwohl sich die beiden erst eine sehr kurze Zeit kennen, kann Paula dieses dumpfe Knirschen hören, das von Nerven kommt, die übel aneinander reiben, sich spannen und Impulse zum Gehirn leiten, wie Gesteinsadern Dampf ins Innere eines Vulkans.

»Frau Beyerlein, geben Sie mir die Zeitung und lassen Sie uns einen Augenblick allein. Ich kann es Ihnen jetzt nicht erklären, aber Gregor hat absolut nichts damit zu tun – wir werden das besprechen und dann komm ich rauf zu Ihnen und erzähl Ihnen alles.«

Der Beyerlein passt es gar nicht, so hinauskomplimentiert zu werden, aber Paula schiebt sie liebevoll und trotzdem bestimmt Richtung Tür.

»Soll ich noch einen Tee machen?«

Gregor nickt und lehnt sich sichtlich entspannter zurück. Dann liest er den Text unter den beiden Phantombildern, die zweifelsohne Paula und ihn selbst darstellen:

Im Zusammenhang mit einem ungeklärten Tötungsdelikt werden dringend diese beiden Personen als mögliche Zeugen gesucht, die sich vergangenen Montag gegen 15 Uhr in Nürnberg Schoppershof ... Zur Personenbeschreibung ... Für sachdienliche Hinweise wenden Sie sich bitte an die Kripo Fürth oder eine andere Polizeidienststelle.

Als Paula mit zwei dampfenden Bechern Tee aus der Küche zurückkommt, ist Gregor bleich und der Hut, der mittlerweile auf seinem Schoß gelandet ist, vollkommen zerbeult.

»Eine Fahndung? Weiß ich noch nicht – das werden wir jetzt gleich besprechen.«

Sternecker legt auf.

»Und? Was Neues?«

»Nichts. Außer dass dieser Herrmann momentan unauffindbar ist.«

»Wäre ja auch zu schön gewesen, wenn die Nürnberger Kollegen ihn beim Brotzeitmachen in seiner Werkstatt angetroffen hätten. A propos Brotzeit ... schauen wir mal rüber ins *Forum*. Ich könnte eine Kleinigkeit vertragen.«

»Aber auf keinen Fall weiter«, erwidert Sternecker und äugt dabei aus dem Fenster nach oben, in den düsteren Himmel, der im selben Moment grollend Unheil androht.

»O.k., beeilen wir uns. Nimm das Protokoll vom Beck mit!«

»Mord«, knurrt Beck und versucht dabei so streng zu gucken, wie es ihm mit schnupfenrot geschwollener Nase möglich ist. »Genau gesagt: Doppelmord. Sie wissen schon, der Fall in Fürth mit den zwei Toten im Waldmannsweiher. Mensch, Emmerich, so kurz vor der Beförderung und dann so was! Sind Sie eigentlich noch ganz bei Trost?«

Polizeimeister Emmerich muss sich die kalte Dusche gefallen lassen, weiß schließlich selber, dass er sich nicht korrekt verhalten hat, als er die Aussage dieser Verrückten, die in der vergangenen Woche kurz vor Feierabend noch im Präsidium aufgetaucht war, nicht an seinen Chef weitergeleitet, sondern doch noch in den Papierkorb befördert hatte. Wie hätte er denn auch ahnen können, dass dieser Umweltaktivistenblödsinn in Nürnberg irgendetwas mit einem Doppelmord in Fürth zu tun haben könnte, der zum Zeitpunkt der Aussage ja noch nicht einmal entdeckt worden war?

»Was, verdammt noch mal, haben Sie da wieder verbockt?«

»Ich hab mir gedacht ...«

»Emmerich, Sie sind hier nicht, um zu denken, sondern um vorschriftsmäßig Ihren Job zu machen. Das mit dem Denken können Sie getrost den Leuten vom höheren Dienst überlassen, die werden schließlich dafür bezahlt. Sind Sie sich sicher, dass die Frau auf dem Phantombild die Frau gewesen ist, die am letzten Mittwoch hier bei uns eine Aussage über eine angebliche Tote an der Bahnbrücke Schwabacher Straße gemacht hat?«

Matthias Emmerich nickt schuldbewusst und bedauert in diesem Augenblick, nicht doch die Lehre zum Einzelhandelskaufmann begonnen zu haben, wie es seine Eltern für ihn vorgesehen hatten. Aber er musste ja unbedingt zur Polizei – auch wegen der Uniform und so –, konnte schließlich nicht ahnen, dass er es von morgens bis abends fast ausschließlich mit Schreibkram zu tun haben würde.

»Herr Emmerich! Sind Sie noch anwesend?« Das Gesicht von Polizeiobermeister Beck hat eine ungesunde bläulich rote Färbung angenommen, ein sicheres Zeichen dafür, dass er trotz seines angeschlagenen Gesundheitszustands kurz vorm Explodieren ist.

»Falls es Sie noch eine Weile bei uns geben soll, dann setzen Sie sich jetzt auf der Stelle an Ihren Schreibtisch und rekonstruieren die Aussage der Zeugin aus dem Gedächtnis. Und Emmerich, ich rate Ihnen, sich sehr detailliert zu erinnern, sonst seh ich mehr als schwarz für Ihre Beförderung.«

»Harri?«

Georg Meißlein klopft an die Tür von Harris Laube.

»Harri?«

Geht von Fenster zu Fenster, versucht, von draußen nach drinnen zu spähen. Klopft an die Scheiben.

»Harri!«

Krähe, sag ihm, wo Harri ist, hast ihn doch liegen sehen.

»Harri! Mensch, das gibt's doch nicht!«

In der Evenord ist der Meißlein auch schon gewesen.

»Der Harri? Der muss daheim sein. Ist die ganze Woche krankgeschrieben.«

Mann, und Harri hat ihm doch versprochen, dass er ihm diese Woche die Flex zurückgibt. Wo steckt der bloß? Jetzt bliebe dem Meißlein nichts anderes mehr übrig, als zu Harris Ersatzmutter rüberzugehen, aber da verabreicht ihm ein Windstoß so was wie eine nasskalte Ohrfeige, und von irgendwo aus den Wolken erklingt eine gemurmelte Drohung dazu. Und als der Meißlein nach dem Dauerlauf durch die Kolonie heftig atmend in seinem Wagen sitzt, ist er ganz dankbar, dass ihm die Entscheidung abgenommen wurde, weil, bevor er sich das antut, dort hinzugehen, fährt er vielleicht doch lieber beim Hornbach vorbei und kauft sich eine neue Flex.

Gregor fragt sich, warum er das tut, was er tut und wovon er jedem seiner Kunden dringend abrät (»fahr einen solchen Wagen niemals bei Streusalzwetter!«); seine vorläufige Selbstdiagnose lautet auf einen akuten Anfall von Weiberhörigkeit. Sofort raus aus der Stadt müssten sie, sie fühle sich verfolgt, nein, nicht bloß wegen der Phantombilder, auch wegen des Goliaths aus der Kolonie, sie wird ihren Laden aufgeben müssen, nie mehr wird sie sich aus dem Haus trauen, und das, findet Gregor, können Frauen ganz hervorragend: eine ausweglose Situation heraufbeschwören, aus der man sie nur auf die Weise, die sie sich einbilden, retten kann; und dabei nützen sie schamlos männliche Verhaltensrudimente aus Minnezeiten aus. »Ist dir eigentlich klar, was ich da gerade mache? Ich vernichte Substanz von historischem Wert!«

Paula sendet ohne Worte ein Fragezeichen zurück.

»Streusalz ist für solche Wagen absolut tödlich!«

Wir landen demnächst im Knast, denkt Paula, und er denkt an Streusalz, aber für eine schneidende Replik fühlt sie sich im Augenblick nicht stark genug, zudem erreicht der Geräuschpegel des Motors beinahe den eines startenden Flugzeugs; das schwächliche Vehikel kommt den Straßen im südlichen Steigerwald nur mit niedrigen Gängen und hohen Drehzahlen bei. Elend kalt ist ihr außerdem. Wenn du wirklich praktisch denken würdest, hieltest du am nächsten Gasthof an und kehrtest mit einer teegefüllten Thermoskanne wieder, aber auch das denkt Paula nur, fragt stattdessen: »Ist die Heizung an?«

»Ist an.«

Allerdings ohne fühlbaren Effekt, was auch Gregor insgeheim wundert, denn zumindest die Andeutung einer Heizung existierte bis vor kurzem.

»Wo sind wir hier überhaupt?«

Die Windschutzscheibe, durch die Paula starrt, verwandelt sich allmählich in Milchglas.

Gregor schaltet in den zweiten Gang herunter und gibt Vollgas, brummt dabei irgendwas, was in Paulas Ohren klingt wie »zwischen Brmpfbrunn und Hmbrtshofen«. Kommunikationsfördernd ist der Wagen nicht gerade.

Begonnen hatte die Flucht verheißungsvoll; über Stadtautobahn und Südwesttangente nach Westen, dorthin, wo das fränkische Land spärlich besiedelt ist, und genau in dieser Richtung goss die Sonne, die sie nur als blasse Scheibe sehen konnten, ihr Licht wie Lava durch einen Riss in der tiefhängenden Wolkendecke, während die Stadt hinter ihnen von Schwärze verschlungen wurde. Zwar war Paula nicht ganz sicher, ob ihr Atem wirklich freier wurde, aber in Nürnberg wäre sie bereits den Tod durch Ersticken gestorben, dessen war sie sicher.

Doch dann legte sich auch über das Land ein Schleier, nass und trübe. Die Dörfer, durch die sie fuhren, machten den Eindruck, als sei der Winter wie eine Seuche über sie hergefallen, und man wusste nicht, verbarrikadierten sich die Menschen vor ihr in den Häusern oder waren sie allesamt evakuiert worden. Niemand außer ihnen war auf den schmalen Ortsverbindungsstraßen unterwegs.

Hier kann man sich nirgends retten, nirgendwohin, denkt Paula. Hätte ihr an jenem unglückseligen Montag in Karins Taxi nicht ein besseres Fahrtziel einfallen können als die eigene Adresse? Warum hat sie nicht gesagt: Cádiz oder Jerez de la Frontera? Und von dort wären sie weitergefahren, in irgendeinen kleinen Ort an der Küste, säßen jetzt in einer Bar an der Strandpromenade und ließen sich eine Karaffe Wein servieren, almejas a la plancha und danach einen cortado leche leche. Der unselige Montagmorgen hätte sich längst im Meeresrauschen verflüchtigt, wäre nichts weiter als die vage Erinnerung an eine Fahrt in der Geisterbahn, als Kind, lang, lang her, und jetzt wird Paula von der Gegenwart am Kragen gepackt und in das reale Leben zurückgerissen. Sieht denn Gregor nicht, dass da –

»Schau mal! Da kommt Qualm aus der Motorhaube!«

»Blödsinn. Das sieht bloß so aus wegen dem Sprühregen in der Luft. Der Motor ist doch luftge-«

kühlt, will Gregor sagen, aber da riecht er, dass Paula recht hat, und auch Paula riecht, dass sie recht hat.

»Halt an!«

Gregor steht schon auf der Bremse. Und Warnblinker an und Motorhaube entriegeln und nix wie raus aus der Kiste und mutig die Motorhaube geöffnet.

»Pass auf! Geh nicht so nah ran!«

Paula sieht den Motor explodieren, Gregor als lebendige Fackel, sich selbst ausgesetzt in der Wildnis.

»Schnell! Auf dem Rücksitz liegt eine Flasche Mineralwasser, die ist noch halb voll! Gib!«

Gregor gießt Wasser in den Motorraum. Von irgendwo ganz unten zischt es, und kurze Zeit verdichtet sich der Qualm.

»Deswegen also!«

»Was, deswegen?«

»Dieses Stück Schlauch, das gerade verbrannt ist – das war der Schlauch für die Heizung. Muss irgendwann mal abgegangen und runtergefallen sein. Und da war's dem Teil wohl zu heiß. Tja. Die schlechtesten Schuhe hat immer der Schuster selber ...«

Und ausgerechnet jetzt nähert sich ein Wagen. Der erste Wagen überhaupt seit mindestens einer halben Stunde. Wird langsamer, stoppt, Scheiben werden nach unten gefahren. Drei Männer verbreiten Jägerstammtischatmosphäre und mustern Gregor, der, mit der Mineralwasserflasche in der Hand, wie ein Woody-Allen-Imitator seinen Citroën anstarrt, immer noch mit diesem lächerlichen Hut auf dem Kopf und dieser lächerlichen Hornbrille auf der Nase.

»Wasser reinschütten nützt da garnix, Meister! Die Dinger sind doch luftgekühlt!«

Aus dem Wagen schwappt Gelächter, halb gutmütig, halb spöttisch.

Das ihm, dem begnadeten Kunstrestaurator unter den Mechanikern.

»Brauchst jemanden zum Abschleppen?«

»Nein, der läuft schon wieder. Danke.«

In einem Krimi, denkt er, würden die drei in ihrem Offroader jetzt ihre letzte Minute erleben. Sie würden ihn als den vom Phantombild erkennen. Ihn oder Paula oder sie beide. Und er würde seine Waffe ziehen und das Trio abknallen, und für Paula und ihn begänne eine lebenslange Flucht ...

»Ich hab da drüben einen Bulldog in der Scheune stehen.«

»Passt schon.«

Gregor knallt die Motorhaube zu, knurrt eine Art Abschiedsgruß und steigt ein. Die Jäger reißen noch einen Witz auf seine Kosten und fahren ab.

»Paula?«

Sie steht noch immer neben dem Wagen, blass und verfroren.

»Kann da auch wirklich nichts mehr passieren?«

Gregor zieht den Anlasser, der Motor surrt.

»Alles o.k. Steig ein.«

Paula schnallt sich mit fahrigen Bewegungen an.

»Ich brauch was zu trinken«, sagt sie, und es klingt, als meine sie damit nicht unbedingt Tee.

»Wir haben nicht einmal gefrühstückt. Im nächsten Ort halten wir an und gehen erst einmal was essen.«

»Dieser Herrmann ist also zweimal aufgetaucht.«

»Dreimal. Einmal am Montag morgen vor einer Woche an der Unterführung. Am Tag darauf, Dienstag vormittag, bei unserem Nürnberger Kollegen Beck. Und am vergangenen Montag nachmittag in der Schonhoverstraße.«

»Schön, also dreimal.«

Draußen kracht ein Donnerschlag, und es sieht aus, als wolle der Himmel seinen Schneevorrat für den kommenden Winter jetzt schon loswerden.

»Was war beim ersten Mal? Also am frühen Montagmorgen?«

»Da ist er einer Zeitungsbotin aufgefallen.«

»Warum?«

»Weil er ziemlich schnell von der Brücke, an der am selben Morgen diese Schaufensterpuppe hing, zu seinem Auto gelaufen ist. Das hat er dann aber stehengelassen, wahrscheinlich hat er es nicht mehr freibekommen.«

»Gut. Also von mir aus kann er ja diese Puppe da hingehängt haben. Aber wenn ich das richtig mitgekriegt hab, hat der Mann doch eine Autowerkstatt.«

»Mehr eine Spezialwerkstatt für Oldtimer.«

»O.k., egal. Auf jeden Fall wird so einer keine Puppen mit irgendwelchen Umweltschutzparolen aufhängen. Gut, und am Tag danach war er in der Jakobswache? Also beim Beck?«

»Genau. Der hat ihn angerufen und ihn gebeten, vorbeizukommen. Eben wegen dem Anruf von dieser Zeitungsfrau.«

»Und was hat der Herrmann ihm erzählt?«

»Nichts Besonderes eigentlich. Dass er auf dem Heimweg von einer Geburtstagsfeier war ...«

»Hat der Beck nachgefragt, von wo genau er kam?«

»Steht drin, ja. Die Party war bei einem von Thalberg am Egidienberg.«

»Aber der Herrmann selber wohnt doch in der Südstadt?«

»Hmmm ... ja ... Humboldtstraße 95.«

»Dann liegt die Unterführung ja nicht unbedingt auf seinem Weg.«

»Kann man nicht sagen, nein. Aber er kann ja jemanden nach Hause gebracht haben.«

»Trotzdem«, beharrt Gloßner. »Angenommen, ich hab jemanden heimgefahren, der von mir aus in Schweinau wohnt. Und dann will ich nach Hause in die Humboldtstraße. Da bieg ich doch schon vor der Unterführung rechts ab Richtung Südstadt.«

Gloßner kann so gründlich sein wie das Chaos auf seinem Schreibtisch uferlos.

Sternecker rührt nervös in seinem Cappuccino – in Nürnberg kennt Gloßner sich eindeutig besser aus als er.

»Sollten wir nicht lieber so schnell wie möglich die Fahndung rausgeben? Dann können wir ihn das alles selber fragen. Mit ein bisschen Glück kriegen wir ihn heute noch – immerhin fährt er einen sehr auffälligen alten Citroën.«

»Ah, tatsächlich? So einen, wie die französischen Gangster in den Filmen immer gefahren haben – eine DS? Diese Dinger liebe ich.«

»Nein, er fährt einen Ami 6.«

»Was ist denn das für einer?«

»Ich hab ein Foto aus dem Internet ausgedruckt. Liegt auf meinem Schreibtisch.«

»O.k., also geben wir dann das Bild vom Auto mit raus. Aber wahrscheinlich steht das Ding sowieso in einer Garage. Diese Oldtimerfreaks haben doch alle einen Horror vor Streusalz.«

»Am Montag vor einer Woche war er auch mit dem Citroën unterwegs.«

»Auch wieder wahr. Jedenfalls, zum dritten Mal ist der Herrmann dann in der Schonhoverstraße aufgetaucht und hat sich, zusammen mit der angeblichen Nichte, Zutritt in die Engler-Wohnung verschafft. Ergibt das irgendeinen Zusammenhang?

Kann das einfach bloß Zufall gewesen sein? Kann es sein, dass es nicht einmal für den Herrmann selber einen Zusammenhang zwischen Montag eins und Montag zwei gibt?«

Ein Blitz zuckt auf.

»Sag mal ...« Gloßner spricht plötzlich überaus langsam, was meist bedeutet, dass die Gedanken in ihm rasen, »sag mal ... wie rum war denn eigentlich diese Puppe an der Brücke aufgehängt?«

»Mit dem Kopf nach unten.«

Gloßners Handy. »... hm ... Was sagen Sie da, Herr Beck? Eine Frau zur gleichen Zeit, wie dieser Herrmann! ... einen Leichenfund? Und wieso erfahr ich das erst jetzt, verdammt?«

Paula hat Angst vor Gewitter, das war schon immer so. Als Kind hatte sie sich unter dem Bett versteckt, wenn der Himmel nur begann, seine Fäuste zu ballen, und keine Macht der Welt hätte sie dazu bewegen können, wieder hervorzukriechen, bevor nicht auch das letzte Donnergrollen verhallt war.

Das Wetter hatte sie verfolgt Richtung Norden und tief hinein ins Mainfränkische, aber es ist nicht das Wetter, das jetzt auf ihr lastet schwer und drohend – es sind die Bilder in ihrem Kopf. Es sind die Bilder einer Anderen, Bilder, die Paulas Augen nie gesehen haben, grauenhafte Bilder, die ihr Angela Heß in den Kopf gepflanzt hat und die jetzt darin wuchern wie die giftigen Triebe des Nachtschattens. Selbst beim Wildragout – und es ist ein exzellentes Wildragout – *nimm doch noch, Paula, du musst was essen!* – kann sie die Bilder nicht loswerden, sieht immerzu die Stadtautobahn vor sich und darauf zwei zerfetzte Körper liegen, riecht das Blut, spürt die Schmerzen, fühlt alles im eigenen Leib, selbst durch den jungen Frankenwein hindurch, und nicht einmal Gregors Hand, die seit Minuten die ihre streichelt, kann die Bilder, die Gefühle verscheuchen. Schweigend und in sich gekehrt sitzt Paula neben ihm und starrt aus dem Fenster hinaus in das Wetter, das sich schwer und düster über den Fachwerkgiebeln türmt. Die Schmerzen, das weiß sie jetzt, kommen erst, wenn der erste Schock vorüber ist.

Gregor fühlt sich ohnmächtig, hilflos, und das ist ein Gefühl, das er nicht ertragen kann – nicht wenn es um Autos geht und schon gar nicht bei Menschen, erst recht nicht bei Frauen. Was soll das, warum sagt sie nichts? Warum stiert sie die ganze Zeit zum Fenster raus, als würde sich jenseits der Scheibe ein Film abspielen, den nur sie allein sehen kann! Sie hat ihn schließlich in die ganze Geschichte hineingezogen, hat sie aufgebauscht, schlimmer gemacht, als sie eh schon gewesen ist. Was heißt schlimm? – schlimm ist gar nichts gewesen. Man wäre zur Polizei gegangen, hätte vielleicht auch nur angerufen und den Fund einer Leiche gemeldet!

Ja? – hätte man das wirklich?!

Wenn keine Leiche mehr da ist, die man melden kann, und nur die kleine Erinnerung an ein vages Bild bleibt, ein Phantom, von Alkohol und einer langen Nacht gezeugt, das selbst für die *eigene* Vernunft ein schlechter Zeuge wäre?

Nichts hätte man gemacht! Ein paar Tage lang wäre einem vielleicht noch der hängende Frauenkörper durch die Träume gegeistert, bis er auch von dort verschwunden wäre.

Wäre er verschwunden?

»Mensch, Paula, jetzt sag halt was! Magst du vielleicht noch einen Silvaner?«

»Furchtbar – so furchtbar«, als Paula endlich wieder den Mund aufbekommt, klingt ihre Stimme so, als hätte sie sich mühsam durch einen zähen Berg aus geronnenem Blut nach draußen gekämpft. Die Bedienung, die gerade die Teller abräumen wollte, guckt mehr als betreten.

»Nein«, sagt Gregor, »nicht das Essen, das Gulasch war gut, wirklich. Noch zwei Wein, bitte.« Wenn Rücken sprechen könnten, würde der Rücken der jungen Kellnerin jetzt etwas Schnippisches sagen, so was wie: Sind doch alle gleich irre, die Städter. Nix essen wegen der Figur, aber Wein saufen, auch wenn sie ihn nicht vertragen.

»Dreißig Jahre lang lebendig begraben! Kannst du dir vorstellen, dreißig Jahre lang in einer Höhle zu leben, von allem ausgeschlossen, abgeschottet, gefangen in einem Körper, der nicht leben und nicht sterben kann? Mit diesem Gesicht?«

Was soll Gregor sagen? Nein, so etwas kann er sich nicht vorstellen, so etwas kann man sich nicht vorstellen. Man kann ja kaum begreifen, wie so ein ganz normales Gehirn funktioniert, eines, das am Vorabend noch damit beschäftigt war zu vergessen, zu verdrängen, und das einen knappen Tag später alles in sich so verdichtet hat, wie ein Tiefdruckgebiet Wolken zusammenpresst, bis sie beginnen, zu krachen und Blitze zu schleudern.

Aber Paula explodiert nicht, ganz ruhig erzählt sie von den beiden jungen Menschen, die gerade noch mit Freunden in der Gartenlaube gegrillt hatten, Musik gehört hatten. Die gute Jobs hatten – sie Krankenschwester, er Assistenzarzt –, sie wollten heiraten, Kinder – die dann, um richtige Musik zu hören – Livemusik –, schnell, schnell zum Umziehen nach Hause in die Hessestraße laufen wollten, um nur ja nicht zu spät zu kommen zum ersten Nürnberger Bardentreffen.

»Der Günter Stössel hat da auch gespielt. Gelacht haben sie, Gregor, bestimmt haben sie viel gelacht – man lacht doch viel, wenn man frisch verliebt ist, oder?« Paula schaut Gregor voll an und doch durch ihn hindurch, nimmt der Bedienung das volle Weinglas vom Tablett und taucht wieder ein in den Film, der ihr im Kopf steckt.

»Es ist sehr schnell gegangen. Der Wagen kam von der nagelneuen Stadtautobahn mit voller Geschwindigkeit um die Kurve geschossen – ein kleiner roter Sportwagen mit offenem Verdeck. Die beiden haben ihn nicht gesehen, es ging zu schnell. Sie waren fast schon auf der anderen Seite, fast hätten sie's geschafft und nichts wäre passiert, vielleicht ein kleiner Schreck, das wäre alles gewesen. Aber sie waren noch nicht auf der anderen Seite, sie waren immer noch auf der Straße und dem kleinen roten Sportwagen im Wege, der angeschossen kommt, erst den Mann erfasst und ihn über sich hinweg gegen ein Baugerüst schleudert, vom Aufprall selbst ins Schleudern gerät und Bruchteile von Sekunden später auf die Frau zurutscht, sie rammt, auf den Asphalt schmettert – Knochen brechen, Muskeln reißen, Haut platzt auf, wird abgeschmirgelt ...«

Als Paula endlich wieder auftaucht, weint sie, weint und schnieft an Gregors Schulter. Draußen hat es zu schneien begonnen, klassische Federflocken verwandeln den kleinen Ort vor dem Fenster der Wirtschaft in das, was amerikanische Touristen »romantic Germany« nennen würden. Schweigend hat die Kellnerin einen Stapel Servietten und einen Brotkorb auf den Tisch gestellt – *erst nix essen und dann Unterzucker!*

»Hat sie dir das alles erzählt?«

Paula nickt, greift nach einer Serviette, dann zum Weinglas.

»Was war mit dem Sportwagen?«

»Nichts. Weitergefahren, ist einfach weitergefahren. Sie haben die Fahrerin nie erwischt.«

»Woher weiß die Heß, dass es eine Frau war, die am Steuer saß?«

»Sie hat sie gesehen, Gregor, sie hat ihr mitten ins Gesicht gesehen. Sie hat sogar gesehen, was für ein Kleid die Frau damals getragen hat. Und weißt du, was für ein Kleid das war?«

Er weiß es, sie muss es nicht sagen, er sieht es so deutlich vor sich, als würde er noch einmal unter diesem Kleid durchfahren – einem weißen Tupfenkleid, das im Kegel seiner Scheinwerfer kurz aufleuchtet, als er die nächtliche Brücke passiert.

Wie lange steht sie am Fenster? Züge gleiten vorbei wie lichtgefleckte Schlangen. Schon wieder Nacht? Die Uhr zeigt kurz vor zwei. Morgens? Nachmittags? Sie nimmt einen Schluck Rotwein. Ihr Magen krampft sich zusammen. Die Züge machen

Visionen. Damals, sie hatten schon die Interrailtickets. Einen ganzen Monat reisen wollten sie – vorher heiraten. Nach Südfrankreich und vielleicht nach Spanien. Auch die Tickets hat sie aufbewahrt. Nein, sie wird nichts mehr essen.

Wer ist das, der vom Menschen verlangt, ein Leben lang sich selbst zu ertragen? Oh ja, es gibt den Schlaf. Doch was tut sie nachts? Ist das Schlaf, woraus sie erwacht und nie mehr erwachen will?

»Ich heiße Angela Heß«, sagt sie jetzt laut. Wer spricht?

»Ich heiße Angela Heß.«

Ein Fluch liegt auf dem Augenblick, in dem der Name wie Fixativ auf den neugeborenen Menschen gelegt wird.

»Du bist Angela Heß!«

Ist der Name etwas anderes als eine Häftlingsnummer? Ein Urteil? Verurteilt zu lebenslänglich Angela Heß?

Frei fliegt die Krähe und trotzt dem Sturm. Was denkt sie, und wie, in wortlosen Gedanken? Was ist für die Krähe ein Haus? Was ein Mensch? Was sind die Züge, die da unten gleiten? Heißen sie?

Die Flasche geht zur Neige. Es ist die letzte.

»Ich heiße Angela Heß.«

Sie fingert eine Zigarette aus der letzten Packung. Noch zwei Stück sind darin. Lohnt es sich, noch einmal welche zu kaufen? Wie viel Wein und wie viele Zigaretten wird sie noch verbrauchen, solange sie Angela Heß heißt?

In einen Zug einsteigen, der in die Ferne gleitet. Nichts ist ferner als die vergangene Zeit.

Sie schließt die Augen. Öffnet die Augen. Ihre Stirn drückt gegen die Fensterscheibe. Was verschwindet da draußen im Schneewirbel? Noch immer dasselbe Stück Welt? Von denselben Augen angesehen? Sie weicht zurück und sieht ihr Spiegelbild.

»Ich heiße Angela Heß!«

Dabei fährt ihre eigene Hand wie eine Kralle über ihr Gesicht.

»Ich heiße Regina Engler.«

Regina ahnte, als sie zum ersten Mal vor der Wohnungstür stand und klingelte. Regina wusste, als ihr die Tür geöffnet wurde. Als sie sah. Hatte sie wirklich gehofft, dass es eine andere Angela H. wäre?

»LASS MICH!«

Will er sie wahnsinnig machen mit dem Schaben an der Wand? Hör auf, sie kommt nicht mehr! Und wir beide werden einander unter einem besseren Omen neu begegnen. Kannst du nicht warten? Hör doch, so hör doch! Hörst du meine Stimme? So geht das Lied, so!

We'll have joy, we'll have fun, we'll have seasons in the sun!
We'll have joy, we'll have fun, we'll have seasons in the sun!

Die Türklingel.

Das Taxi? Hat sie schon bestellt?

Nein, sie hatte den Telefonhörer noch nicht in der Hand.

Der Ruf eines Reklameboten hallt durch das Treppenhaus.

»Ja, ich habe dir geglaubt, Regina.«

Sie hat ihr geglaubt, an jenem Abend, als sie einander schon Monate kannten. Als sie endlich sagte. Ihr geglaubt, dass sie seit damals als Verwundete durchs Leben ging. Ihr geglaubt, als sie schluchzend von ihren quälenden Alpträumen erzählte und sagte, sie habe niemals mehr das Steuer eines Wagens angefasst.

Aber du bist schön geblieben. Du bist schön, wenn du weinst, du bist schöner, als du wärest, wenn du nicht gelitten hättest.

Und jetzt bist du noch immer da!

... now that the spring is in the air
pretty girls are everywhere ...

Sie geht zum Telefon und wählt zwei auswendige Nummern. Einmal Tankstelle, einmal Taxizentrale. Ihr Leben soll noch zwei Flaschen Bordeaux und drei Packungen rosa »M« lang dauern. Wer weiß schon, ob nicht das Glas Wein, das er eben trinkt, das letzte seines Lebens ist? Sie wird es wissen.

»Ich will, dass es zu Ende ist. Ich will, dass es zu Ende ist. Ich will!«

Warum genügt nicht ein Beschluss? Dieses trotzige Leben! Wie es sich an die klammert, die es nicht haben wollen!

Unter dem Telefon ist eine Schublade, die zieht sie jetzt auf, nimmt eine gerahmte Fotografie heraus, die sie erst vor wenigen Stunden von der Wand entfernt hat.

Blau wie die Provence. Die Provence hat sie nie gesehen.

Zwei Frauen auf dem Balkon, hier, auf ihrem Balkon. Eine davon sie selbst. Im Juni, als alles in Blüte stand. Zwei Frauen, umgeben von einer blauen Pracht aus Rittersporn, Lobelien, Schwertlilien, Glockenblumen, Lavendel, Eisenhut.

... now that the spring is in the air
with the flowers everywhere ...

Was hat Regina sich gefreut, als der brachliegende Balkon wieder zum Leben erweckt war.

»Zum ersten Mal seit wie viel Jahren hast du den Balkon neu bepflanzt?«

»Im Sommer vor dreißig Jahren wollten wir in die Provence fahren.«

Nein, Regina. Ich habe dir nichts vorgemacht. Ich habe begonnen, dich zu mögen. Ich habe versucht, mir einzureden, dass gar nicht du es warst, damals. Ich habe es versucht. Ich dachte: Meine beste Freundin hättest du sein können. Gebüßt hast du? Alpträume gehabt, dein Leben lang? Aber schön bist du geblieben, schön!

... now that the spring is in the air
pretty girls are everywhere ...

Der Taxifahrer wird später aussagen, dass er sich gewundert hat über das hohe Trinkgeld. Hundert Euro in die Hand gedrückt, stimmt so. Wird sagen, dass die Frau eindeutig nicht mehr nüchtern war. Wird hinzufügen, was glauben Sie, wie oft wir Besorgungsfahrten machen für Leute, die nicht mehr ganz nüchtern sind.

Spring! sagen die Augen der Krähe, die auf dem Balkongeländer hockt, auch Harri ist weich gefallen auf meine Schwingen, ich habe ihn hinübergetragen, bin zurückgekehrt und warte auf dich. Harri vermisst dich.

... but the stars we could reach
were just starfish on the beach ...

Die Krähe starrt in die Küche, wo ein Mensch in sich zusammensinkt. Du willst den langsamen Weg? Willst dich spülen lassen zu mir? Auch gut. Ich werde auf dich warten.

Gregor hatte Paula den Arm gereicht, eine schöne altmodische Geste, die so gar nicht zur Situation passen wollte. Denn gerade als Paula wieder im Begriff war aufzutauchen aus Angelas Film, der sich in ihrem Kopf in einer Endlosschleife verfangen hatte, immer und immer wieder die gleichen Bilder auf ihre innere Leinwand projizierte, so wie ein hängengebliebener Plattenspieler immer und immer wieder die gleiche Stelle spielt, bis die Nadel die darunterliegende Scheibe endgültig zerkratzt hat, gerade beim Versuch, sich aus dieser Schleife herauszudrehen, fiel ihr Blick doch auf die Wand neben dem Tresen! Darauf die *Fotogalerie der Weinköniginnen* auf goldverziertem Pressspan: alle Traubenmajestäten, die von hier und den Nachbarorten aus jemals ihre bacchantische Regentschaft angetreten haben, hübsch geordnet unter- und nebeneinander vereint. Und eben auch:

»Die Bocksbeutelkönigin! Gregor, die verdammte Bocksbeutelkönigin! Verfolgt mich diese Sumpfkuh eigentlich überall hin?« – weshalb dann der Spaziergang durch den kleinen, winterlich verschneiten Ort – »wo sind wir hier überhaupt?« –, der eigentlich ein entspanntes Flanieren werden sollte und zu einem Gewaltmarsch querfeldein geriet, Schneetreiben, fluchende Frau und Knöchelumknicken inklusive.

Als die beiden endlich wieder beim Gasthaus sind, wo Gregor vorausschauend – *mit Frauen ist es wie mit Oldtimern, beide zicken immer dann, wenn man nicht damit rechnet* – schon unmittelbar nach Paulas Wutausbruch ein Zimmer reserviert hatte, hat sich Paula einigermaßen beruhigt und geht mit hoch erhobenem Kopf, wenn auch leicht hinkend an der Fotogalerie und der *Sumpfkuh von Bocksbeutelkönigin* vorbei. Nein, an eine weitere Flucht ist heute allein schon wegen der Straßenverhältnisse nicht mehr zu denken.

Sophie Beyerlein ist am Ende – gleichermaßen mit ihrer Geduld und ihrem Latein. Gewartet hat sie seit heute Vormittag.

»... und dann komm ich rauf zu Ihnen und erzähl Ihnen alles.«

Das hat sie doch gesagt! Die Beyerlein hat den Satz noch genau im Ohr. Und jetzt geht es allmählich auf vier Uhr zu. Zweimal ist sie zum Laden runtergegangen, von Paula keine Spur. Ungefähr alle halbe Stunde hat sie bei Paula zuhause angerufen, aber niemand hat sich gemeldet. Das gefällt ihr nicht, und der Mann, der noch finsterer dreingesehen hat als sein Zeitungsbild, hat ihr erst recht nicht gefallen. Jetzt steht ihr Entschluss fest, und sie wählt die Nummer, die schon auf der Flurkommode neben dem Telefon bereitliegt.

düdelü düdelü –

düdelü düdelü –

– es dauert eine Weile, bis Georg Meißlein, von elektronischem Kassengefiepe im Baumarkt Hornbach umgeben, merkt, dass die Geräusche von seinem eigenen Mobiltelefon kommen.

»Ja?«

»Schorsch, wo bleibst denn?«

»Bin grad im Baumarkt. Wieso?«

»Ich denk, du bist beim Harri?«

»Der Harri ist wie vom Erdboden verschluckt, und ich hab mir gedacht, eigentlich könnt man doch eh oft eine zweite Flex brauchen. Beim Hornbach gibt's die grad im Angebot.«

»Auf dem Handy hast du den Harri auch nicht erreicht?«

Da merkt der Meißlein, dass er das Nächstliegende einfach vergessen hat. Klar, hätte den Harri auch einfach anrufen können.

»Hab gar nicht drangedacht, dass ich seine Handynummer hab. Ich probier's, ja. Aber wenn er nicht abhebt, nehm ich die Flex vom Hornbach mit.«

Auf einem Balkon in Gostenhof schrillt der Radetzkymarsch aus einer Jackentasche, und die Krähe flattert auf.

Wie kann jemand noch Harri rufen? Hab ihn doch weit weg getragen.

Als sich am anderen Ende eine junge weibliche Stimme mit »Kriminalpolizei Fürth, Pillenstein« meldet, besteht Sophie Beyerlein darauf, unbedingt Kommissar – Moment, den Namen hat sie sich auf einen Zettel geschrieben – den Zettel findet sie nicht – *eben den Kommissar!* zu sprechen!

»Der ist leider gerade unterwegs.«

Aber es ist wichtig, Mord und Entführung, und es geht um die Paula, die Frau auf dem Bild in der Zeitung, und, ja, um den Mann auch, aber den Rest kann sie nur dem Herrn Oberkommissar erzählen.

Anatol Slonyevskyy hat begonnen, den Schritten über ihm nachzugehen. Geht mit der Nachbarin über seinem Kopf durch den Flur und in die Küche, bleibt lang an der Balkontür stehen, geht mit ihr zurück in das große Zimmer am Anfang des Flurs. Blickt wieder aus dem Fenster. Dann durch die Verbindungstür ins Nachbarzimmer, wo er sein Esszimmer hat. Er war nie oben, weiß nicht, wie sie eingerichtet ist, wo sie welches Zimmer hat, hat aber schon oft gehört, wo die Schritte aufhören, nachts, wo sie wieder beginnen, morgens. Und sie geht durch ihre ganze Wohnung, aber dorthin geht sie nicht, nicht mehr.

»Gloßner!«

Den drohenden Unterton hatte die Sekretärin vom K1 erwartet, als sie seine Mobilnummer wählte.

»Eine dringende Nachricht, Herr Gloßner.«

»Ich bekomme heute nur sogenannte dringende Nachrichten. Eine nach der anderen.«

»Die könnte wirklich wichtig sein.«

»Wieso erzähl ich denn überhaupt noch, dass ich in einer Besprechung bin und nicht gestört werden will? Ist ja eh jedem scheißegal.«

Polizeimeister Emmerich studiert mit Besorgnis um sein berufliches Fortkommen Gloßners Miene unter besonderer Beachtung der Stirnfalten. Wenn ihm bloß der Name von dieser durchgeknallten Zicke wieder einfallen würde. Aber je länger er mit Gloßner im Büro sitzt und – als Polizist! – ein Verhör über sich ergehen lassen muss, umso größer wird das Schwarze Loch in seinem Gedächtnis.

»Ja, klar kann ich mich an die Beyerlein erinnern, das war doch die Zeugin mit der Vermisstenmeldung, die Sternecker letzten Montag aufgenommen hat. Geben Sie mir die Nummer durch. Ja, ich rufe wirklich sofort an. Danke. – Herr Emmerich, Sie haben Bedenkzeitverlängerung. – Bin ich hier bei Beyerlein? Frau Beyerlein, hier Gloßner, Kripo Fürth. – Nein, ich bin der Chef von Herrn Sternecker – Ja. – Wie? Sie kennen die Frau auf dem Phantombild? – Ganz sicher? – Nein, aber wir haben schon einige Anrufe bekommen, die – Was? Sie selber hat sich auch erkannt? Ja, und wer … – bei Ihnen im Haus? Ein Laden? – Frau Beyerlein, bitte geben Sie mir gleich mal den Namen durch. – *Tollkirsche*? – Ach so, das ist der Laden. – Ja, ist auch wichtig. Aber wie heißt denn die Inha... bitte? – Paula Krüss? Können Sie buchsta-«

»Natürlich! RÜSS!«, trompetet Matthias Emmerich, dem der Name plötzlich wie gemeißelt vor Augen steht. Gloßner winkt nervös ab.

» – Sie sind jetzt zu Hause? Gut. In einer halben Stunde bin ich bei Ihnen.«

Die zweite Flasche Bordeaux wird entkorkt. Die wievielte Zigarette angezündet? Beginnt, die Stummel im Aschenbecher zu zählen merkt was sie tut hört auf.

Ich darf stumm sein. Zum Taxifahrer »Wiedersehen!«, mein letztes Wort zu einem Menschen. Er weiß nicht. Ich weiß. Nur ich. Ich werde nicht mehr zu dir ins Zimmer kommen. Ich kann zu dir nicht stumm sein, und mein Sprechen würde dich entsetzen. Wiedersehen ist ein schöneres letztes Wort als irgendeines der Wörter, die ich sagen müsste, wenn ich dir erzählte.

Was die Beyerlein erzählen konnte, war nicht gerade viel – immerhin, die Identität der angeblichen Nichte steht jetzt fest, und ein Foto von dieser Paula Rüss hatte ihm die aufgeregte alte Dame auch mitgeben können, es ist bereits im Fahndungsverteiler. Sternecker war nicht sonderlich begeistert, nach Dienstschluss noch zu einer Lagebesprechung in Gloßners Büro zitiert zu werden, vor allem nicht, weil man die schlechte Laune des Chefs schon aus zehn Metern riechen konnte.

Als er, zwei Becher Automatenkaffee in der Hand, hereinkommt, dreht sich Gloßner mit der gereizten Schwerfälligkeit eines Elefantenbullen um und setzt sich auf den Schreibtisch neben das Flipchart, das, über und über mit farbigen Linien und Markierungspunkten versehen, mittlerweile aussieht wie eine moderne Grafik.

»Was haben wir? Einen Tatverdächtigen? Ein Motiv? Einen Tatort? Einen genauen Tatzeitpunkt?« Der Kommissar unterstreicht jede Frage, indem er mit einem dicken Filzstift auf die Schreibtischplatte klopft. »Die Antwort ist in allen Fällen *Fehlanzeige!* Das einzige, was wir in der Hand haben, sind jede Menge Zeugenaussagen, die allesamt darauf hinauslaufen, dass Regina Engler so übermenschlich gut gewesen sein muss, dass nur der Teufel höchstpersönlich sie ins Jenseits befördert haben kann. Genau das scheint auch ihr Lebenslauf zu beweisen, mehr als dreißig Jahre war die Gute weltweit in Sachen Nächstenliebe unterwegs. Nur ihr plötzliches Verschwinden aus Nürnberg ist unter Umständen seltsam. Sternecker, haben Sie den Hinweis mit dem angeblichen Wildschaden, den der Mann von der Klee damals ausgebügelt hat, verfolgt?«

»Hab ich versucht, hat aber noch nichts gebracht, weil damals, als es passiert sein soll, also zum Zeitpunkt der Ausbauarbeiten an der Stadtautobahn Mitte der Siebziger, noch nichts per Computer archiviert worden ist. Aber die Kollegen sind drüber.«

»Und bringt uns diese Rüss irgendwie weiter, gibt es Verbindungen zur Toten oder irgendetwas aus ihrer Vergangenheit, das uns interessieren könnte?«

»Absolut nichts. Außer der Beyerlein, die sowohl das Opfer wie auch Paula Rüss gekannt hat, gibt es bis jetzt keinerlei Verbindung. Aber eine Sache ist mir aufgefallen, bloß eine Kleinigkeit, hat vielleicht auch nichts weiter zu bedeuten ...«

»Sternecker, jetzt machen Sie schon!«

»Die Rüss hat doch einen Klamottenladen in Gostenhof, ist so was wie 'ne Schneiderin, Second-Hand Modetante, oder?«

»Hm.«

»Als ich vorhin bei ihrer Wohnung war, hab ich mich gefragt: Warum hängt sich eine Modetante ein Schild an die Wohnungstür, auf dem *Spy-Eye – your detective* steht?«

»Spion-Auge? Vielleicht ein Insiderwitz oder der Name von einer dieser grauenhaften Krawallkapellen, was weiß ich denn. Nein, ich glaube nicht, dass uns das weiterbringt.«

»Ich dachte nur, vielleicht ...«

»Sternecker, das können Sie die Rüss ja dann selber fragen, wenn es Sie so brennend interessiert – falls wir jemals erfahren, wo die Dame und dieser Herrmann stecken. In dieser Richtung irgendwelche Neuigkeiten?«

»Eine Türkin hat angerufen und behauptet, der Wagen gehöre einem ihrer Landsmänner in Gostenhof, der mehrmals am Tag damit durch die Kernstraße fahren würde – aber ich glaub, das können wir vergessen. Ansonsten gibt's nichts.«

»Na sauber – Sie wissen, was das bedeutet?«

Sternecker nickt, und in seiner Stimme kämpft echtes Mitleid mit einem bevorstehenden Lachanfall: »Krisengespräch!«

»Krisengespräch«, wiederholt Gloßner, und bei ihm klingt es, als drohe ihm der Abtransport in einen sibirischen Gulag.

Ob es an der Überdosis Landluft oder dem Silvaner gelegen hat, ist letztendlich egal, fest steht, dass es bereits kurz nach acht ist, als Paula wieder wach wird aus einem Schlaf, der mehr als unruhig war. Gregor, der es deswegen auch nicht lange neben ihr ausgehalten hatte, sitzt Wein trinkend am Fenster und schaut dem Schneetreiben zu. In der Scheibe spiegelt sich ein stoppelbärtiges Männergesicht mit scharf zusammengezogenen Stirnfalten.

»Hast du auch Wasser besorgt?«

Natürlich hat er, hatte vorhin selbst einen Geschmack im Mund, gegen den vergorene Sägespäne eine Delikatesse wären. Paula verschluckt sich prompt, als sie versucht, noch während des Trinkens von ihren Träumen zu erzählen, die sie geschüttelt und gebeutelt haben – schlimme Träume, verwirrend, beängstigend. Gary, wie er versucht, sich aus seinem Kostüm zu befreien, wie er am Stoff zerrt und die Arme hochreißt, sich auf den Boden wirft, herumkriecht, röchelt, als würde er ersticken, wie sie versucht, ihm zu helfen, ihn zu befreien aus dem Kostüm, das sie selbst geschneidert hat und das jetzt wie eine zweite Haut über ihm zusammengewachsen ist, ihm die Luft abschnürt ...

»... und dann war da diese riesige Schere und ich hab versucht, die Fäden aufzutrennen, aber er hat sich so schnell bewegt – ich musste aufpassen, wollte ihn doch nicht verletzen –, und dann bekomme ich eine Naht zu fassen, hier oben am Hals ...« Paula greift sich an den Hals, als wäre es nicht Gary aus ihrem Traum, der Angst hat zu ersticken.

»Und dann?«

Erst jetzt, wo sie Gregors Stimme hört, scheint sie wirklich aufzuwachen.

»Hast du für mich auch noch ein Glas Wein und eine Zigarette, bitte? Hat es die ganze Zeit weitergeschneit?«

»Ja – Katastrophenwetter für kleine, alte Autos aus Frankreich.« Gregor reicht ihr das Glas und eine brennende Zigarette, »Was war dann, als du die Naht zu fassen bekommen hast?«

»Ich hab sie aufgetrennt und den Kopfteil vom Kostüm abgerissen, aber es war nicht Garys Gesicht, das ich gesehen habe, es war mein eigenes, aber es hat ausgesehen, wie das von Angela Heß – aber – es war *mein eigenes*!«

»Paula, das war ein Traum – ein Scheißtraum – aber nur ein Traum!«

»Und noch etwas hab ich gesehen«, sie trinkt einen Schluck, »nein, ich hab mich erinnert. Ich hab mich an ein Foto erinnert, das ich bei ihr gesehen hab: zwei Frauen auf einem Balkon, eine war Angela Heß, die andere kannte ich nicht, vielleicht war es Regina Engler.«

»Und – was war mit dem Foto?« – Schweigen. – »Sag mal, Paula, was hältst du davon, wenn du dich anziehst und wir 'ne Kleinigkeit essen gehen? Bei so einer Fahrradspeiche wie dir kommt Wein auf nüchternen Magen bestimmt nicht sonderlich gut.«

Kri-sen-ge-spräch, Kri-sen-ge-spräch – im Vierertakt knirschen sich Gloßners Füße durch den Neuschnee, und oh ja, es wäre ihm lieb, recht und billig, wenn es jetzt nur um so etwas wie Liebe oder Beziehung ginge, ein Kinderspiel wäre das, hüpfen würde er durch den pappigen Schnee vor Vergnügen, vielleicht sogar ein Liedchen pfeifen zum Vierer. Es geht aber nicht um Liebe, Frau, Beziehung – das alles hat er schon vor vielen Jahren hinter sich gelassen –, es geht ums *Rimini*, um Edgar Häckel im *Rimini*! Die Pizzeria liegt in Johannis, zwischen Gloßners Wohnung in der Brückenstraße und Häckels Domizil in der Brettergartenstraße – fünf Gehminuten für den Kommissar, fünf klapprige Fahrradminuten für den Pathologen. Offiziell hat der Doktor ja ein Leben außerhalb der Gerichtsmedizin, eines mit Türschild, Klingel und allem Drumherum, wie das allerdings aussehen soll, kann sich Gloßner nicht vorstellen, will es auch gar nicht erst versuchen.

Natürlich sitzt Edgar Häckel schon in »ihrem« Stammeck, in dem die Krisengespräche seit Jahren traditionell stattfinden, natürlich hat er bereits einen Schoppen Rotwein plus zwei leere Cognacschwenker plus eine Schale Oliven vor sich stehen, natürlich blättert er wie jedes Mal in der Speisekarte, um dann wie jedes Mal eine Sardellenpizza mit extra viel Kapern zu bestellen, und natürlich hat er wieder dieses dämliche »Ich-weiß-etwas-was-du-nicht-weißt«-Grinsen im Gesicht, als Gloßner sich und seine Aktentasche schnaufend am Tisch verstaut. Tatsache ist, dass der Kommissar momentan nur zwei Dinge mit Sicherheit weiß – erstens: Er wäre jetzt überall auf diesem Planeten lieber als in der Pizzeria *Rimini*, zweitens: Diese Krisengespräche finden immer nur statt, wenn er in einem Fall auf der Stelle tritt. Dabei hat der Totendoktor eigentlich nichts Konkretes auf Lager, jedenfalls nichts, was nicht allen im

Ermittlungsteam bereits bekannt wäre. Er kennt sich lediglich hervorragend mit chemischen Reaktionen aus und weiß, dass die Verbindung Gloßner-Häckel eine hochexplosive Mischung mit enormer Schlagkraft ergibt, wenn man sie nur ordentlich anheizt – für den Katalysator hat er wie immer gesorgt. Häckel grinst Gloßner verschwörerisch an und deutet auf den kleinen Flaschenhals, der aus seiner Sakkotasche lugt.

»Verdammt, Häckel, ist das wirklich jedes Mal nötig? Nach dem letzten Mal hatte ich zwei Tage lang Migräne!«

»Eine Sardellenpizza, eine Speciale, einen Tomatensalat, ein kleines Wasser und einen Liter Vino rosso de la casa.« Luigi, der Pächter des *Rimini*, weiß, wie die Bestellung aussehen wird, nimmt sie trotzdem mit feierlichem Ernst und wie jedes Mal höchstpersönlich auf – Ritual ist Ritual, und dieses kennt er schon seit vielen Jahren. Er weiß auch, dass er nach dem Essen zwei doppelte Espresso sowie eine weitere Karaffe Wein auf den Tisch stellen wird, um sich dann schweigend hinter seinen Tresen zurückzuziehen.

»Also, Gloßner, der Reihe nach – erst das Vergnügen, dann die Problemchen!« Häckel füllt beide Schwenker bis kurz über den Eichstrich mit einer grünbraunen Flüssigkeit und prostet seinem Gegenüber aufmunternd zu. »Prost!«

Problemchen! Widerwillig greift Gloßner nach dem Glas. Wenigstens hat er dieses Mal nicht vergessen, schon vor dem Essen zwei Aspirin zu schlucken – *wenn der Kerl wenigstens aufhören würde, die ganze Zeit so dämlich zu grinsen – Gott, schmeckt das Zeug ekelhaft – verdammter Job, verdammter!* Gloßner mag sich lieber nicht vorstellen, was gerade mit seiner Magenschleimhaut geschieht. *Jetzt bloß nicht klein beigeben!*

»Und nun, Kommissar, zu unserer Frau Kokelköpfchen. Ich bin neugierig. Bei Ihnen muss doch heute das Telefon heißgelaufen sein.«

»Bitte, Häckel, hören Sie mit diesem ›Kokelköpfchen‹ auf! Ihr Schnaps, oder was auch immer das sein soll, schlägt mir schon genug auf den Magen.«

»Kräuterbrand auf Wermutbasis. Würden Sie den Thujongehalt kennen …« Häckel keckert vergnügt in sich hinein wie ein irres Rieseneichhörnchen, schenkt mit der einen Hand nach und zündet sich mit der anderen ein Zigarette an.

»Prost! Und Vergebung. Sie wissen doch, mein Namensgedächtnis ist katastrophal. Wie hieß das Opfer nochmal?«

»Engler. Regina Engler.«

»Richtig, ja. Auf unser Engelchen!« ruft Häckel und genehmigt sich die zweite Dosis; Gloßner nippt nur.

»Jedenfalls, interessante Bilder heute in der Zeitung. Ich hoffe, es gab entsprechende Hinweise?«

Gloßner entgeht nicht die Ironie in Häckels Worten. Phantombilder provozieren regelmäßig alle möglichen Zeitgenossen, vom selbsternannten Privatermittler bis zum missgünstigen Nachbarn, der Polizei ihre Beobachtungen und Erkenntnisse mitzuteilen, und es ist ein Glücksfall, wenn unter fünfzig Anrufen nur ein einziger brauchbarer Hinweis ist.

»Oh ja, die gab's tatsächlich, ganz außerordentliche Hinweise, um genau zu sein.«

»Ah? Bonnie und Clyde sind höchstpersönlich im Präsidium aufgekreuzt?« Häckel entbeint jetzt Oliven, indem er sie mit einem Taschenmesser seitlich aufschlitzt und die Kerne mit einer geschickten Dreh-Stech-Bewegung über den Tisch schnipst.

»Ganz richtig. Allerdings nicht heute.«

»Scusi, Signore! Prego!« Luigi deutet eine Verbeugung an. »Buon appetito!«

»Den haben wir!« versichert Häckel strahlend. »Wie immer! Oder?« Er blickt Gloßner fragend an, ruft im selben Atemzug noch einmal den Wirt an den Tisch.

»Mi dica!«

»Heute brauchen wir etwas Scharfes. Hast du Chili? Tabasco, irgendwas?«

»Subito, Dottore.«

»Ich finde Schärfe außerordentlich anregend. Wenn nicht inspirierend. Einen Guten!«

Gloßner wünscht ebenfalls guten Appetit und spürt eine kleine Revolte in seinem Magen, als er mitansehen muss, was für eine Menge getrockneter Chilischoten Häckel auf seine Kapern-Sardellen-Pizza häuft, und jetzt wird ihm auch noch das Gewürzglas hingehalten.

»Auch?«

»Danke. Nein!«

Paula säbelt mit emsiger Entschlossenheit an ihrem Wiener Schnitzel herum, das der Textur nach eher von einer sehr alten Kuh und nicht, wie die Speisekarte behauptet, vom Kalb stammt. Die ganze Wirtschaft macht den Eindruck, nicht das zu sein, was sie vorgibt, eher würde man sich in einer Spielothek vermuten, in der nur gelegentlich auch mal ein Essen serviert wird. So ist das eben, wenn man partout nicht noch einmal unter dem Konterfei der Bocksbeutelkönigin essen will und auch bereit ist, dafür sämtliche Restaurants des Ortes erst einmal von seinem mehr als geduldigen Begleiter inspizieren zu lassen. Und deshalb schmeckt es natürlich jetzt auch »hervorragend«, was aber auch daran liegen mag, dass Paula tatsächlich einen Bärenhunger hat. Gregor, der mit seiner Miniportion Calamari schon vor geraumer Zeit durch war, fragt sich, wo um alles in der Welt diese zierliche Frau ein tellergroßes Schnitzel in sich verstaut.

»Noch ein Bier?« Die resolute Wirtin, die *nicht aus Griechenland, sondern aus Albanien* stammt – *GROSSER UNTERSCHIED!* –, schaut Gregor streng an, offensichtlich ist sie fest entschlossen, sich den Umsatzverlust durch die witterungsbedingt heute ausbleibende Landjugend von ihm wettmachen zu lassen.

»Lieber noch einen trockenen Weißwein.«

Paula knirscht mit dem letzten Stück vom Schnitzel im Mund etwas Unverständliches.

»Okay, ich bringe zwei Wein!« Für Gregor ist es immer wieder erstaunlich, wie schnell Frauen sich auch ohne Worte verstehen können.

»Was war denn jetzt mit dem Foto aus deinem Traum?«

»Es hängt im Wohnzimmer von der Heß und ist ein seltsames Foto. Die zwei Frauen sehen so aus, als würden sie in einem blauen Blumenmeer sitzen, alle möglichen Arten von Blumen – und sehr viele hohe, die eigentlich gar nicht für den Balkon geeignet sind.«

»Hm, und was ist daran jetzt so seltsam?«

»Eisenhut, Gregor, auf ihrem Balkon ist kübelweise Eisenhut gewachsen!«

»Aha.«

»Weißt du, was man in griechischen Sagen über den Eisenhut liest?«

Natürlich weiß Gregor das nicht – hat sie denn vielleicht eine Ahnung, wie man Spurstangen und Umlenkhebel bei einer DS Baujahr 65 austauscht? Na also!

»Herkules hatte den Höllenhund Zerberus besiegt, und der war darüber so wütend, dass ihm der Geifer die Lefzen runterlief und auf die Erde tropfte, die daraufhin giftig wurde. Aus dieser giftigen Erde wuchs der Eisenhut, der noch viel giftiger war als der Boden unter ihm – so giftig, dass er Hekate geweiht wurde, der Göttin des Schreckens und der schwarzen Kunst!«

»Aha.«

»Gregor, verstehst du denn nicht? HEKATE! – die Göttin des Schreckens!«

Nein, im Augenblick versteht er wirklich, nicht auf was sie hinaus will – vielleicht *will* er aber auch gar nicht verstehen, will auch nicht hören, dass sie gleich sagen wird:

»Angela Heß hat Regina Engler vergiftet!«

»Und lässt dich seelenruhig in ihrem Wohnzimmer sitzen und Wein trinken.«

Das war der letzte zaghafte Versuch, das, was nicht gedacht werden darf, zu zerstreuen. Aber noch während sich in ihm die Fäden zusammenknüpfen, einer zum nächsten, bis sich in ihm ein Muster ergibt, das klar und deutlich vor seinen Augen steht, noch bevor ... – spricht sie es aus:

»Vielleicht hat sie ja nichts mehr zu verlieren ...«

Kurz versucht Gregors Verstand noch, auch dies als eines von Paulas Hirngespinsten abtun, aber seine Kopfhaut reagiert prompt und zieht sich zusammen.

»Und weißt du auch, was das bedeutet? Dieser Typ, dieser Harri aus der Kolonie, steckt mit drin – verdammt, Gregor, wir müssen auf der Stelle zurück!«

Gregor schweigt, aber der Motor in seinem Kopf läuft so angestrengt, wie der eines Ami 6 an einer fünfzehnprozentigen Steigung. Heute ist Donnerstag. Gestern Abend war Paula bei der Heß, gestern Abend ist auch dieser Harri zur Heß gegangen, was hat er bei ihr gewollt? – was hat SIE von ihm gewollt? Die Gedanken schnurren – Zylinder, Getriebe, Achswelle – die Räder drehen sich, wollen voran, wollen nach vorn – nur nicht zu schnell, sonst gibt es eine Fehlzündung, einen Knall, der jetzt fehl am Platze wär' – nur die Ruhe, nur die Ruhe!

»Wir können jetzt nicht zurück, Paula, schau aus dem Fenster – und ist dir klar, dass wir auch mit drin stecken? Paula, wir müssen zur Polizei!«

Häckel kaut genießerisch.

»Mit so einem Geschmack auf der Zunge muss unser Engelchen auf seine letzte Reise gegangen sein«, konstatiert er jetzt nachdenklich. »Ob sie noch Gelegenheit hatte, sich darüber zu wundern, wie scharf Chilischokolade sein kann?«

Gloßner fühlt sich heute dem üblichen Katz-und-Maus-Spielchen – er stachelt Häckels Neugier an, die dieser wiederum mit allen Mitteln vertuscht – eindeutig nicht gewachsen.

»Herrgottnochmal, Herr Häckel, es reicht! Sie haben ja keine Ahnung, was ich für einen Nachmittag hinter mir habe!«

Im *Rimini* wird es vorübergehend sehr still, und von

mehreren Tischen aus beäugt man irritiert das Duo, das garantiert von keinem Gast für Mediziner und Kriminaler gehalten wird. Luigi fühlt sich veranlasst, eine Kompilation italienischer Schlager aus den Sechzigern in den CD-Player zu schieben.

»Ganz wie Sie wünschen, Herr« – und Häckel betont das *Herr* – »Kommissar. Kommen wir zur Tagesordnung zurück. Bonnie und Clyde sind also bereits polizeibekannt?«

Gloßner nimmt einen tiefen Schluck vom Hauswein.

»Wenn man so will. Beide waren letzte Woche unabhängig voneinander im Nürnberger Präsidium. Eine gewisse Paula Rüss und ein gewisser Gregor Herrmann. Allerdings nicht in Sachen Engler.«

»Sondern?«

»In Sachen Schaufensterpuppe. Die Puppe an der Brücke. Diese Menetekel-Aktion, letzte Woche Montag, Sie wissen schon.«

»Sagen Sie jetzt bloß nicht ...«

»Ich sag gar nichts. Ich sag nur, die Rüss ist in der Jakobswache aufgekreuzt und muss eine wüste Geschichte von einer Leiche an der Brücke erzählt haben. So wüst, dass der Beamte, der sie jetzt auf dem Phantombild wiedererkannt hat, sie wieder heimgeschickt hat. Außerdem war sie nach eigenen Angaben zum Zeitpunkt, als sie die Leiche gesehen haben will, stark alkoholisiert. Und deswegen – darf man eigentlich gar nicht laut sagen, also nur unter uns Pastorentöchtern, Häckel! – hat er das Protokoll weggeschmissen. Und wenn nicht noch am Spätnachmittag eine Bekannte von der Rüss angerufen hätte, wäre ihr Name bei uns unwiederbringlich verschollen gewesen.«

»Und der andere Zeuge?«

»Moment. Es kommt noch viel besser. Dieselbe Rüss hat am Montag – also vorvorgestern – bei der Nachbarin von unserem Engelchen geklingelt. Hat sich als Nichte ausgegeben und ist von der Nachbarin prompt in die Wohnung der Engler reingelassen worden. Und dabei war sie in Begleitung unseres anderen Zeugen.«

»Der auch letzte Woche zufällig bei euch reingeschneit ist, um euch was von einer Leiche an der Brücke zu erzählen?«

»Nein. Den haben die Nürnberger Kollegen selbst vorgeladen. Er war an dem Menetekel-Montag einer Zeitungsbotin aufgefallen, als er von der Unterführung zu seinem Auto rannte, und sie hat sich die Nummer aufgeschrieben. Der Herrmann hat allerdings nur gesagt, er habe aus reiner Neugier angehalten, sei zur Brücke gelaufen und dann wieder zu seinem Auto zurück. Er habe nicht genau sehen können, was da von der Brücke hing, als er darunter durchfuhr, habe aus reiner Neugier angehalten und sei zurückgelaufen – Häckel! Sind Sie wahnsinnig? Sie ruinieren mir ja die Papiere mit Ihren fettigen Fingern!«

Sicherheitshalber nimmt Häckel den kleinen Finger, um auf eine ganz bestimmte Zeile im aufgeschlagenen Protokoll zu deuten, aber das mindert die Spuren, die er hinterlässt, nur unwesentlich.

»Ist Ihnen das auch aufgefallen? Er will vorher auf einer Party in der Altstadt gewesen sein, hat aber die Brücke von Süden kommend unterquert.«

»Ob Sie mir glauben oder nicht – ja, das ist mir auch aufgefallen, er kam aus Leonhard, hatte wohl noch jemanden abgesetzt.«

»Aha, und rennt anschließend mitten in der Nacht unter Brücken hin und her! Und wo ist das Bonnie-und-Clyde-Pärchen jetzt?«

»Im Moment unauffindbar.«

Andere brauchen einen möglichst nüchternen Zustand, um denken zu können – Häckel schenkt sich aus seiner Flasche nach.

»Auch?«

Gloßner nickt. Ob es Häckel sonderlich beeindrucken würde, wenn er ablehnte, bezweifelt er ohnehin.

»Verstehen Sie jetzt? Wenigstens so einigermaßen? Wir haben bis jetzt nicht die mindeste Ahnung, was die Rüss in der Wohnung von der Engler wollte. Sie kennen ja den Zettel, den sie dort hinterlassen hat, unterschrieben mit ›Silke‹, es gibt aber keine Nichte namens Silke, die Engler hatte keine Verwandten mehr. Gut möglich, dass diese ›Nichte‹ irgendwas hat mitgehen lassen. So. Wir haben keine Ahnung, was dieser Herrmann für eine Rolle spielt und was und wieso die beiden miteinander zu tun haben. Das heißt, eine Sache wissen wir noch. Nämlich die Anruferin, die vor ein paar Stunden die Rüss in der Zeitung erkannt hat, ist dieselbe, die die Engler als vermisst gemeldet hatte.«

»Und wir haben einen potentiellen Tatort!« Häckel greift nach dem Olivenöl und beträufelt damit die restliche Pizzahälfte auf seinem Teller; der Menge nach scheint er allerdings die Öl- mit der Weinkaraffe und die Pizza mit dem Weinglas zu verwechseln.

»Häckel! Wollen Sie das wirklich noch essen?«

»Natürlich. Die Griechen haben den höchsten Pro-Kopf-Verbrauch an Olivenöl in Europa und gleichzeitig die niedrigste Herzinfarktrate. Und das bei einer Bevölkerung, die zu annähernd hundert Prozent aus Kettenrauchern besteht. Aber bleiben wir beim Thema – Ihnen zuliebe.«

»Ich frag mich nur allmählich, was das Thema eigentlich ist.«

»Olivenöl, mein Bester, hervorragendes Olivenöl ist *das* Thema überhaupt. Aber ganz im Ernst, die Brücke über die Schwabacher Straße ist doch als Tatort durchaus vorstellbar.«

»Na sauber, dann entsorgen die Nürnberger ihre Leichen jetzt also in Fürth.«

»Tun wir einmal so, als hätte diese Zeugin *nicht* gesponnen. Dass die Leiche kopfüber aufgehängt war, wissen wir ja und auch, dass sie zu diesem Zeitpunkt noch gelebt hat, nur nicht mehr besonders kregel war wegen des Giftes in ihrer Blutbahn. Und da finde ich ein Brückengeländer wie das über die

Schwabacher auch nicht unbedingt abwegiger als das eigene Wohnzimmer. Falls es sich bei dem Täter um eine Frau gehandelt haben sollte, und dafür sprechen zwei Indizien, brauchte sie aber in jedem Fall eine Aufhänghilfe!« Ein kurzes schrilles Kichern, ein Schluck Wein.

»Häckel, das weiß ich doch alles selbst. Was glauben Sie, worüber ich in den vergangenen Tagen nachgedacht habe? Ich bin schließlich nicht – «

» – auf der Nudelsuppe dahergeschwommen, ich weiß.« Dr. Häckel lächelt maliziös, leert sein Glas auf einen Zug und füllt sogleich aus der Karaffe nach, und das Trinken und Nachschenken geht so nahtlos wie Auskuppeln, Gang einlegen, Einkuppeln, Gas geben beim routinierten Autofahrer – nur das Bremsen ist bei Häckel zu selten vorgesehen. »Es wird allmählich Zeit für unsere zweite Karaffe Roten, Kommissar. Essen Sie das letzte Stück von Ihrer Speciale nicht mehr? Na, dann, mit Verlaub!« Er bugsiert es auf seinen Teller. »Hoffentlich ist Ihnen eine Dreiviertelpizza Grundlage genug. – Luigi!« Häckel hebt die leere Weinkaraffe, und Gloßner starrt wieder einmal auf diese Fingernägel ... diese überlangen Fingernägel ...

»Vergessen wir jetzt einmal Täter und Motiv, Häckel, und konzentrieren uns ausschließlich auf den möglichen Tathergang auf der Brücke. Die Rüss hat angegeben, dass es circa vier Uhr morgens gewesen sein muss, als sie die Leiche gesehen hat, wenigstens daran konnte sich der Kollege noch erinnern. Die Zeitungsfrau gab an, diesen Herrmann um die gleiche Zeit beobachtet zu haben. Es ist also durchaus möglich, dass sich die beiden begegnet sind.«

»Wenn das so ist, kämen sie als Täter nicht in Frage, außer jeder von ihnen führte ein Doppelleben und kann gleichzeitig auf und unter der Brücke sein. Hoho, Gloßner, Sie beniesen es!«

Und das nicht nur einmal. Gloßner wird von einem längeren Niesanfall geschüttelt und trompetet schließlich einige Male in ein Taschentuch.

»Also, entweder haben Sie die zulässigen Chiligrenzwerte in der Atemluft bei Ihrer Würzorgie weit überschritten – oder ich bekomme gerade eine Grippe.«

Häckel nickt verständnisvoll.

»Wie das blühende Leben sehen Sie heute wirklich nicht aus. Hier, nehmen Sie davon dreißig Tropfen. Rein pflanzliches Präparat. Für die Abwehrkräfte. Wirkt Wunder.«

Wie es schmeckt, erwähnt er wohlweislich nicht. Mühsam rappelt sich der Kommissar wieder auf.

»Häckel, Sie müssen in irgendeinem Ihrer früheren Leben ein verdammter Giftmischer gewesen sein, und Ihr Humor ist mehr als grenzwertig, aber Sie haben mich da eventuell auf eine Idee gebracht – geben Sie mir eine Zigarette. Ich hab zwar heute nachmittag aufgehört ... ist da auch wirklich nur Tabak drin?« Misstrauisch mustert er die rote Packung mit den kyrillischen Schriftzeichen.

»Reinster Orienttabak aus der Ukraine. Ein Genuss. Geht's wieder?«

Gloßner nickt und starrt in den würzigen Rauch. »Eine gedoppelte Tat, erst die Leiche, dann die Puppe – immer vorausgesetzt, die Zeugenaussage der Rüss ist wahr. Zwei Möglichkeiten: Entweder die Menetekler haben sich radikalisiert, was ziemlich unwahrscheinlich ist, scheinen schöngeistige Gutmenschen zu sein, wenn man sich die vorangegangenen Aktionen von denen so anschaut: Proteste gegen Massentierhaltung, Überwachungskameras, Bäckereiketten et cetera, oder ... «

»... wir haben es mit einem Nachahmungstäter zu tun, der seine Spuren verwischen will«, ergänzt Häckel den Satz und schenkt bestens gelaunt zwei weitere seiner Kräuterschnäpse in die Cognacschwenker, wobei er wieder dieses diabolische Grinsen aufgesetzt hat, das Gloßner nicht ausstehen kann. »Allerdings kann ich absolut keinen Sinn darin erkennen, einen sterbenden Menschen auf derartig auffällige Weise zu exponieren, um den Mord anschließend einer Umweltaktivistengruppe in die Schuhe zu schieben. Das ist ...«

»Genau, Doktor Häckel, das ist mehr als unwahrscheinlich. Prost, Sie Menschenvergifter, jetzt bin ich genauso schlau wie vorher. Es ergibt alles einfach keinen Sinn!«

»Sinn oder Unsinn sind manchmal gar nicht so entscheidend, vergessen Sie nie, dass es neben dem ›Kommissar Zufall‹ auch den ›Täter Zufall‹ gibt.«

Und jetzt betritt eine Idee die mittlerweile so gut wie leere Gaststube des *Rimini*. Sie wäre vor ungefähr einer Stunde schon ganz gern hereinspaziert, aber da war es ihr noch zu voll gewesen im Lokal und Häckels Kopf, in den sie sich jetzt stiehlt, zu nüchtern. Aber nun hat sie keine Abweisung mehr zu befürchten.

»Zufällig sind wir gerade zu zweit. Und Luigi will schon seit mindestens einer Viertelstunde Feierabend machen. Wir sind die Letzten. Und«, Häckel zieht den Vorhang zur Seite und lugt aus dem Fenster, »es schneit. Abgesehen von Ihrer beginnenden Grippe also ideale Voraussetzungen. Oder?«

Schau, die Nacht, der Schnee! Ist die Zeit zurückgegangen? Regina! Du bist doch da, Regina! Nein, du gehst nicht! Du hast nicht vergessen, dass wir morgen auf Reisen gehen? Wir beide? Um ihn mach dir keine Sorgen. Harri wird sich kümmern. Das hat er mir versprochen. Und jetzt stößt du noch einmal an mit mir. Du wirst nicht nein sagen, wenn ich dich bitte. Ja, es ist spät. Aber wir haben uns noch nie so gut verstanden wie heute abend. Regina. Nicht? Noch nie so geredet miteinander, seitdem du dich zu erkennen gegeben hattest im letzten Frühling.

Aus was für Teufelsingredienzen braut der verdammte Häckel nur immer sein Gesöff zusammen, mit einem klaren Kopf wäre es nie so weit gekommen! Jetzt hockt er neben diesem Wahnsinnigen auf dem Rücksitz eines Taxis, im Kofferraum einen Sack voll Gemüsezwiebeln. Nein, hätte er sagen sollen, nein, es ist vollkommener Schwachsinn, mitten in der Nacht auf einem verschneiten Bahndamm einen möglichen Tathergang rekonstruieren zu wollen. Aufstehen hätte er sollen, zahlen und gehen, heim in sein warmes Bett hätte er gehen sollen. Aber nein, jetzt hockt er hier, mitsamt Häckel und einem Zentnersack Zwiebeln, der als Ersatzleiche dient! Der Taxifahrer, ein stämmiger Schwarzer mit mäßigen Deutschkenntnissen, hatte ganz schön geschaut, als sie das schwere Teil im Kofferraum verstauten, allerdings weniger entgeistert als Luigi, der von den beiden im Laufe der Jahre zwar einiges gewohnt ist, nicht aber, dass sie sich mitten in der Nacht einen Sack voll Zwiebeln von ihm leihen wollen.

Absurd, denkt Gloßner nun bestimmt schon das zwanzigste Mal in Folge, die ganze Situation vollkommen absurd, wenn das die Kollegen jemals rauskriegen, ist im gesamten Präsidium die Hölle los, und vor seinem inneren Auge sieht er schon die Zeichnung von sich und Häckel und darüber die Überschrift: *Die Oberzwiebeln bei der Ermittlung!* Falls der Dialog zwischen Fahrer und Pathologe allerdings so weitergeht, wie er begonnen hat, besteht immer noch die Möglichkeit, einfach nur vor dem *Rimini* einzuschneien.

»Nach Gostenhof in die Hessestraße, aber nicht über Plärrer und Bauerngasse, sondern über die Stadtautobahn bis zur Schwabacher, rechts in die Schwabacher rein, dann bis Leonhard, sagen wir mal bis zur Kirche dort, an der Kirche wenden und langsam die Schwabacher zurück, Stadtautobahn kreuzen, Tempo verringern und langsam unter der Bahnbrücke durch, links in die Hesse...«

»Langsenbrücke?«

»Nein, langsam unter der Brücke!«

»Nix Plärrer?«

»Nein, sag ich doch. Über den Ring bis zur Stadtautobahn, die bis zur Schwabacher vor, rechts rum, zack zack, kurz rüber bis zur Kirche, dort wenden ...«

»Wo Kirche?«

»In der Schwabacher, ziemlich am Anfang von Sankt Leonhard!«

»Lenhad?«

»Guter Mann, Sie sind wohl nicht von hier?«

»Ich Somalia!«, strahlt der Fahrer mit hörbarem Stolz in der Stimme, der selbst Häckel kurzfristig bremst, »So so, Somalia, na, das ist gewissermaßen etwas ganz anderes als Franken. Einen Taxischein haben Sie aber?«

Der Fahrer deutet immer noch strahlend auf seine Fahrerkarte am Armaturenbrett

»Abdikassim Abshir Yusuf – Nummä 1989.«

»Häckel, wenn es ihnen schon so verdammt wichtig ist, auch noch den Weg von Gregor Herrmann nachzuvollziehen, warum zum Donnerwetter, lassen Sie uns dann nicht endlich losfahren und den Fahrer lotsen. Außerdem sehe ich beim besten Willen nicht, warum Sie die komplette Strecke nachfahren müssen, nur um zu sehen, was man erkennt, wenn man unter der Brücke durchfährt. Machen Sie es doch einmal in Ihrem Leben nicht kompliziert!«

»Eigentlich sollte ein Taxifahrer ...«

»HÄCKEL!«

»Also gut: geradeaus, bis zu der Kreuzung da vorne. Ampel. – Sie kennen Ampel?«

Schweigen im Taxi, das auf der Linksabbiegerspur vor der roten Ampel halten muss, nur der Blinker klickt auffällig laut durch die Stille – es ist die typische, nervtötende Stille, die immer entsteht, wenn Häckel gebremst wird.

»Wenn wir auf Ring sind, immer stur geradeaus. Ich sagen rechtzeitig, wann auf Stadtautobahn abbiegen müssen.«

Gloßner schnauft hörbar: »Geben Sie mir noch eine Filterlose.«

»Ich dachte, Sie hätten aufgehört, Herr Kommissar?«

»Das war heute nachmittag – danke – Feuer?« Gloßner kramt in seinen Akten.

»Machen Sie bitte mal Licht hier hinten – ja, da ist es. Schauen Sie mal Häckel, das ist der Plan von den Gleisanlagen und den angrenzenden Straßen und Brücken. Hier läuft die Schwabacher- in die Kohlenhofstraße, dort bei dem Kreuz hatte Gregor Herrmann geparkt. Hier geht es in die Hessestraße und hier links hoch auf den Bahndamm zu, das da ist ein Anwohnerparkplatz, das ein Parkhaus, das ein Bahnwärterhäuschen, und wenn man diesen kleinen Weg verfolgt, kommt man direkt zu den Gleisen und zu den drei parallelen Bahnbrücken – genau hier war die Puppe aufgehängt und eventuell auch die Leiche. Hier bei der Markierung wohnt die Rüss.«

Rauchend schaut Gloßner aus dem Fenster und kratzt sich nachdenklich den Daumen der linken Hand, gerade passieren sie die Theodor-Heuss-Brücke über die Pegnitz – es geht langsam voran bei diesen Straßenverhältnissen. Neben sich hört er Häckel die Schnapsflasche öffnen und einen kräftigen Schluck trinken.

»Auch noch einen?«

»Jetzt nicht, mein Kopf tickt etwas anders als Ihrer. Also, was sagen Sie?«

»Unser Mörder hat also hier oben auf der Brücke gestanden und die Frau ans Geländer gehängt. Aconitin ist bei richtiger Dosierung ein zuverlässiges Gift, vor allem, was den Todeszeitpunkt angeht. Bei der Konzentration, die wir in ihrem Blut gefunden haben, kann man von einer Viertelstunde, maximal zwanzig Minuten ausgehen.«

»Es ging also um exaktes Timing ...«

»Es ging ums exakte Timing – und es geht um den Grund, warum unser Engelchen dort aufgehängt wurde, wo es aufgehängt wurde. Behalten wir das im Hinterkopf und konzentrieren uns auf den Mörder. Der steht also hier ...«, der überlange Fingernagel durchbohrt fast das Papier. Gerade passieren sie die Jansenbrücke.

»Stopp, Mann, da vorne an der Ampel links auf die Stadtautobahn – nein, LINKS!«

»Ich kann nur hoffen«, feixt Häckel, sichtlich amüsiert über das hochrote Gesicht des Kommissars, »dass Ihre Kollegen von der Verkehrsüberwachung es sich lieber in der Cafeteria gemütlich gemacht haben! Also weiter im Plan. Hier ist unser Mörder, von hier ist er mit großer Wahrscheinlichkeit gekommen«, Häckel deutet auf den kleinen Weg zum Parkplatz, »und genau den gleichen Weg wollte er ebenso wahrscheinlich auch zurück, um die Leiche mit dem Auto zu entsorgen. Alles klar?«

»Selbstverständlich, Herr Doktor, Sie sind nicht der einzige Kriminologe in diesem Taxi. Ich weiß sogar schon, auf was Sie hinauswollen: Wenn der Mörder gestört wurde, weil, nennen wir es mal den großen Zufall, justament auf eben diesem kleinen Weg die Menetekler ebenfalls zur Brücke wollten ...«

»... bekommt er ein Riesenproblem! Da vorne wieder auf die linke Spur! – abbiegen – und laaangsam auf die Brücke zufahren!«

»Hier unten fällt kein Schnee, die Sicht ist gut.« Gloßner hat sich weit über den Beifahrersitz nach vorn gebeugt und Häckel hängt jetzt schräg über dem Fahrer, der sich davon aber nicht sonderlich irritieren lässt – Somalia eben.

»Genau, man erkennt sogar noch das Schild *3,80 m* – man würde also auch erkennen, ob da ein Mensch oder eine Puppe hängt. Jetzt geht es also nur noch darum, ob unser Timing aufgeht. Jetzt wieder links und dann noch einmal links den kleinen Weg da vorne hoch. Sagen Sie Herr – ähm – Herr Yusuf, haben Sie heute eigentlich noch etwas vor?«

Es brennt im Mund – es brennt im Leib – du weißt es schon, mein kleiner Schatz, wie scharf das Süße brennen kann, nicht wahr? – so scharfes Brennen!

Wird nicht weniger durch die Ameisen, wird nicht abgetragen von ihren ... fleißigen Körpern – viele sind's, die auf mir laufen! – ihre Füße, ich spüre ihre Füße ...

Da unten laufen drei – einer trägt etwas …

– trägt er sie noch einmal?

… wird er sie immer wieder tragen – bis zur Brücke und weiter und dann der See und zurück aus dem See und zur Brücke, zur …

Es ist ein durchaus skurriler Anblick, wie Herr Yusuf, schwarz und massig, einen Zentnersack Gemüsezwiebeln über der Schulter, den Schotterweg zwischen Parkhaus und Gleisen entlang durch den Schnee stapft. Eigentlich hatte der Plan ganz anders ausgesehen: Kommissar Gloßner hätte die Rolle des Mörders mit der »Leiche« übernehmen sollen, der Taxifahrer zunächst einmal nichts anderes machen, als mit aufgeblendeten Scheinwerfern im Abbiegewinkel in Richtung des Brückenzugangs zu stehen, Häckel selbst hatte sich selbstverständlich die Rolle des Regisseurs zugedacht – »ich habe schließlich diese wunderbare Armbanduhr mit integrierter Stoppuhr und Mondphasenanzeige, also tragen Sie den Sack, Gloßner!«

Dass der von Natur aus zwar kräftig gebaute, durch Grippeanflug und intensiven Alkoholkonsum momentan aber stark angeschlagene Kommissar unter dem Sack zusammenbrechen würde, konnte Häckel natürlich nicht voraussehen. Herr Yusuf seinerseits hatte kurz gezögert, ein Fünfzigeuroschein und die Tatsache, der Polizei bei einem wichtigen Fall zu helfen, waren aber überzeugend – man kann nie wissen, ob einem so etwas nicht noch einmal nützlich sein könnte, außerdem ist diese Geschichte mindestens so gut wie die seiner Cousine, die im vergangenen Jahr in der Lotterie eine »Greencard« für die USA gewonnen hatte.

Gerade haben sie die Schienenstränge überquert – »Sie sind sicher, dass um diese Zeit keine Züge fahren?« – »Wenn, dann nicht viele.« – und befinden sich unmittelbar an der Stelle des Bahnbrückengeländers, an der die Puppe gefunden wurde.

»Stopp!« Häckel beleuchtet mit der Miniaturtaschenlampe von seinem Schlüsselbund das Ziffernblatt seiner Armbanduhr. »Drei Minuten, siebenundfünfzig Sekunden vom Auto bis zur Brücke, und sehen Sie, Gloßner, man kann von hier aus sehr deutlich das Scheinwerferlicht des Taxis erkennen, das in unsere Richtung weist.«

»Und wir selbst stehen im Dunkeln, hätten also Zeit zu verschwinden, ohne gesehen zu werden – allerdings nur in die andere Richtung, durch den Tunnel da vorne.«

»Zwiebeln noch halten?«

»Einen Moment noch, Herr Yusuf, jetzt kommt der zweite Teil des Experiments. Hängen Sie doch bitte einmal den Sack mit Hilfe dieses Seils an den kleinen Geländervorsprung hier.«

»Warten Sie, ich helfe Ihnen.« Gloßner und Yusuf hieven den Sack über das Geländer und befestigen das Seil nicht ohne Mühe.

Es ist kalt! ES IST SO KALT!

Ist sie das schon? Ist das die nächste Hölle?

Warum ist es hier so kalt ...? ... WILL NICHT! ... – nicht mehr!

Sie hängen sie ..., mein Gott! ..., sie ...

Während der Körper schwer und kalt auf den Boden stürzt, landet die Krähe sanft auf einer alten Pappel.

»Gut, wir können jetzt schon von zweierlei ausgehen«, Häckel wippt leicht auf den Absätzen und rudert mit den Armen, was ihn aussehen lässt wie ein balzendes Schneehuhn. »Erstens: Der Täter muss sehr kräftig gewesen sein, zweitens: Er hat definitiv kein Seil verwendet wie wir, sondern einen Eisenhaken – Sie erinnern sich: Ich hatte Einkerbungen an den Fußschellen der Toten gefunden.«

»Außerdem«, Gloßner schnauft wie ein Walross, »dürfte die Hängeaktion mit einem Seil für einen einzelnen Mann, selbst wenn es ein außerordentlich kräftiger Mann ist, kaum zu schaffen sein. Auf jeden Fall soll die Spurensicherung bei Tageslicht noch einmal das Geländer unter die Lupe nehmen, nach Einkerbungen hat natürlich niemand gesucht, die Puppe war schließlich mit einem Seil befestigt, dieses Teil hier dürfte noch ein Rest davon sein.«

»Gut, gut. Und jetzt: Wie lange braucht man, um 50 Kilogramm wieder nach oben zu ziehen? Ist für uns auch interessant. Herr Yusuf, wären Sie noch einmal so freundlich? Achtung, fertig und hochz...«

»Stop«, fährt Gloßner dazwischen, dem trotz aller Promille im Blut plötzlich etwas klar wird: »Er *muss* es geschafft haben, immer vorausgesetzt, dass dies wirklich unser Tatort ist. Hätte er es nicht rechtzeitig geschafft, wäre die Leiche logischerweise von den Aktivisten entdeckt worden.«

»Oder die Aktivisten von ihm, was ihnen unter Umständen gar nicht gut bekommen wäre! Aber dann ...«

»... genau, mein lieber Häckel! Dann hätte keine Puppe an der Brücke gehangen. Und noch eines ist jetzt klar: Wir haben es vom Sichten der Scheinwerfer, dem hastigen Abhängen der Leiche zuzüglich der Strecke, die auch die Menetekler zurücklegen mussten, mit einem Zeitfenster von etwa vier Minuten für den Gang plus ein, zwei Minuten für das Aufhängen der Puppe, also mit rund sechs Minuten zu tun. Sowohl der Herrmann wie auch die Rüss könnten – rein theoretisch – tatsächlich zuerst die Leiche und anschließend die Puppe hängen gesehen haben. Das ist zwar ungefähr so wahrscheinlich wie ein Sechser im Lotto, aber ebenso möglich.«

»Interessiert Sie der Tunnel überhaupt nicht? Immerhin könnte das der Fluchtweg des Täters gewesen sein!«

»Häckel, es geht schwer auf Mitternacht zu und mein Kopf ist kurz vorm Explodieren!«

»Zwiebeln zurück?«

»Äh, danke, das machen wir schon. Bitte warten Sie im Wagen auf uns, wir kommen gleich nach. Häckel, haben Sie noch eine von Ihren Kyrillischen?«

»Und dazu ein Schlückchen gegen die Kälte?«

»Was mir nicht in den Kopf will, ist: Warum treibt jemand einen derartigen Aufwand, eine sterbende Frau noch an einem Brückengeländer aufzuhängen, nur damit sie dort ein paar Minuten baumelt. Das ist nicht nur riskant, das ist vollkommen irre!«

»Vielleicht sollte die Frau gar nicht unbedingt gesehen werden – immerhin fahren um diese Zeit so gut wie keine Autos unter der Brücke durch – vielleicht sollte *sie* noch etwas sehen, bevor sie in die ewigen Jagdgründe entschwebt? Erinnern Sie sich an die Kleberspuren auf Kleid und Oberschenkel? Warum wird einer Frau der Rock festgeklebt? Aus Anstand? Aus moralischem Feingefühl? Nein! Der Rock wird festgeklebt, damit er ihr nicht übers Gesicht fällt! Sie *sollte* sehen! Und die Täterin brauchte natürlich eine *Aufhänghilfe* – denn eins weiß ich: Giftmord ist Giftmord, und neunzig Prozent aller Giftmorde werden von Frauen verübt.«

»Moment – wenn Frauen morden, greifen neunzig Prozent von ihnen zu Gift, sagt die Statistik. Was nicht heißt, dass neunzig Prozent aller Giftmorde ...«

»... von Frauen begangen werden, ich weiß. Trotzdem. Bei ›Gift‹ denke ich automatisch an ›Frau‹, und bis jetzt hatte ich immer recht. Und warum morden Frauen vorzugsweise mit Gift? Weil ihre Opfer normalerweise Männer sind – meistens die eigenen. Und die Tötung mit Gift ist ebenso mühelos wie unauffällig. In unserem Fall ist es anders. Das Opfer ist eine Frau, und sie wurde nicht mühelos getötet. Wollen Sie jetzt noch einen Schluck oder nicht?«

»Nein. Bleiben wir bei der Gleichung Giftmord = Frau = TäterIN. Die stimmt ja tatsächlich in der Praxis so gut wie immer.«

»Jedenfalls in meiner. Warum also bringt eine Frau eine Frau um? Um an einen Mann heranzukommen. Können wir von diesem Motiv ausgehen? Nein. Eine Rivalin wird möglichst unauffällig ausgeschaltet. Die andere Möglichkeit: Rache. Spätestens seit unseren Scheidungen wissen wir ja, zu was für Racheakten das zarte Geschlecht fähig ist – hab ich recht?«

»Häckel, Sie werden geschmacklos.«

»Tatsache bleibt: Männer sind brutal, Frauen sind grausam. Also bleiben wir bei Rache. Die besteht oftmals darin, dass man dem beziehungsweise der anderen zufügt, was man selber erleiden musste.«

»Na, dann ist ja alles ganz einfach, Herr Doktor. Wir brauchen also nur nach einer Täterin zu fahnden, die irgendwann mal in ihrem Leben vergiftet, aufgehängt und ertränkt wurde. Das sollte kein Problem sein.«

»Sie haben vergessen: Und der man außerdem das Gesicht verbrannt hat.«

Wäre es auf dem verschneiten Bahndamm nur etwas heller gewesen, man hätte Gloßners Teint jäh die Farbe wechseln sehen: von fiebrigrot zu kalkweiß. Aber auch der langgezogene Pfeiflaut, den er ausstößt, lässt gewisse Rückschlüsse zu.

»Kommissar! Alles in Ordnung? Jetzt doch noch einen Schluck zur Stärkung?«

Edgar Häckel versucht, fürsorglich zu klingen, würde sich aber vermutlich die Mühe sparen, wenn er wüsste, dass er von dem anderen im Augenblick nur noch als entferntes Phantom wahrgenommen wird, weil sich in Gloßners Kopf zwei Gesichter übereinander schieben: ein schwarzverkohltes und ein ledriges, aus dem heraus ihn Echsenaugen angestarrt hatten.

»Geben Sie mir die Flasche! Mein Gott, Häckel, wenn Sie dieses Gesicht gesehen hätten! Die Frau ist schwerst verunstaltet und außerdem gehbehindert. Sie wohnt – da oben – da oben, wo das Licht brennt!«

»Und was für eine grandiose Aussicht die Dame haben muss! Vielleicht sollten Sie ihr morgen früh gleich als erstes eines Besuch abstatten.«

Anatol Slonyevskyy kennt die Zeiten, kennt die Geräusche. Ein Hörspiel Tag für Tag und Nacht für Nacht. So klingt es, wenn der große Junge zu Besuch kommt, so klingt es, wenn der große Junge sie abholt. So, wenn er sie nach Hause bringt. So, wenn die Pflegerin kommt, am Vormittag, dreimal die Woche, Montag, Mittwoch, Freitag, nein, wenn sie kam, am Montag, am Mittwoch, am Freitag. Einmal nur hat er sie gesehen. Sie hat ihn gegrüßt mit einem Lächeln, das war wie ein bröckelnder Staudamm gegen Tränenflut. Und vorhin: ein Krachen über seinem Kopf! Und danach: die Stille.

Es ist Mitternacht. Die Krähe auf der alten Pappel am Bahndamm sieht zwei Männer leicht schwankend durch den Schnee zurück zum Parkplatz gehen, auf dem ein Taxi wartet, die Ratte auf der Brücke riecht einen gigantischen Zwiebelberg, der wie durch ein Wunder heute Nacht am Geländer gewachsen ist.

poch poch poch

»Sören, was machst du da? Bist du wahnsinnig? So beult man doch keinen Kotflügel aus!«

»So haben wir in Schweden den Buckelvolvo hergestellt. Jedes Auto in Handarbeit.«

poch poch poch

Sören hämmert wie ein Irrer auf das DS Cabrio ein.

»Den Wagen will ich verkaufen – den hab ich für Thalberg aufgetrieben!«

Sören ist nicht zu stoppen. Hilft nur, rein ins Auto, Gott sei Dank, der Schlüssel steckt, raus aus der Werkstatt, Vollgas, zu retten, was noch zu retten ist. Gregor rast durch die Hofeinfahrt in die Fußgängerzone. Ein Aufprall. Durch die Windschutzscheibe starrt ihm ein blutiges Gesicht entgegen. Eine Hand schlägt gegen das Glas.

poch poch poch

Gregor reißt das Lenkrad nach rechts, nach links, nach rechts, aber der leblose Leib, dem das Gesicht gehört, lässt sich nicht abschütteln.

hallo!

Er blickt sich um. Ein Trupp Polizisten in einem Autoscooter ist dicht hinter ihm. Er selbst sitzt in einem winzigen roten Auto und fährt im Kreis. Auf der Haube liegt eine Puppe aus der Geisterbahn und grinst ihn an. Nur eine Puppe, Gregor!

hallo!

Halb erstickt fährt er hoch. Die Luft im Raum ist schwer. Gregor stolpert aus dem Bett, reißt das Fenster auf, stürzt an die Tür.

»Guten Morgen! Es ist kurz nach sechs.«

Gregor starrt in das biedere Gesicht der Wirtin.

»Sie wollten geweckt werden.«

»Äh ... danke ...« Sein Mund verlangt dringend nach mindestens einem Liter Wasser. »Wann kommt das Frühstück?«

»Frühstücksbuffet gibt's ab halb sieben.«

»Ob wir vielleicht ... könnten Sie uns etwas aufs Zimmer bringen?«

»Tut mir leid. Frühstück im Bett ist nicht erlaubt.«

»Nein! Kein Frühstück im Bett. Aber wir haben's eilig. Deswegen dachte ich ... vielleicht wenigstens einen Kaffee aufs Zimmer?«

»Bei uns gibt es nur Buffet im Frühstücksraum.«

Na schön. Wenn nur seine Schleimhäute nicht so ausgedörrt wären ... dann würde er jetzt ...

»Dann bis später.«

Er schließt die Tür. Die erste Begegnung mit der Welt war nicht ermutigend. Wenn das bloß kein Omen für den ganzen Tag ist – nicht heute!

»Du bist, wie du bist! Andere Menschen beneiden dich um deine helle Haut!«, deklamiert Paula in die Stille und versetzt Gregor den dritten Schock des Morgens. Ist sie über Nacht endgültig verrückt geworden? Gregor tastet nach dem Schalter der Nachttischlampe.

»Meine Worte sind gesagt, die Warnungen sind ausgesprochen und du hast die Gewissheit!«

Endlich Licht. Unter Paulas geschlossenen Lidern rollen die Augen.

»Paula, wach auf! – Paula! Paula, du träumst!«

»Du brauchst nicht so zu schreien. Bin schon wach.«

»Wir müssen los.«

»Ich hab Kopfweh. Ohne Tee steh ich nicht auf.«

»Es ist durchaus möglich, dass es hier Beutelchen gibt, gefüllt mit irgendwelchen getrockneten Blättchen, die man in heißes Wasser hängen kann. Aber nicht das, was du dir unter Tee vorstellst.«

»Nein?«

»Nein.«

»Wo sind wir?«

»Mach einfach die Augen auf.«

Paula macht die Augen auf und verzieht gequält das Gesicht.

»Oh Gott, wir müssen ja …«

»Genau, wir müssen. Aber lass dir Zeit. Frühstück gibt's erst in einer halben Stunde.«

»Frühstück? Fällt aus. Wir fahren sofort.« Steht im selben Atemzug auf, rafft ihre Kleidungsstücke vom Boden zusammen und verschwindet im Bad.

– – – *drip* – – – *drip* – – – *drip* – – –

Wasser, wenigstens Wasser, denkt der Mann, der einmal Angelas Mann war.

Alles andere, was zu denken ist, hat er schon gedacht.

Nur der Gedanke an Wasser will nicht verschwinden.

– – – *drip* – – – *drip* – – – *drip* – – –

Wasser Wasser Wasser und wenn das Rinnsal im Kopf versickert ist der letzte Gedanke gedacht und dann –

– – – *drip* – – – *drip* – – – *drip* – – –

Lass deinen Mund denken
denk an Wasser
nicht an nichts
denk an Wasser
nicht an nichts
denk an Wasser

»Ja, ist ja gut. Ade!«

Georg Meißlein zieht die Wohnungstür ins Schloss und geht rascher als gewöhnlich die Treppe hinunter. Wenn das Verkehrschaos bloß nicht zu schlimm wird heute.

Ja, er wird bei der Heß vorbeischauen, gleich nach der Frühschicht. Ja, seine Gerda hat ja recht. Gibt's bei Harri sonst nicht, dass man ihn überhaupt nicht erreicht. Gut, wegen der Flex braucht er ihn jetzt nicht mehr. Aber, stimmt schon, am Ende ist er krank, da darf man ihn nicht hängenlassen. Schließlich hilft der Harri auch immer.

»Gregor! Geht das nicht schneller?«

Es geht wirklich nicht schneller mitten in der Autokolonne, die sich auf der B 8 mit maximal Tempo 60 der Stadt nähert, immer hinter dem Räumfahrzeug her.

»Klar geht das schneller. Ich brauch nur zu überholen und wir sind in drei Sekunden bei der netten Dame in der Hessestraße – falls der Typ wirklich durchgedreht ist.«

»Ist er. Wie der mich angesehen hat gestern Abend.«

»Vorgestern.«

»Oh Gott, ja, vorgestern schon. – Pass auf!«

Vor ihnen leuchten Bremslichter auf, und ganz weit vorne blinkt das orangefarbene Signal des Winterdienst-Unimogs.

»Und wenn er vorgestern Abend schon durchgetickert ist, dann können wir eh nichts mehr retten. Oder der alte Russe in der Wohnung darunter hat was gehört und die Polizei verständigt.«

»Lass nicht *ihn* durchgedreht sein. Lass es die Heß sein. Vielleicht erpresst er sie – *gib mir Geld!*«

»Kann er nicht. Er hat mitgemacht.«

»Getötet hat *sie*. Aber du hast recht. Er ist nicht raffiniert. Wahrscheinlich ist er leicht debil. Wer weiß, ob er überhaupt begreift, was er gemacht hat. Und sie kann niemals sicher sein, ob er nicht irgendwann ganz aus Versehen was ausplaudert.«

»Aber egal, wer wen. Kann gut sein, dass wir einen Tag und eine Nacht zu spät kommen.«

»Oder eben nicht. Mein Gott, kann denn der da vorn nicht schneller streuen? Seit wann streuen die denn überhaupt mitten im Berufsverkehr?«

Es klingelt. Jemand klingelt. Jemand klopft an der Wohnungstür.

Der Mann wünscht sich, dass er ganz laut denken könnte. Bis in den Hausflur hinaus, so laut.

hier bin ich hier bin ich hier bin ich

So ein einfacher Gedanke und geht nicht lauter zu denken.

hier bin ich hier bin ich hier bin ich

Langsame Schritte gehen wieder treppabwärts, eine Tür wird geschlossen, und es wird

still

– – – *drip* – – – *drip* – – – *drip* – – –

Jetzt haben sie die vierspurig ausgebaute Strecke erreicht, aber es geht kaum schneller voran.

»So schaffen wir das nie! Fahr bei der nächsten Ausfahrt raus!«

»Hatte ich sowieso vor. Wir müssen noch tanken.«

»Ist nicht wahr! Wir müssen TANKEN? AUSGERECHNET JETZT?«

Gregor zuckt bloß mit den Schultern und setzt den rechten Blinker, und als der Wagen über die Ausfädelspur kriecht, muss Paula eine enorme Selbstbeherrschung aufbieten, um nicht ihrer bedrängenden Vision – Tür aufreißen, sich hinausfallen lassen und einen der nachfolgenden Fahrer zum Anhalten nötigen (»Sie haben einen vollen Tank? Und die Heizung funktioniert auch? Dann bitte sofort zum Polizeipräsidium!«) – zu folgen.

»Ist eine gute Gelegenheit, den geklauten Kalender endlich loszuwerden.«

Eigentlich hatte Paula gehofft, Gregor würde das Thema »Kalender« nicht noch einmal ansprechen und die Trophäe ihres ersten Falles wäre einfach im Paralleluniversum der tiefsten Tiefen ihrer Handtasche versunken und, von ihr selbst vergessen, nach einem halben Jahr wieder aufgetaucht, im Sommer, als Reliquie aus einer lang vergangenen, dunklen Zeit.

Du bist schuld, wenn. Du bist schuld, wenn.

– sagt das Büchlein mit der eingeprägten Jahreszahl.

Wenn was?

»Und auch wenn keiner dich fragt, ob du vielleicht einen Terminkalender hast mitgehen lassen, keiner deine Handtasche durchsucht und der Kalender die Polizei nicht auf die Spur von der Heß gebracht hätte und wir die Ermittlungen nicht behindert haben – solche Gegenstände bringen kein Glück.«

Gregor biegt auf ein Tankstellengelände ab, und kurz darauf steht Paula einem schwer vergrippten Kassierer mit fahler Gesichtsfarbe gegenüber. Was sie selbst für eine Erscheinung im Neonlicht abgibt, nach gefühlten zwei Stunden Schlaf, wagt sie nicht, sich auszumalen.

»Bitte zwei Packungen Nil und den Toilettenschlüssel!«

Hat der Mann sie gemustert? Sie riskiert einen Seitenblick in die spiegelnde Glasfront. Der Effekt ist gleichermaßen erschütternd wie beruhigend; was sie wahrnimmt, hat weder mit ihrem Phantombild noch mit ihr selbst allzu große Ähnlichkeit und gibt ihr die Gewissheit, dass sie die Toilette aufsuchen kann, ohne bis zum Eintreffen der Polizei vom Tankwart darin eingesperrt zu werden.

Zweiundfünfzig Wochen, jede Woche eine Doppelseite, macht also zweiundfünfzig Blätter, mit Ferienterminen, wichtigen Rufnummern und Raum für Notizen vielleicht vierundsechzig. Wahllos greift sie in das unvollendete Jahr von Regina Engler, reißt ihm die Monate heraus, knüllt sie zusammen, wirft sie in die WC-Schüssel, spült, wirft, spült, bis nichts übrig ist als der leere Einband, der nichts mehr erzählen kann. Paula steckt ihn in die Handtasche zurück. Und da verliert ihr

Blick den Halt in der überhell beleuchteten WC-Kabine, weißgekachelte Wände kippen auf sie zu. Tief einatmen, langsam ausatmen, halt dich fest! Sie wühlt in ihrer Handtasche nach einem Notfrühstück. Immerhin, wenigstens ein Kaubonbon. Dann stakst sie zurück zum Auto und steigt ein.

»Da!« Sie hält Gregor den Einband hin.

»Was, da?«

»Das Papier habe *ich* runtergespült. Du bist für den Rest zuständig.«

Wäre Anlass für einen Disput darüber, ob nicht derjenige, der den Kalender geklaut hat, auch für dessen komplette Beseitigung verantwortlich ist, denkt Gregor. Aber er zieht es vor, haushälterisch mit seiner heute spärlichen Energie umzugehen.

»Leg das Ding irgendwohin. Schmeiß ich nachher in 'nen Gully rein. – Ich frag mich bloß, wie wir jetzt am besten weiterfahren ...«

»Ich dachte immer, der Orientierungssinn ist den Männern vorbehalten.«

»Ganz richtig. Nur mangelt es ihnen leider an Formulierungsgabe. Die Frage ist, wo kommen wir am besten durch?«

»Fahr obenrum. Die Würzburger weiter, am Kulturforum vorbei, die Spange, auf die Erlanger-, dann die Brettergartenstraße, Schnieglinger, und so weiter.«

Es gibt solche Tage und solche.

Es gibt die Tage, an denen Wege sich kreuzen, die sich besser nicht gekreuzt hätten, und Menschen aufeinandertreffen, die besser nicht aufeinandergetroffen wären.

Und es gibt die anderen Tage, an denen die Wege aneinander vorbeilaufen und Menschen einander verfehlen.

Was für eine Art von Tag ist heute?

– überlegt die Krähe, als sie ihre Kreise zieht, weite Kreise, weite Bahnen.

Hat letzte Nacht zum dritten Mal denselben Weg zurücklegen müssen.

Was ist das schon, schwarzer Vogel, das dritte Mal, gegen die Male auf meiner Haut und meine dreißig Jahre, hat sie ihr ins Ohr geflüstert. Schwer ist sie gewesen, schwerer als Schwarz.

Jetzt will die Krähe frei sein.

Was für eine Art von Tag ist heute?

Meist genügt ihr ein Blick in den frühen Morgen und sie weiß.

Aber heute geraten die Menschen auf ihren Wegen ins Stocken.

Der scharfe Blick der Krähe fällt auf eines der metallenen Gehäuse, das sich auf vier Rädern durch den Schneematsch wühlt, von West nach Ost. Hat sie das nicht schon einmal gesehen? Hat sie die beiden, die darinnen sitzen, nicht schon einmal gesehen? Wollen sie noch einmal zu ihr? Zu spät.

Entgegen kommt ein anderes, und auch darin sitzt ein Mensch, den hat sie schon einmal gesehen. Willst auch du noch einmal zu ihr? Zu spät.

Sie begegnen einander, fahren aneinander vorbei; im Winter, so früh am Tag, sind sie nur leuchtende Augen.

Jetzt weiß die Krähe, was für ein Tag heute ist.

Und im Sommer hat sie nicht nur einmal von vergorenem Obst gekostet und weiß, wie das ist, am Morgen danach.

Sternecker hätte es nicht für möglich gehalten, aber die Laune seines Chefs ist seit dem Vorabend noch weiter abgerutscht auf einer Skala, von der man befürchten muss, dass sie nach unten offen ist. An diesem Morgen sitzt er im Mantel am Schreibtisch, als Sternecker eintritt, und »Verdammt nochmal!« raunzt er, »wo stecken Sie denn die ganze Zeit?«

Stecken ist genau das richtige Wort, denkt Sternecker, und erlaubt sich den Hinweis, dass er schließlich aus Ammerndorf nach Fürth hereinpendle, und bei dem Wetter –

» – bei dem Wetter«, poltert Gloßner, »fährt man eben eine halbe Stunde früher los!«

»Das Problem war, dass *alle* eine halbe Stunde früher losgefahren sind. Übrigens, haben Sie schon gehört? Da haben irgendwelche Scherzkekse einen Zentnersack Gemüsezwiebeln an der Brücke in Nürnberg aufgehängt.«

Gloßner wühlt plötzlich angestrengt in seiner Schreibtischschublade. »Interessant.«

»Und vor ungefähr einer Stunde sind die Zwiebeln lawinenartig auf die Straße geprasselt. Vielmehr, auf die Autos, die ...« Sternecker kann sich ein Grinsen nicht verkneifen, aber sein Aufheiterungsversuch schlägt gründlich fehl.

»Sie haben sich offenbar ganz prächtig amüsiert in Ihrem Stau. Aber jetzt wird's ernst. Wir fahren zur Zeugin Heß, sofort.«

»Heß ... Heß ... war das die mit dem – ?« Sternecker fährt sich mit der Hand über das Gesicht.

»Genau die. Letzte Nacht hab ich einen ... ähm ... also eine Art Hinweis bekommen, der sie dringend des Mordes verdächtig macht. Los, fahren wir. – Ah, guten Morgen, Frau Pillenstein. Schön, dass Sie auch endlich da sind. Sagen Sie, Sie hätten nicht zufällig eine Aspirin für mich?«

Die Sekretärin kramt eifrig in ihrer Handtasche.

»Nicht nur zufällig, Herr Gloßner. Hab ich extra noch eingesteckt heute morgen – Sie hatten doch gestern Krisengespräch mit Dr. Häckel, oder?«

Anatol Slonyevskyy sieht auf die Uhr, es geht auf halb neun. Sonst hat er um diese Zeit seine Morgengänge schon erledigt, sitzt gewöhnlich in der Küche am messingglänzenden Samowar, der leise singt, und hat die Zeitung vor sich, die er jeden Tag gründlich liest, Seite für Seite. Heute morgen aber hat er zu lang gelauscht. Aus der schallgedämmten Welt drang überlaut das Geräusch der kratzenden Schneeschaufeln, und über ihm blieb es still, kein Schritt, kein pochender Stock; er ist hinaufgegangen, hat angeklopft, hat nach kurzem Zögern sein Ohr an die fremde Wohnungstür gelegt, hat geklingelt, und niemand hat geantwortet. Jetzt geht er mit einer leise klirrenden Altglastüte die Treppe hinunter, aus dem Haus, gleich gegenüber stehen die Behälter, und er wirft die sorgfältig gespülten Gläser ein. Eingelegtes Gemüse war darin gewesen, Gurken, Pilze, Rote Bete. Und auch Birkensaft. Dabei späht der alte Mann nach oben, zum Fenster, an dem er nur selten die schmale Silhouette seiner Nachbarin gesehen hat. Dort brennt das Licht. Slonyevskyy schüttelt nachdenklich den Kopf. Er wird die Zeitung holen, er wird noch einmal in die oberste Etage gehen, er wird noch einmal anklopfen, und wenn es still bleibt, wird er die Polizei anrufen, heute wird er sich nicht vor dem Telefongespräch drücken. Gestern hat er nur notdürftig sein Gewissen beruhigen können, hat sich gesagt, viele Leute lesen die Zeitung, und von den vielen werden noch andere außer ihm den Mann und die Frau gesehen haben, die seinen Besuchern vom Mittwoch so ähnlich sahen, und sie haben ihm ja nichts getan, kein Gegenstand fehlt, und auch das braune Kuvert, das im Regal zwischen zwei Büchern steckt, ist noch da mit seinem Ersparten darin. Telefonieren ist nicht einfach; das Deutsch in diesem Land ist ganz anders als das Deutsch, das er von damals kennt, das Deutsch, das seine Großmutter mit ihm gesprochen hat, schneller spricht man hier, mit wenig Melodie und vielen Wörtern, die er noch nie gehört hat. Alles ist anders als zuhause. In Deutschland sind die Nachbarn nicht immer gute Freunde, in Deutschland unterhält man sich, wenn, dann im Treppenhaus, aber man geht nicht zu einer gemeinsamen Tasse Tee in die Nachbarswohnung.

Jetzt geht Slonyevskyy, die Zeitung in der Hand, die Treppe hoch, und schon bevor er den zweiten Stock erreicht, hört er Geräusche von oben, Stimmen. Bleibt ihm das Telefonieren erspart?

»Frau Ch-eß!« Er steigt die Stufen schneller. »Frau Ch-eß!«

Oben vor der Tür zwei Männer, die ihm entgegensehen.

»Sind Sie vom Haus? – Kriminalpolizei Fürth, Gloßner mein Name.«

»Bin ich Nachbar von Frau Ch-eß, ja.«

»Wollten Sie gerade zu ihr?«

Slonyevskyy holt Luft, sucht nach Worten.

»Ich glaube ... ich glaube, dass Frau Ch-eß ist nicht gut. Ist still gewesen ganze Nacht.«

»Und das ist ungewöhnlich?«

»Ja! Hab ich sonst immer geheert, immer.«

»Auch nachts?«

»Immer hab ich geheert, auch wenn war Nacht. Und letzte Nacht nur einmal noch hab ich geheert, wie hat gerumpelt, und dann still. Und hab ich gleich heute früh geklingelt, weil wollte sehen, ob noch alles in Ordnung. Und niemand macht auf, und hab ich gesehen, Licht ist an, Sie *müssen* schauen! Jetzt, wenn nicht öffnet, hätte ich gerufen Polizei.«

»Sie hätten jetzt die Polizei gerufen? – Okay. Wir gehen rein. Haben Sie Werkzeug, Herr ... äh ... – eine Zange?«

»Hab ich. Geh ich gleich hinunter in meine Wohnung.«

»Sternecker, gehen Sie mit runter, bringen Sie was mit. Ich schau inzwischen, ob ich das Glas neben dem Schloss eindrücken kann.«

»Der Mordfall Engler wird ja eigentlich von den Kollegen in Fürth bearbeitet.«

Paula starrt fassungslos den Beamten an, der gelassen fortfährt: »Ich ruf gleich mal drüben an.«

Nein, dafür hat sie nicht den frühen Aufbruch in Kälte und Dunkelheit auf sich genommen, und jetzt vereinigen sich ihre nächtlichen Bilder, ihr leerer Magen, ihr verkaterter Kopf, ihre Übermüdung zu einem explosiven Ausbruch, dem

Polizeiobermeister Beck entnehmen kann, dass – »Notfall!« und »Leben und Tod!« und »dringend« und »eine Katastrophe verhindern« – jetzt, jetzt sofort ein Wagen in die Hessestraße geschickt werden muss, und fühlte sich Paula nicht am Rand eines Schwächeanfalls, sie brächte es fertig, mit beiden Fäusten auf die uniformierte Brust einzutrommeln.

»Okay. Wagen ist unterwegs. Und jetzt ruf ich die Fürther an. – – – Guten Morgen, Beck, PI Nürnberg-Mitte. Einen Kollegen von der Mordkommission im Fall Engler, bitte. – Beide unterwegs? – Nein, wäre wirklich dringend. Die gesuchten Zeugen sind nämlich da. – Geben Sie mir die Handynummer von Herrn Gloßner? – Danke. – – – Hallo? Herr Gloßner? Hier Beck, PI Nürnberg-Mitte. Ihre Zeugen Rüss und Herrmann sind bei uns. – Ja, klar bleiben die hier. – Halt, einen Moment noch: Von euch muss einer so schnell wie möglich zu Angela Heß in der – da sind Sie schon? – Ja, wir sind auch schon unterwegs.«

Legt auf.

»Nehmen Sie Platz. Kann jetzt eine Weile dauern.«

Sternecker schlägt mit dem Hammer mehrmals gegen die widerspenstige Scheibe, endlich splittert das Glas, jetzt kann man hindurchgreifen, er bekommt den Schlüssel zu fassen, der von innen steckt.

Sternecker rechts, die Zimmer zur Straßenseite.

Gloßner links, die Zimmer zur Hofseite.

»Sternecker! Hier lebt noch einer! Wir brauchen Notarzt und Krankenwagen, sofort!«

Angenommen, man wäre eine Krähe, säße hoch oben in einem verschneiten Baum – einer Pappel vielleicht – und verfolgte mit scharfem Blick das Leben unter sich – das kleine Leben unter sich, das brummt und macht und denkt, es wäre ungeheuer wichtig. Man sähe viele Fahrzeuge heute in der Hessestrasse, grün-weiße mit blauen Lichtern auf dem Dach, schwarze Limousinen, die vom trüben Morgenlicht fast verschluckt werden, ein Sanitätsauto, in das ein dürrer, stöhnender Mann auf einer Trage geschoben wird.

Kra-ra!

Man sähe vielleicht von einem anderen Baum herab zwei Menschen in einem Dienstzimmer sitzen und warten, einen Mann und eine Frau – sie bunt gekleidet wie ein Basar im Orient. Man flöge, weil der Anblick auf Dauer langweilt, vielleicht auf Futtersuche, Abfallkübel inspizieren, eine Ratte von einer heruntergefallenen Bratwurstsemmel vertreiben

– kra-ra!

Man kehrte zurück zu seinem Baum vor der Wache, vorbei an St. Jakob, St. Elisabeth mit ihren Tauben, und sähe einen schweren Mann in der Dienststube auf und ab gehen, auf und ab vor den zwei Wartenden, mit den Händen gestikulierend, mit hochrotem Gesicht. Man sähe die Frau Worte sagen, die man nicht verstünde, die aber heißen könnten *wir wollten doch nur* ... Man sähe den schweren Mann brüllen und mit der Hand auf den Tisch schlagen, erneut auf und ab gehen, während die beiden Wartenden redeten und redeten – man flöge schließlich weiter, vielleicht zum Westfriedhof, wo viele Krähen wohnen. Man hörte zu, was sie erzählen, von den zwei neuen Toten, die vorhin eingetroffen sind, ein Mann und eine Frau, durchs Kasemattenfenster könne man sie noch sehen. Man flöge hin zum Fenster, man spähte durch die Scheibe und – ja, das ist SIE, *schwerer als schwarz*, und ER, der einmal einen Stein geworfen hatte nach einer Krähe auf dem Dach – jetzt wirft er nie mehr, jetzt ist auch er auf Krähenschwingen auf und davon.

Der Krähe ist es egal, dass der Letzte nicht mitfliegen wollte, dass sich Angelas Mann, diese Hülle von Mann, mit aller Kraft noch einmal ans Leben gekrallt, sich in ihm verbissen hatte, wie die Ratte in ihre Beute.

Die Krähe wird später auch nicht am Fenster sitzen und lauschen, wenn er beginnt zu erzählen, erst stockend, krächzend – weil, mit ausgedörrter, fast vergessener Stimme spricht es sich nicht gut –, sie wird nicht hören, wie er erzählt von dem Tag, der zwei Leben zertrümmerte, von Liebe, die welk und giftig wird mit der Zeit, wenn Schmerz ihr einziger Dünger ist.

Kra-ra, macht die Krähe leis auf ihrem hohen Ast, *kra-ra*, du warst schon oft auf meinem Rücken gesessen, bist wieder abgesprungen, weil selbst das welke Leben sich zu gerne in sich selbst verbeißt. Jetzt beißt du noch einmal zu, wo alle, die du jemals kanntest, längst fort sind mit mir und du allein bist. *Kra-ra*, so sind die Menschen, denken, dieses sei die einzige Welt, *kra-ra* – wie dumm!

Und morgen erst, morgen erst – werdet ihr die Tasche finden in der Laube und wissen, dass Opfer und Täter eins sind.

Das neue Jahr ist zwei Wochen alt und macht nicht den Eindruck, als freue es sich, auf der Welt zu sein. Der Winter ist schmutzig geworden und die Stadt müde von den Ereignissen in ihren Mauern; die Zeit, in der sie nachts noch schlafen durfte, ist seit Jahrhunderten vorbei.

In der Galerie *Zimmer* am Pegnitzufer sind kaum noch Gäste; außer Sören, der verloren, wie gestern erst zur Welt gekommen, inmitten seiner Objekte steht, nur das Buchhändlerpaar Marion Prieß und Ymdert Leupold, Gregor hatte sie beim Reinkommen kurz begrüßt – vor etwas über einem Monat waren sie schon einmal rauchend beisammen gestanden, auf einer Dachterrasse in der Sebalder Altstadt. Paula, die ihre Kreationen im *Zimmer* bereits mehrfach ausgestellt hat, unterhält sich angeregt mit dem Galeristen. Alle schenken sich immer wieder einen neuen »letzten Wein« ein.

»Vielleicht ist es einfach nur ein ungünstiger Termin für deine Vernissage gewesen«, wendet sich der *Zimmer*-Galerist nun an Sören, dann, mit einem feinen Grinsen, an die Buchhändler: »Auf eurer Vernissage war jedenfalls eindeutig mehr los.«

»Vernissage?« Ymdert blinzelt verunsichert. »Was für eine Vernissage?«

Von unten, vom schlammigen Pegnitzufer, kommt eine Ratte heran, hievt ihren nassen Leib auf die Veranda, äugt nach den Menschen dort hinter hell erleuchteten Fenstern, erklimmt das Geländer der Veranda, schnüffelt neugierig.

»Du weißt ganz genau. Die Puppe, die ihr aufgehängt habt. Wenn das keine Vernissage war! Nur schade, dass die Bullerei sie kassiert hat, war nämlich gar nicht so leicht, das Teil aufzutreiben.«

»Puppe?«, denkt Paula, ein wenig zu laut; verlegen reibt sich Ymdert das Kinn, Marion hüstelt.

»Das war für mich Kunst. Mit einer Menge Publikum, Presse, Rundfunk – die ganze Palette. Und die Leute haben tagelang über die Aktion geredet – war wieder mal ein Bombenerfolg! Ihr braucht euch wirklich nicht zu verstecken – bei uns schon gleich dreimal nicht.«

Ymdert und Marion machen immer noch den Eindruck, als sei ihnen das Thema nicht ganz angenehm. Aber der Galerist lässt nicht locker.

»Bin schon neugierig, was als nächstes kommt.«

»Ach Gott ... ja ... wir wissen auch noch nicht so genau ...« Ymdert blickt hilfesuchend zu Marion, seiner Rio, die von Paula mit einer Mischung aus Neugier und frisch erwachtem Tatendrang beäugt wird. Gregor ahnt Unheil.

»Warum nicht einmal eine Aktion gegen diese Kunsteventseuche in Nürnberg. Ein paar Dutzend Ratten aus Pappmaché auf dem Hauptmarkt aufstellen als *Das große Rattenstück*.«

Als hätte sie's gehört, als fühlte sie sich angesprochen, springt die Ratte draußen mit einem spitzen Pfiff auf das Fensterbrett und stellt sich auf die Hinterpfoten.

Das große Rattenstück, das große Rattenstück – was wisst denn ihr von uns!

»Schau mal, da! Eine Ratte! Ausgerechnet jetzt!«

Unser Dank für sachdienliche Hinweise geht an

Peter Grimm, Hauptkommissar
Helmut Herrmanns, Erster Polizeihauptkommissar a.D.
Toralf Oehlmann, Vermessungsamt Nürnberg
Edgar Thielsch, Chemiker
Dieter Winzer, Kriminalhauptkommissar a.D.

Unsere Informanten mögen uns nachsehen, dass wir uns in manchen Fällen über ihre Auskünfte hinweggesetzt und der dichterischen Freiheit den Vorrang gegeben haben – dies gilt insbesondere für die Figur des Pathologen Dr. Häckel.

Herzlichen Dank auch an unseren Kollegen Veit Bronnenmeyer, der uns freundschaftlich die Leviten gelesen hat, an Stefanie Dunker für die moralische Unterstützung beim Start und an unsere wunderbare Lektorin Dr. Hanna Stegbauer.

Die Kapitelüberschriften sind der *Winterreise* von Wilhelm Müller entnommen.

Weitere Krimis bei ars vivendi

Sigrun Arenz

Das ist mein Blut

Ein Krimi aus dem Fränkischen Seenland

ISBN 978-3-89716-916-6

Aus einer Dorfkirche im Fränkischen Seenland verschwindet das silberne Messgeschirr. Ganz in der Nähe wird auf offenem Feld ein Toter gefunden. In seinen erstarrten Händen: der Abendmahlskelch. Das ungleiche Ermittlerteam Eva Schatz und Rainer Sailer tappt in diesem Mordfall im Dunkeln, während ein weiteres Verbrechen geschieht und der Kreis der Verdächtigen sich erweitert. Wer hatte ein Interesse daran, den Journalisten Dietmar Kronauer aus dem Weg zu räumen? Und welche Rolle spielen dabei der kunstvolle Silberkelch und der jüdische Goldschmied, der im Jahr 1936 aus Deutschland fliehen musste?

Lucas Bahl

Wenn der Berg ruft

Kriminalroman

ISBN 978-3-89716-715-5

Radioreporter Ernst Pier findet die Leiche des Brauereibesitzers Albert Adler, kurz darauf wird während der Vorbereitungen zur Bergkirchweih in einem Kellerstollen ein Massengrab entdeckt. Als sich rund um Erlangen weitere unerklärliche Morde ereignen, kommen Ernst Pier und sein Freund Nero Kaiser dahinter, dass die Brauereifamilie Adler im wahrsten Sinne des Wortes Leichen im Keller hat.

ars vivendi Krimi

Lucas Bahl

Abseits!

Kriminalroman

ISBN 978-3-89716-818-3

Kurz vor dem Derby des FC Bayern gegen den 1. FC Nürnberg: Die Sicherheitsexpertin Ilona Hall erhält von der Kriminalpolizei den Tipp, dass Rechtsextremisten während des großen Spiels einen Anschlag auf das Stadion planen. Als die frühere Polizistin selbst das Ziel eines Überfalls wird, erhärtet sich dieser Verdacht, doch sie ahnt noch nicht, wie tief sie bereits in die tödliche Intrige verstrickt ist, die weit in die Vergangenheit zurückreicht.

Veit Bronnenmeyer

Russische Seelen

Kriminalroman

ISBN 978-3-89716-696-7

Ein Toter liegt im Wald, genau an derselben Stelle wie das Opfer eines nie aufgeklärten Mordes Jahre zuvor. Kommissar Albach und seine junge türkische Kollegin Renan stoßen in der russischen Bevölkerung Nürnbergs auf eine Mauer des Schweigens. Erst als sich der pensionierte und reichlich schrullige Kollege Konrad Herbst aus Fürth einschaltet, gibt es endlich eine Spur: Ein sowjetisches Abzeichen weist in Richtung KGB.

Veit Bronnenmeyer
Zerfall
Kriminalroman
ISBN 978-3-89716-714-8

Als ein hochdekorierter Richter nach langer, schwerer Krankheit stirbt, behauptet seine Tochter, dass er einem Verbrechen zum Opfer gefallen sei. Ein Blitz in einem Kreis, mit dem das Krankenzimmer des »Richters Gnadenlos« beschmiert wurde, bringt die Ermittler auf die Spur der Nürnberger Massenverhaftungen von 1981. Wurde damals schon das Schicksal des Richters besiegelt? Alfred Albach und Renan Müller lösen ihren zweiten Fall.

Dirk Kruse
Tod im Augustinerhof
Kriminalroman
ISBN 978-3-89716-817-6

Ein grausamer Mord erschüttert Nürnberg. Der bekannte Vorsitzende von ProNürnberg, Hubert Pelzig, wird mit eingeschlagenem Schädel im Augustinerhof gefunden. Der bibliophile Millionenerbe Frank Beaufort ist der Letzte, der ihn lebend gesehen hat. Gemeinsam mit der energischen BR-Journalistin Anne Kamlin stellt er eigene Nachforschungen an – und das gegen den Willen der Polizei und seines besten Freundes, des Justizpressesprechers Ekkehard Ertl. Aber ihre Ermittlungen bleiben nicht unbemerkt. Frank Beaufort gerät bald selbst in Bedrängnis. Als auch noch eine zweite Leiche auftaucht, wird der Fall immer undurchsichtiger und gefährlicher.

ars vivendi
Krimi